DAO XIANGGANGQU

到香港去

周洁茹 作品

陕西新华出版传媒集团
太白文艺出版社

图书在版编目（CIP）数据

到香港去 / 周洁茹著. -- 西安：太白文艺出版社，2017.1（2023.2重印）
（中国文学新力量. 海外华文女作家）
ISBN 978-7-5513-1031-4

Ⅰ. ①到… Ⅱ. ①周… Ⅲ. ①短篇小说－小说集－中国－当代 Ⅳ. ①I247.7

中国版本图书馆CIP数据核字(2016)第253946号

到香港去
DAO XIANGGANG QU

作　　者	周洁茹
责任编辑	姜　楠　胡世琳
整体设计	弋　舟　前程设计
出版发行	陕西新华出版传媒集团
	太 白 文 艺 出 版 社
经　　销	新华书店
印　　刷	三河市嵩川印刷有限公司
开　　本	880mm×1230mm　1/32
字　　数	188千字
印　　张	7.75
插　　页	4
版　　次	2017年1月第1版
印　　次	2023年2月第2次印刷
书　　号	ISBN 978-7-5513-1031-4
定　　价	38.00元

版权所有　翻印必究
如有印装质量问题，可寄出版社印制部调换
联系电话：029-81206800
出版社地址：西安市曲江新区登高路1388号（邮编：710061）
营销中心电话：029-87277748

序言

"她们"的风景

何向阳

海外华文女作家,一直是海外华文文学创作中的一支劲旅。她们的文学实绩有目共睹,并已然完成了代际的承递,对于这一点,文学史自会忠实记载,无须我在此一一列举。而收入这套丛书的作者,只是无数有成就的"她们"中的五位。五位作家虽分布于北美或欧洲不同的国家和地区,领略与生身的中国有差异的文化背景,并在文化的差异中以智慧感悟着文化的融合与进步,且以文学的形式记录之,表达之。她们一方面在国外营造和寻找事业与生活的新的基点,一方面一直在语言的深层创造上保留着对于华语文学传统的深度认同。当然这认同已然不是封闭僵硬的,而是融汇了不同文化之后创造出的新质地的华文文学。

有一种说法,海外华文女作家的成熟作品大都写于中年之后,原因在于生存的问题一一解决之后,对于精神的思索开始提上日程,并随着经历的丰富而渐入佳境。而回望个体生命的过程,同时更是用写作这种方式建立与祖国家园的精神联系的过程。所以这套

"文丛"所收的海外女作家虽在文学上的起步有的并不算早，而大多在年龄上也不再年轻，其中有的是早年在国内发表作品很多，时隔多年才又重拾创作。看似应可纳入文学新力量的行列，其实这是符合写作金律的。这里的"新"，不过是对一种力量的确认。实际上，海外女作家近年的文学表现岂止不俗，她们对于人、人生与人性的沉思不仅深入，而且也为我们提供了不同于国内女作家观察与写作的独异的角度，这种不同经验与艺术的补充，对于文学的整体创造而言，弥足珍贵。

五位女作家虽居地各不同，但收入"文丛"的这些中短篇小说有一个共同点，也是她们的写作所呈现出的特点，就是大多写中国人，尤其是中国女性在海外的生活、工作、心理、情感（周洁茹除外）。她们的作品具有女性特有的细腻温婉，而在女性视角之上的眼界之开阔，使得作品在中西方文化的对比与碰撞中，在对于不同文化的观察与体悟上，显出一定的优势。

比如，陈谦近年的作品之所以引人瞩目，不仅在她的叙事呈现出的细致温婉的风貌，更在其作品中深蕴的生命体验与人性思考。而《繁枝》《莲露》等对于女性内心的开掘与探索，极其深入，而且创造了我称之为"繁枝体"的叙事方式，艺术上的层层脱剥，使得被岁月层层包裹的内心一点点地袒露明亮起来。她的两部作品均进入我的年度中篇作品综述，打动我的不仅是其对故国家园往事细致耐心的打捞和梳理，对人性中最幽微最真实的反映与讲述，更是她对于女性命运洞若观火且又悲悯有加的关注与体恤。

方丽娜对于女性的关切，多集中在对于跨国婚恋中的女性的情感成长与人格历练的探索上，其《处女的冬季》探讨置身于两种不同文化中女性的疑惑与迷茫。讲述生机勃勃又嗓门亮丽，其语风泼辣，每每切中要害。在旖旎迷人的风景、引人入胜的故事里传达出富有意味的人生主旨，在看似悲伤的结局中见出人间的温暖和坚定的希望。作品传达出的令人欣喜的强劲力量不仅使之在短时间完成了从非虚构文学到虚构文学的华丽转身，而且也一直是这位一手散文一手小说的作家追求的艺术之境。

　　王芫的作品看似中规中矩，略显坚硬与冷静。比如《路线图》，于平稳的叙述中呈现出的是不同文化背景下三代女性的成长，母亲的迁就与无奈，做女儿的坚忍与脆弱，自己女儿的单纯与刚强，都于不动声色的叙述中一一呈现。作品在描写女性或可于不同人生阶段所具有的核心性格与品格的同时，也流露出作家身为女性的温情和仁慈。其作品中对于"来路"的人生瞭望引人深思，在真诚中显现出的宽厚而稳定的底色，或来源于她在国内早就开始的文学历练。与王芫近年的一再"出走"不同，周洁茹走的是一条"回归"之路，她的这些小说没有将笔力放在书写海外生活上面，而是将触角探向小城人物的内心哀伤。《到香港去》，在她倾心于一个个"点"的"地理"叙述中，过往故乡的细碎与迷惘，都市格子楼的拥挤与窘迫，生活的无情挤压与撕裂，生存的伤痛、无奈与不甘，在她日常琐碎的书写与才情出众的文笔下，营造出特异的语境，散发出别样的魅力。两位女作家的写作"路线"虽有不同，但使这些似乎无法言说的平凡之事跳动着的疼痛感觉，都显现出她们不凡的文字之功。

　　最后我们说说曾晓文，这是一个作品中更多一些母性的温厚与女性的耐心，并无强化女性对于情感过多依赖的作家。她的眼光更为开阔的部分，使得她的叙述节奏获得了难得的速度，而在小说结构上的用心也见出某种艺术追求的成熟。比如《重瓣女人花》，写不孕女性的婚恋、心理与命运，开端则从案件入手，颇有个性。而这部小说娓娓道来式的"重瓣"结构也颇可圈可点，她甚至将海外男性的心理变化也放在这次第开放的"重瓣"结构中加以剖析解读，叙述人的冷峻让人注目。这是一位关注点从女性出发而更致力于社会文化与心理层面的作家，由此她探索的更广阔的界面，往往盛得下更悲悯的情怀，其延展到女性领域之外的诸多思考，也同时表达了海外当代女作家对于人与自我探索的同时对于人与社会、人与自然关系的关注，而这一点或可视为女性作家越过自身性别关心之外创作的一种进步。

祝贺她们，同时也祝贺那些不断加入进来的新人。正是她们，跨越不同文化背景、解说不同文化内涵的写作，在这个文化不断融合而写作又需保持独特性的时代，成就了文学的新的力量，同时也带来了文学的新的风景。

我相信，这风景才刚刚展开，而由"她们"带来的更美的景色还深藏在她们未来持续的强有力的写作之中。

为此，我们充满期待。

2016年10月6日　北京

（何向阳，女，诗人，学者。出版诗集《青衿》《刹那》，散文集《思远道》，长篇散文《自巴颜喀拉》《镜中水未逝》，理论集《夏娃备案》《立虹为记》《彼黍》，专著《人格论》等。获鲁迅文学奖，冯牧文学奖，庄重文文学奖。现为中国作家协会创研部主任。）

目录

1/四个
23/花园
33/201
47/火车头
57/你们
69/幸福
99/生病
115/结婚
123/离婚
139/抱抱
149/到香港去
161/邻居
173/旺角东
179/旺角
191/佐敦
205/到广州去
221/尖东以东
235/后记　对于写作我还能做点什么

四个

　　为什么你的女朋友们是四个,只能是四个,不能是五个也不能是三个?你失去了的,又会有新的来填补,其实也不是新的人,是一些离开了你很久,后来又回来了的人。

——写在前面

1

　　祸不单行这个成语的存在一定有它的理由。你也一定经历过,不断地不断地倒霉,只要你在早晨倒霉,你就会在中午又倒霉,在晚上再倒一个大大的霉。最简单的例子,你被解雇了,然后接到女朋友打来的电话说她不要你了,然后在回家的公共汽车上,你的钱包又没了,那里面还装着你所有的钱。这些事情互相并没有什么关联,它们只是选择在同一天发生。

　　现在蝴蝶就是不断不断倒霉的那一个。蝴蝶的妈妈在日本摔了一跤,骨折了。王芳菲去机场接她们的时候,蝴蝶妈还只能一跳一跳的。然后我接到了蝴蝶的电话,那一天还没有下雪,蝴蝶说她的小蝴蝶在追院子里的狗和猫。蝴蝶说回到中国的日子真美好啊。我说是啊是啊，我们聚一聚吧，王芳菲还有刘小燕，我们四个要聚一聚。到了晚上，蝴蝶外婆也摔了一跤，也骨折了。这回蝴蝶再也出不了家门了，她得做家务并且照料三个女人——外婆，妈妈，还有一岁的女儿。

我们四个——蝴蝶、王芳菲和刘小燕，还有我，我们曾经是第一中学初一（1）班最要好的四个女同学。没有原因地要好，不是成绩最接近的四个，也不是被安排坐在一起的四个。我选择她们，因为第一眼的感觉。王芳菲像纤瘦的猫，二十年以后，她仍然像猫；刘小燕有最妩媚的脸，我不好意思说她像狐狸，那是骂人的话，她埋头读怎么也读不好的书，如果有谁说她和男生讲话了她就会跟你拼命；蝴蝶是我从有权势的班长那里抢来的，班长什么都有，说风就不会来雨，她还要霸占着所有的女同学。我什么都没有，所以我就要抢坐在她旁边的女生——蝴蝶。我抢了一个月才抢到蝴蝶。我付出了惨重的代价，整整一年都没有人理我，我被孤立了。一个班长的力量。

至于她们三个为什么会选择我，我从来就没有问过，大概是因为她们没有选择。很多人并不是那么需要朋友，如果有人主动出现，她们只好接受。

2

我的自行车钥匙不见了，上面挂着一个万圣节南瓜的钥匙，那个时候我还不知道这世界上有万圣节。我到处找都找不到，我都要哭了。我站在我的自行车前面发呆，直到一个过路的男生把我的自行车扛到修车铺，砸掉旧锁再换新锁，五块钱。第二天有人把钥匙还给我，她们说对不起，那个她们只是开玩笑，她们只是想看看我着急的样子，她们放学前就会还我，可是忘记了。我接过那个南瓜，然后扔出窗外，外面是另一幢楼的顶，黑色的瓦，南瓜落在上面，很醒目。锁都没有了，要钥匙有什么用？我说。二十年了，我还记得我说的那句话，那一刻我一定特别冷静。

3

那一年一直在下雨，我不知道为什么一下雨我就要望着窗子外面哭。我只可以哭十分钟，因为每节课只间隔十分钟。我哭得那么明显，可是没有一个女生过来问我为什么，包括王芳菲和刘小燕。如果她们接近我，也会和我一样被孤立。我只是觉得她们自私，在我们的十二岁，我有点恨她们，尤其是王芳菲和刘小燕。

课间的十分钟，女生们玩的游戏只有一种，四个麻将骨牌，一个小沙袋。沙袋在空中的时候，骨牌们必须按顺序翻成正面的再翻成背面的，然后是横的然后是竖的最后全部抓住，还有沙袋。多数人经常失败，因为不能兼顾两头，接住了沙袋就会抓不全骨牌，搂全了骨牌又会丢了沙袋。也有人成功，她们的方法是把骨牌竖成一条线，然后把沙袋扔得不那么高，太高就碰到顶，碰到顶就会落得更快。她们总会成功。

下雨的日子里，大家都围着一张桌子，只有四个人参与，剩下的全部是观众。我和蝴蝶甚至做不了观众，只要我们试图靠近，她们就停了手里的一切，齐刷刷望过来。

我和蝴蝶开始玩两个人的游戏。在一张纸上写下想说的话，递给对方，看了对方写的字再接下去，直到纸的两面都写满。我们乐此不疲，甚至在课上交换字条。我和蝴蝶因为别人给我们的孤立变得更亲密，我们分享一切大大小小的秘密，直到没有秘密。最后我们开始交换外套，这时王芳菲开始参与进来，已经是初中二年级了，过了一个暑假，很多人都忘记了。我，蝴蝶，还有王芳菲，我们表达亲密的方式是互相交换外套，我特别喜欢那种感觉，就好像我们是真正的姐妹。刘小燕其实一直和蝴蝶要好，我不明白她们为什么那么好，她们俩完全志趣不相投，要么就是她们都住在郊区，如果考不上大学的话，户口就会折磨死她们。而王芳菲和蝴蝶，她们从小学开始就是同学，那些印在她们身上的一模一样的痕迹，我根本就不能理解。反正到最后，我们成了最要好的四个。早晨，我们一到教室就交换外套，我穿蝴蝶的，蝴蝶穿王芳菲的，王芳菲穿我的，刘小燕除了不参加外套活动，其他的她都参加。刘小燕其实最温和，但是只要有人认为她会和男生说话，她就会发疯。我们在课堂上传递字条，相视而笑。下午，我和蝴蝶轮流吃掉刘小燕剩余的午饭——刘小燕每天中午只吃饭盒里的一小部分，可是她妈每天都要给她带满满一饭盒午饭。那些饭和菜都非常好吃，尤其是下午，冷了以后。一个夏天的下午，我和蝴蝶吃到了馊了的米粒。刘小燕说你们都没有感觉的吗？我的感觉是除了有点酸，仍然是那么好吃。我相信蝴蝶的感觉和我一样。

如果没有我，她们也会是很要好的同学，但只是要好。她们肯定不会像现在这样，还能聚在一起，轻松地，不为钱地，完全没有目的地聚会。我是那根线的两头，粘起来，就是一个圆圈。

4

二十年以后，我们一起去看望我们的班主任，她还记得我们在课堂上互相对着笑，她还记得我们互相换衣服穿，她不好意思说那时她就觉得不正常。

我们参观了班主任的每一个房间，包括她儿子的房间。他儿子的书架上摆着一个透明的装满了星星的瓶子，班主任说是一个女孩子亲手做了送给儿子的，大概是喜欢他。班主任看起来很开通的样子，可是二十年以前，我是那么害怕她，尤其害怕被她知道我喜欢文杰。是的是的，文杰当然是我们班的男生，最特别的那一个。二十年以前，只要被班主任察觉，就是世界末日。

我说老师您家布置得真不错呢。班主任说其实我一直记得你家，二十年前你家就用绣花的桌布了。

我有点吃惊，我拼命地回忆也没回忆出那块桌布。

是啊是啊，蝴蝶、王芳菲还有刘小燕一起说，那个时候你最有钱了。

我真的吃惊了，因为我第一次听到这样的话，在此之前，整整二十年，我都不知道我有钱，很显然那是我爸妈的钱，不是我的。可是二十年以后的现在呢，我们四个的财富排名是，第一名，刘小燕，留在中国卖奢侈品的刘小燕；然后是留在中国卖艺术品的王芳菲；然后是去日本又回中国的蝴蝶；最后是晃来晃去不知道自己要住在哪里的我。

我竟然没有发现我当年暂时的有钱竟给她们留下了那么深刻的印象。

5

我是唯一那个不认得穷也不认得富的人，大概是因为我从来没有穷过。其实我是穷的，对于饥饿的回忆我从来就没有忘掉过，如果我从来就是富的，我为什么会有饿的记忆呢？至于钱，我曾经有过一点钱，十块还是二十块，相当于现在的五百块还是一千块，但是全部被小学同学美英偷走了。那个下午她请大家吃好吃的，买贴花纸天女散花，甚至散给隔壁班的女生，唯独没有我的。如果她也请了我，也给我了一张我就罢休，可是她没有，她用眼白瞪我。我实在想不通这件事情，就在课间的十分钟找她谈了一下，她居然没有抵赖一下，就像我不能想象的那样，她承认她偷了钱，她说她会还我的钱，条件是不能说出去，然后她塞给我两分钱，她说那是她全部的钱，她花光了所有的钱只剩下这点，她说她只能慢慢还。我接受了那两分钱，我把它们放进铅笔盒。直到一个月以后，直到每天都看着那两分钱的我的同桌说我太笨了。

于是放了学以后我找到她家，我想和她再谈一下，可是她不在家，她妈妈在啃一只猪蹄膀。我说你的女儿偷了我的钱，她说知道了，可是她没有放下那只蹄膀，她的嘴根本就没有离开过那只蹄膀。

我就是那么笨，美英本来不应该到我家来的，是我邀请她的。她的第一次出现是午饭时间，她走到我家里，看着我们家吃午饭，她一边看一边说她家从来就没有饭吃，然后我妈就站起来给她盛了一碗饭，她坐在我的对面，热气腾腾的米饭后面她的脸很模糊，她说你家的饭真好吃。显然她是骗我的，她自己的妈不是在家里吃蹄膀吗？

可是我邀请她来吃饭，是想她能做我最好的朋友，做我的姐妹，因为我从来就没有兄弟姐妹。美英每天都到我家吃午饭，吃了整整一个学期，可是她偷了我藏在抽屉里的钱，从幼儿园一直攒到五年级，我就攒了那二十块钱，还被她偷了，一张都没有给我剩下。

她斜着眼睛瞪我，她说她有钱就会还我，可是她就是没有钱。我说不出话来，我找出铅笔盒里的两分钱用力地扔给她。她高兴地接受了。

早晨，大家都在读少年报的时候，我举手，站起来，我的声音从来没有那么颤抖过，我说，报告老师，美英偷了我的钱。

我一定特别冷静，因为我仍然记得美英的脸，她戴着黑框眼镜的脸扭过来瞪着我，她是那么吃惊，吃惊得脸都变形了。还有整个

教室瞬间的安静，就像时间被凝结住了，那么安静。我和美英都被老师叫到了教室外面，美英否认了她偷窃，她说了很多很多的话，她不停地不停地说话，而我激动又气愤过了头，说不出话来。但我一定特别冷静，因为我仍然记得那结果——老师说，偷窃这么严重的事情是不可以乱说的。于是美英的偷窃被合法了，我连一分钱的赔偿都没有得到。从此以后，我不再信任老师，他们在我的人生历程中，不停地不停地令我失望。

6

我是在快速公交上看到美英的，已经是二十年以后了，我回到家，发现没有轻轨，也没有地铁，只有快速公交，我就想坐一下。是的是的，星座决定的好奇，我不要上班也没有事情要办，我只是好奇，千万不要指责我，我选择的那一天和那个时间没有下雨雪也不是上下班高峰。我排在队伍的最后面，完全崭新的快速公交，什么都是新的，站台还有售票员，额外多出来的协管员和交警，我几乎不知道我的脚应该放在哪里了。

有一个男人在大声抱怨，他说你们就不能把票价定高一点吗？这么便宜，民工都上来了，挤得要死。没有人对他的话做出反应，民工们仍然疲惫地蹲着，他们的脸无悲无喜，售票员冷冷地看着天，协管员冷冷地看着人，是的是的，所有的快速公交都在马路的正中间，一定会有人为了三秒钟抢红灯和跨越横栏，协管员不得不盯着。在坐快速公交之前我和一个做报纸的通过电话，他说他正在做一个正确引导群众的专题，他说快速公交是国外的先进经验，我说哪个国外。他说你是想说怎么美国没有吗？这是欧洲城乡接合部的先进经验。

美英是站在我前面的那一个，她的脸，我这一辈子都不会忘记。我相信她也不会忘记我,可是她连眼白都没有给我。上了车以后,她选择了最后面的位置坐了下来,她扭着脖子,望着窗外,整整半个钟头,她的头都没有动一下。我远远地看着,我看着她化了妆的脸和长头发,社会的厚底鞋和社会的绣花亮片牛仔裤,她一定已经忘记了她曾经偷窃。半个钟头以后,她把头扭向了另一边,在从这边到那边的那一个瞬间,我相信她一定看到了我,可是她假装不认识我。就像我所有的小学同学那样,他们都假装不认识我。我在书店的时候看到一个扛麻袋的男人,他是我们班最会打的男生,他扛着麻袋里的书走来走去目不斜视,直到我拉住他的衣袖,我说嘿,是我。他才放下麻袋大声地告诉我他和他弟弟已经不打架了,他失去了一个脚指头,而他弟弟死了。我看着他,我不明白他为什么要告诉我这些,小学的六年,我和他说过的话不超过六句。我不知道说什么好,我看着他。他接着说,这就是我在这里扛大包的原因,我找不到好工作,因为我少了一个脚指头!我在电影院看到了一个扫地板的清洁工人,我在肯德基看到了一个发胖的部门经理,我在大街上看到了一个挂着向日葵花蹦蹦跳跳的女人,他们通通都是我的小学同学,可是他们通通假装不认识我。即使我的变化最大,我完全变成了另外的一个人,可是他们为什么要假装?

美英是在终点站下车的,她站在最后一级台阶上,给了我一个最久但是最熟悉的白眼。我竟然没有发现当年我暂时的有钱竟令她的仇恨持续十年二十年直到永永远远。我还以为她还记得我妈盛给她的那碗米饭,我突然意识到,好吃的饭是用来深化仇恨而不是化解仇恨的。我都要控制不了我的愤怒了,而且是越来越多的愤怒。就像有人说过的,三十三岁也没能让你成熟起来。你们是想说二十年前的几块钱都会令你愤怒吗?就像快速公交两旁过低的横栏,不是人性化的设计,是纵容加鼓励的设计,只要你是正常的人你就会想，这么低的横栏，不跨的话就对不起它的低，于是跨栏杆被合法了。至于过高的横栏，虽然完全没有人性，但是多数人会放弃跨它，因为跨不过去。

7

初中毕业以后的十七年间，我们四个再也没有见过面。蝴蝶在师范学校学习儿童心理，王芳菲在技工学校学习做电工，刘小燕在旅游学校学习做导游，我在职业学校学习做秘书。

就像你想的那样，我们四个完全没有未来，如果我们念高中的话，我们兴许还有希望，可是出于种种复杂的原因，我们直接去念师范技校职校或中专了，我们的未来，就是工人。就像我在小学作文《我的理想》中描述的那样，我要念到初中毕业，我要做一名光荣的工人。

至于我刚才提到的那些复杂的原因，其实并不复杂，她们的原因一模一样，因为家庭的负担，还有户口，如果念高中但是没有考上大学，她们就会变成乡下人，而她们的分数是完全可以上高中的。至于我，我的原因就是分数低，高中不要我。

因为我爱上文杰了，我从第一名落到了倒数第一名。

我是从收到文杰的第一张明信片后就爱上他的，那是一张画着梅花的明信片，文杰给它贴了邮票放进邮筒，等到邮差把明信片送到学校，他又跑到传达室把那张明信片取来，亲手送给我。明信片上有邮票还有邮戳，是一张真正的明信片。

一个十二岁的不太正常的男生，做这样的事情，对于一个十二岁的不太正常的女生来说，简直是致命的吸引力。

我对文杰的爱，充满了初级中学的整整三年，可是很显然，文杰从来没有爱过我，他送我明信片的举动，直到现在我还没有找到真正的答案。

8

蝴蝶和王芳菲,还有她们嘴里总提到的男生文伟,还有文杰,他们都是一个小学的,那是一个神秘的小学,他们四个从小学一年级开始就是好朋友,两男两女,他们是最好的朋友。我的小学,男生女生被安排坐在一起但是绝对不可以接触。桌子中间的三八线也是被鼓励的,很多时候你得为了和其他人一样画上那么一条线,我通常使用粉笔,尽管粉笔末会沾在我的袖管上,特别讨厌,还有旁边那个令我胆战心惊的肘子,只要越线一点点,那肘子就会恶狠狠地撞过来,凶恶的肘子是男生女生不来往最有力的证明。你们也一定记得桌子中间小刀刻出来的深深的深深的线,只要你的年纪和我一样。那个男生和女生可以做朋友的神秘的小学,令我迷惑又令我嫉妒得发狂。

9

我爱上了蝴蝶和王芳菲小学里的好朋友——文杰。她们的另一个好朋友文伟,我至今没有见过他,但是他活在我的生活里,从来没有离开过。他时时刻刻出现在蝴蝶和王芳菲的回忆里,话语里。直到现在,我们四个一起喝茶的时候,蝴蝶突然对王芳菲说,我生完宝宝以后文伟都没有过来看我一下。是啊,太过分了。王芳菲回答。

刘小燕在打她的生意电话,我不动声色地喝了一口茶,就像初中时一样,我假装完全没有注意到她们的对话。她们三个的婚礼还有孩子们的百日周岁,我一场也没有参加。这十七年,我们根本就没有任何来往。

除了我和蝴蝶。我给我们找到了最合适的两个女朋友,我一直以为蝴蝶允许了我的选择，直到我们在最后决裂，蝴蝶说她们只是你的女朋友，并不是我的女朋友。蝴蝶的话令我吃惊。

后来我真的失去了她们，就像蝴蝶预知的那样。可是我并没有失去蝴蝶。蝴蝶去日本又回来又去日本又回来。每一步我都是看着的。

我们都是很独立的人。

10

已经失去了的女朋友的其中一个每隔两年半就会和我一起吃顿饭。第一个两年半，我请她吃火锅，因为她穷困潦倒，她的爱人比她更穷困潦倒。第二个两年半，她的一群男上司请我们吃不断上桌的好菜，那些菜没有动过一筷就被撤掉，男人们的手缓慢地握住了我的女朋友的手，很久很久都不放开，她开一辆很破的普桑，没有爱人。第三个两年半，她变成了公务员，她请我在包厢里吃我不认识的菜，餐厅经理哈着腰跟在后面，她有三套房，开一辆我不认识的车，她的爱人也是公务员，他们忙得不能见面，只能每隔一个钟头就通一个电话。

每次她都会当着我的面打电话给另外那个失去了的女朋友，那个女朋友每次都说，我很忙，我在 shopping。

每次我都会当着她的面打电话给蝴蝶，蝴蝶每次都说，我不去。她们只是你的女朋友，不是我的。

然后我们就会不再说话，我们沉默地吃完饭，然后说再见，等待下一个两年半。

11

我去了王芳菲的店，很冷清的店，店外面趴着王芳菲洁白的好车。即使没有一个客人，王芳菲也坐在店里，其实她并不需要坐在那里，她也并不需要客人，她只是坐在那里。一单就可以吃一年的生意，还有那个比她还富有、比她爱他还爱她的丈夫，王芳菲为什么还要坐在那里？

刘小燕的店不远，可是她们从不来往，这十七年，她们甚至不打一个电话，她们只在我和蝴蝶回中国的时候才见面，我们一离开，她们就不再联系。

12

我再也没有见过文杰。那个男人留给我的最后一句话是，你知道狗熊奶奶是怎么死的吗？

13

是的是的，我知道狗熊奶奶是笨死的，可是十七年前我假装我没有听懂。

我差不多已经忘掉文杰的长相了，现在翻翻记忆的相册，只有他的瘦和白衬衫。

文杰爱的是红霞，用一句大家都用的话来说，红霞唯一的缺点就是没有缺点。就是有那么一种女人，成绩好，体育好，什么都好。除了，她的长相，诚实地说，她长得真的很难看，可是在文杰眼里，她就是西施。

我问蝴蝶，文杰难道是爱她的智慧吗？

蝴蝶说，你在说什么啊？文杰从来就没有爱过红霞。

那么他为什么不爱我呢？蝴蝶说她不知道。王芳菲也说不知道。其实她们都知道，她们瞒着我。

过了二十年，我在班主任新装修的房子里承认了我从初中一年级就开始暗恋文杰。班主任吃惊的脸让我后悔，很显然，她始终没有发现我的秘密,可是对于二十年前的我来说,她什么都知道,她通晓我的内心,她看我一眼,我就是透明的了。

文杰说因为你长得太恐怖了,蝴蝶说。是的是的。王芳菲说,是这样的。

她们在快要退休的班主任面前才肯说出来,二十年前,文杰说,你长得太恐怖了。

班主任说她要找文杰谈一谈,因为文杰经常会打来电话,文杰是很少见的一直与老师保持联系的学生。这二十年,班主任送走了一届又一届学生,几百个几千个,可是最后只剩下一个——文杰。

您要跟他谈什么呢?我说,有什么好谈的。

狗熊奶奶是怎么死的?他乐此不疲,每天都要问我一遍。我说是挑玉米挑死的,他就会笑,他就会直截了当地说,狗熊奶奶是笨死的。

14

初中一年级,入学后的第一场考试,我是一年级的第十名,我们班的第一名。年级前十名发奖大会上我最后一个上台领奖,奖品是盖了章的软面抄和一支玉米钢笔。我站在水泥的司令台上,和前九名一起,把软面抄和玉米钢笔举过头顶,用力地挥来挥去。我就是在那个时候被文杰盯上的。

我收到了他的梅花明信片,我就爱上了他。

还有一道目光是把我调换去一班的二班的班主任,为了把他分到一班的侄女调回自己身边,他在自己班里随便找了个排中间的名字跟一班的班主任交换,现在他后悔了。这位别人的班主任在那三年中一直注视着我,直到我不再是前十名,直到我差一点进不了初中三年级的快班,直到我终于没考上高中,他才终于松了那口气。

初中三年级我们四个被分开了，蝴蝶和我进了快一班，王芳菲进了快二班，刘小燕进了剩余的四个慢班中的任何一个。为了奇怪的利益，学校牺牲了六分之四的孩子。我一直怀疑我是开后门去快班的，但我妈一直否认这点，直到我们的班主任证实了我妈的话，她说我其实是快班的最后一名，可以在快班，也可以在慢班。她没有告诉我她那么努力把我留在了快班的原因，现在想起来，应该是那块绣花的桌布。其实我并不想做快班的最后一名，我原本是可以做慢班的第一名的。那块桌布毁了我最后一次做第一名的机会。

文杰和红霞也在快一班，红霞不再是我们的第一名了，就像蝴蝶说的，红霞把每个人都扣死了，她怎么就能考到那么绝的分数。红霞令人匪夷所思的一百分肯定是蝴蝶不愿意再读下去的主要原因。可是红霞不再是我们的第一名了，现在的第一名是分班前隔壁班的第一名，他们叫他菜头，后来他考到了南京。有一天我在大雨中去南京寻找我大学的梦想，我在东南大学一条人来人往的小路上碰到了他，我们就坐在食堂里一起吃了饭，他的新同学们仍然叫他菜头，从此以后，我再也没有见过他。就是那么两个从头到脚都不会有什么关系的男女，即使下雨，并且坐在一起吃饭，可还是一点关系都没有。就像我的另外一个在高考时疯了的同班同学，其实他住在我家的隔壁，我们一起长大，我借给他我所有的书，可是他只愿意从他家的阁楼窗口扔给我一本《长袜子皮皮》。小学五年级的暑假，我读完了所有我能够找到的书，我特别渴望新的书，我就站在我们的楼下拼命地叫他的名字，可是他假装没有听到，如果我再叫下去，他就很不高兴地打开他的窗子，扔给我一本我肯定会厌恶的书。是的是的，那样忘不了的厌恶，那本书肯定是说一个红头发脸上长雀斑的女孩子坐在树上自言自语，可是她的自言自语全部变成了真的。他有那么多的书，只是他从不愿意与任何别人分享。其实我也没有什么好抱怨的,是我先有了要的念头,我只是在要前先给,好看一点,可是如果对方根本就不明白那到底是怎么一回事,我就白给了。

文杰借给我《红楼梦》,我还给他以后又问他再借了一遍,其实我的书架上有更好版本的《红楼梦》,我只是特别迷恋那种归还的漫长的过程,其实我把每一页都翻过了,里面什么都没有。

15

即使你和一个男人已经很靠近了,他们仍然可能和你一点关系都没有。那个有阁楼也有《长袜子皮皮》的男生,那个被我踢断了胳膊于是被大人们禁止再接近我的男生,那个带我混进只有好孩子才进得去的少年宫和文化站的男生,他们都是我事实上的青梅竹马,可我还是记不得他们的脸和名字了。后来我遇到了更多的男人,除了做情人就是做陌生人,没有人愿意跟我做朋友。即使我还有一两个朋友,其中的一个发誓说他从不把我当女的看,即使我们两个一起流落到了荒岛十年,他和我也不会有任何关系。是的是的,也许真是这样,可是为什么要发誓又要公告呢?就像我最后的一个朋友,无论我在世界的哪一边都会在 MSN 找到他的一个男人,他消失的那一天却要和我吵架,他为什不能正常地消失呢?至少我还可以拥有美好的十三年的回忆。

16

我再也没有单独和文杰待在一块,最后一次是他拿出了一个装满了透明液体的玻璃瓶,他把那些液体倒在他家的水泥地上,然后点火,那道液体就像龙一样游起来,短暂又突然。火着起来的时候,他的有点变形的眼睛在眼镜片后面闪闪发光,特别兴奋。文杰以为他肯定吓着我了，他确实吓着我了。后来我再也没有被惊吓过，即使有人拿着绑着红布条的刀站在我的面前，即使有人花了三个钟头擦他的自行车。

我再也没有看到文杰，我就去一个住他家隔壁的女生那里听几分钟磁带，她有所有小虎队的磁带，但是她说她只爱王杰。其实她只喜欢一个人听，如果我去找她，她就会关掉她的录音机，和我一起发呆。我就去红霞住的村庄晃来晃去，那个时候的乡下真的不算太远，如果蝴蝶知道二十年以后全部的村庄都会变成城市，她就不用过得那么紧张了，可是谁会知道二十年以后的事情呢？谁都没有前后眼。我会碰到一些同学，他们全部和红霞住得很近，可是我从来碰不到红霞。我和一群完全不认识的男生坐在一起看完了《A计划》，戴帽子提花篮的张曼玉在里面特别美。我跟着他们去找一个名字叫红艳的女生，尽管我完全不知道他们为什么要去找她，我给最矮小的一个男生叠好了毛巾被，我蹲在在河边洗衣服的静霞旁边，说了几句没有意思的话就走了，后来静霞每年都给我寄贺卡，她挑选的贺卡配上她独特的斜体字，特别精致。

我想红霞是知道我在想什么的，她嘲讽的脸甚至出现在我的梦里。体育课上我被安排和红霞一起跑，她跑得就是那么快？她为什么就能跑得那么快？令人匪夷所思的快。我很努力地想跑过她，我想我终于可以很接近她了，可是她突然停了下来，她嘲讽的脸扭过来，她什么都没有说，她只是突然停下来。我想我是可以在最后跑过她的，可是她的停止让我觉得完全没有意思。

蝴蝶的磁带不多，可是她还有一盒千百惠，我去找她的时候，千百惠就一直唱来唱去，我没有一盒流行歌曲磁带也没有一本所有女生都有的贴满了黎美娴，抄满了《千千阙歌》的小本子，我被严厉地禁止接触那些，还有课外的闲书，可是过了分的严厉却令我对被禁止的一切更疯狂地迷恋。我说,蝴蝶,我终于不爱文杰了,他特别丑恶。蝴蝶说,我才不相信呢。我说,真的,他是一个真正的神经病。蝴蝶说,你怎么这么恶毒。千百惠在唱夏天夏天悄悄过去依然怀念你,可是蝴蝶说,你怎么这么恶毒。

17

那些初中的暑假,我一个人晃来晃去特别无聊。其实我很想念文杰,可是我不知道他在哪里,我再也没有和他单独待在一块。我爱上他其实是在一个星期天的早晨,我站在百货大楼的转角处,另一个转角有一个男生穿着白衬衫,特别高又特别瘦,他站在那里,不动也不说话,戴着黑框的眼镜,特别阴郁。我想他可能是我崭新的初一(1)班里的一个同学,那个时候我还不大记得我的新同学们的脸,他们和我的小学同学们不太一样。我就想再看他一眼,可是他消失了,人群都是灰色的,可是他是白的,我想我爱上他了。其实我并不确定那个早晨我看到的就是文杰,也许他们只是相像,白衬衫和瘦还有眼镜。那样的爱,应该在他消失时就结束了。

18

春天,我的偏头痛开始发作。我接到了刘小燕的电话,她说我们应该在她的新房子里聚一聚。

王芳菲载着蝴蝶和小蝴蝶还有我,我们在郊区的别墅群里转来转去,可是找不到属于刘小燕的那幢。最后我们找到了刘小燕的车库门,奇怪的事情是,这个门并不在正门的旁边,真正的大门在房子的另一边。我们下了车,绕过整幢大别墅,到达有台阶的前门。春天的风特别大,大得可以放风筝,可是令我头痛欲裂。

王芳菲摸了摸墙和地面,王芳菲说,这些刘小燕用来装饰房子的石头已经超过一百多万了。蝴蝶说，我好像看到一堆钱粘在墙上和地上了。我说，我觉得电视有点太大了。可是我又看到了很远的远处的沙发，我又说，如果是这样的话，电视就不是那么大了。

王芳菲和蝴蝶开始帮助刘小燕做饭，她们三个围绕着厨房里巨大的料理台忙碌，那张台子就没有一开始那么巨大了。我走来走去好像很忙，可是完全没有目的，我走到地下室又走到三楼，我走来走去，最后我找到了一张大太阳底下的扶手椅。和她们在一起，我从来就是这么真实地无赖，我特别怀念这种心安理得可是短暂的日子。我坐在椅子上，我看得到不远处很破的农村房子的屋顶，我不明白刘小燕为什么要住到郊区，二十年以前，她们每一个人不都是想着离开农村住到城里吗？

直到她们叫我吃饭，她们做了一桌最家常的饭，三个女人，每一个都比我能干。其实我也不是那么笨，我只是懒惰，我住在哈德逊河旁边的日子，要是把我逼急了我也会炒青菜。

我在公共汽车上看到红霞了。刘小燕说，她看起来就是一个中年妇女。

难道你不是中年妇女吗？我说。

我当然要比她年轻漂亮得多。刘小燕说。

你为什么会在公共汽车上？蝴蝶说，如果你要去坐公共汽车，你为什么要买三台车，放在车库里看看的吗？

很多时候公共汽车比自己的车快。刘小燕说，尤其是早晨送孩子上学的时候，我明天就去买一辆电瓶车，就更快了。

我不明白文杰看上红霞哪一点了。我说。

她们三个一起笑。

19

春天的风真的只是用来放风筝的，温暖可是有毒，我的头越来越痛，我是真的想去撞那些光滑的墙面了。我曾经在草地上放过一次风筝，我碰到了住在文杰隔壁的那个女生，我总是在各种各样的地方碰到各种各样我记得的人，我的记性就是这么好，只要他们在我的生命里待过一分钟，我就永远都不会把他们忘掉了。她好像不再爱王杰了，她也不像传说中的那样得了内分泌失调的病，胖得没了形状，在我看起来，她比二十年前瘦得多了。她的风筝飞得很远，她一个人，穿着毛衣，可是她的风筝飞出去那么远。其实我的风筝也飞上天了，那是一只黑色的燕子，后来我把它带来带去，去了太多的地方它的翅膀就折断了，后来它一直一直地待在车后座上，有一天我捐车就把它一起捐掉了。

20

刘小燕在说她和她丈夫的吵架，那一次她是真的生气了，买再多的衣服都不能让她好起来，她就开着车一直开到很乡的乡下，买了一幢房子。

蝴蝶说，你们这场架吵得太昂贵了。王芳菲入神地看着窗外，她从不提起她的丈夫，她只是微笑。我真是太喜欢她们了，从我想到那个换外套的主意开始，我就以为我们四个一定是真正的姐妹。

你知道吗？你从来就是这么细致。刘小燕说。

我怎么细致了？我说。

刘小燕突然笑得不能停止。刘小燕说，我想起来了那一块压缩饼干，你把一块压缩饼干带到学校。

是这样的。蝴蝶说，你把那块饼干分成了平均的四份，还放在小碟子里。

你说千万不要吃太多啊，这种饼干，只要一点点就会饱得要命。刘小燕笑得快要昏过去了。

我说，你们一定记错了，我的记忆中并没有那块压缩饼干，也没有绣了花的桌布，你们确定是我吗？

我们确定是你。蝴蝶说，你就是这么细致。

结果我们都被那块饼干饿得半死，刘小燕说。刘小燕的背后是一片粉红色的梅花，设计师的设计，我还以为是桃花，蝴蝶却说是樱花，那些花真令我们眼花缭乱。

她们总是这样，帮助我回忆我自己都回忆不起来的事情。就像我可能在某一个女生过生日时送给她一个会唱平安夜的圣诞节铃铛，她一直都记住那个铃铛，我在大街上晃来晃去的时候她就会走过来感谢那只二十年前的铃铛。可是我并不相信我会在别人生日的时候送圣诞节礼物，那个时候我一定还不知道这个世界上有圣诞节。

我在大街上晃来晃去就会碰到初中里的谁，可是我一次也没有碰到过文杰，自从我离开第一中学，他也失踪了。蝴蝶和王芳菲一定知道他在哪里，可是她们不告诉我。直到蝴蝶问了王芳菲一句，你是参加了文杰的婚礼吧，文杰的父亲在那一天回来没有？

回来了。王芳菲回答，可是只待了几分钟，又走了。

这是怎么回事？我说，到底是怎么回事？

也没什么。王芳菲说，文杰的父亲可能在他很小的时候就离开了，再也没有回来过。

那么他的母亲和姐姐呢？

他的母亲和姐姐怎么了？蝴蝶奇怪地说。

他父亲离开了的话，他家里的人怎么办？

什么怎么办？蝴蝶说，就那么过下去啊。

可是为什么？

可能没有什么为什么。蝴蝶说，好像就是好好的一天，他就突然走了，甚至都没有带走一件衣服。此后的几十年，他都没有再出现。可是他一定还在哪个不远的角落,文杰结婚,他就会出现一下,然后又离开。

我真不明白,你们为什么要向我隐瞒这么多关于文杰的事情。我说,我还以为我们之间是没有任何秘密的。

我为什么要跟你说呢?蝴蝶说,我觉得完全没有必要。

你明明知道我是那么迷恋他。我说。

是的我知道。蝴蝶说,可我就是觉得没必要,像你这种出生在蜜糖里的人,完整的家庭,还有绣花的床单和桌布,你怎么可能理解文杰。

你们为什么总是忘不掉那块桌布?

你们是在为一个二十年前的男人吵架吗?刘小燕说。

我看了刘小燕一眼,她的手里拿着一个很圆的普洱茶饼。你们要喝点茶吗?她说。

而且我根本就不记得我的床单也是绣花的。我又说。

可是我确实还记得你经常跑到我的座位旁边来,有事没事都来,难道是因为我的后面坐着文杰?刘小燕说。

王芳菲仍然望着窗外。我们还是应该坐到阳台上去,王芳菲说,房间里面太冷了。

刘小燕开始整理餐桌,她的冰箱像我以前的冰箱那么大,她为什么要买那么巨大的冰箱,她又不需要一个星期才买一次菜。她的别墅周围就是菜场,只要她愿意,她每天都可以买到新鲜的刚从地里拔出来的菜。蝴蝶开始给小蝴蝶喂奶,她们穿着粉红色的毛茸茸的衣服,一起坐在沙发上,蝴蝶看女儿的眼神特别温柔,像一个真正的母亲。

21

我和王芳菲都坐在太阳底下了,王芳菲从她的包包里掏出一把小小的瓜子。我们还是开始嗑瓜子吧,王芳菲说。

你不觉得文杰很奇怪吗？我说。

是啊,他很奇怪。

你不觉得文杰一直在给我错觉让我以为他是爱我的吗？

我想是这样的,他给了所有的人错觉,其实他也给了我同样的错觉。他就是那样的人。

我停顿了一下,我看到王芳菲闭上了眼睛。春天下午的太阳果真令我们昏昏欲睡。

我从来就没有见过文伟,他长什么样的？我说。

你从来就没有见过他吗？王芳菲说。

是的,一次都没有。我说,只是你们经常地提到他,经常,他就像是我们中间的一个人,从来没有离开过。

那你还是不要见他的好,王芳菲说。

为什么？

他是一个肿瘤科的医生,你最好希望这一辈子都不用去见他。王芳菲说。

发表于《鲤·孤独》2008年第6期

花园

张英牵着女儿的手，面前是自己家那辆已经没有了电瓶的电动车。除了没电瓶，车看起来和平时也没什么两样。张英又看了一眼，电瓶确确实实是没有了。张英在心里想，终于也轮到我自己了。前一天晚上张英坐在沙发上看到电视里偷电瓶的新闻还笑嘻嘻地说了句，要过年了，这些电瓶贼真是最后的疯狂了。原来这最后的疯狂要到了自己头上，到底是笑不出来了。

女儿静静地握着张英的手，不多说一句话，女儿从来都是很懂事的。张英突然意识到上班要迟到了，真的要迟到了。张英一把抓起女儿的手，往马路对面的幼儿园跑。三岁女孩也开始跑，细细的腿很努力地跟上，小脸涨得通红。到幼儿园门口，7点59分，张英肯定是要迟到了。想过把孩子早一点送幼儿园，可是早一分钟就没有老师，也跟园长小心地提过一次，园长说，我们的老师也是人，也要休息也要吃饭，说是8点上班就是8点上班。

园长的话也是有道理的，张英只恨自己一时冲动真去跟园长提，真的很蠢。这幼儿园是新的，孩子本来上的新村幼儿园，每个月加上餐费不过两百多元，张英夫妻工作忙，又没有老人帮忙，孩子两岁不到就送幼儿园了，虽然那公家的幼儿园又小又旧，但是不贵离家又近，张英到底是满意的。可是有一天突然就把新村幼儿园拆了，跟家长们说要在对面黄金花园开一个新的大的幼儿园出来，是国外的老板投资的，这新村幼儿园还有另外一个美术幼儿园都是要并过去的。张英很是高兴了几天，新的幼儿园就意味着新的教室和新的操场，这是对孩子好的事情，而且既然是外国的投资，教材教具还有老师们的素质肯定也是很高的，也是对孩子好的事情。

张英唯一担心的是学费，市里已经有好几家外国人投资的国际幼儿园了，听说一学期的费用都是以万计的。那也是值得的，张英对自己说，不管怎么样，用那句老话说，孩子不能输在起跑线上。

新的幼儿园开幕了，场面很大，学费也终于公布了，每个月一千七百元。新村幼儿园合并过来的那家美术幼儿园的孩子，只需要付最优惠价，七百元。这七百元，还是超出了张英的心理底线。直到八月的最后一个星期，张英还在犹豫，可是她也没有别的选择，如果像新村幼儿园其他家长建议的那样，去河对面的另一个新村幼儿园，路上就要花一个小时，张英夫妻赔不起这个时间。交学费的那一天，张英没有看到其他的家长，整个新村幼儿园转过来的小孩，不超过五个。张英也没有看到一个新村幼儿园的老师，尽管那几个老师年纪大动作又慢，但是相处了一年多，也是有感情的。那些老师都去哪里了呢？并没有人给她答案，只是她们的不存在，却是新幼儿园师资力量的证明。张英开始不确定自己的选择了，给孩子去这个崭新但是完全陌生的幼儿园，真的是对孩子好的事情吗？

新园长是很厉害的女人，这是张英的第一感觉。听爱米粒妈妈说，黄金明星园，是的，新幼儿园的名字叫作黄金明星园，这个幼儿园，从食堂的做饭师傅到做账的会计，都是很服这个园长的，都跟着这个园长好多年了，更不用说那些小老师了。爱米粒是美国出生的中国小孩，和女儿是一个班的同学，爱米粒妈妈知道的事情当然是要比张英多多了，但是张英不太愿意和爱米粒妈妈多来往，接孩子的时候最多点个头，那些开着宝马奔驰来接送孩子的，张英更是没有话，即使人家很客气地跟她打招呼，她也只是矜持地一笑。不是太骄傲，而是意识不到也不愿意承认的那一点点自卑。

张英差不多已经忘记新村幼儿园的味道了，那种味道，像是烘山芋的暖洋洋的淡黄色的味道，像一个穷但是温暖的家。张英不是本地人，尽管嫁了个本地的丈夫，也会说了本地的话，但到底不是这里的人，深不到这里面去。张英也嘲笑过这个城市的人和风气，不伤害的那种嘲笑，张英也笑嘻嘻地说过连幼儿园也是这个小城市的小市民的幼儿园，那些小小的心眼和没有占到的便宜，回忆起来竟也是很值得怀念的。

张英是在黄金明星园外面的台阶上第一次碰到小熊妈的，那个女人穿着很大的棉袄和棉鞋，面孔蜡黄，披头散发，再看那女人牵着的孩子，也是没洗过的脸，衣服的袖口和领口，都油光光的了，而且还很不听话的样子，手里抡着个奥特曼上蹿下跳，没一刻停的，女人喊了好几声都喊不住。张英不禁轻轻摇头。自己再忙，女儿的头发都会梳得好好的，衣服不是名牌但都干干净净整整齐齐。更重要的是，孩子懂事，争气，又听话，从没有过喊不住的情况。管不住自己孩子的母亲，应该不是合格的母亲。张英在心里想。

我们是新来的。那女人说，好像还想说下去的样子。张英礼貌地笑了笑，走下了台阶。后面是那女人跟门卫对话的声音，为什么？为什么8点前不可以送来幼儿园？为什么？

上班要迟到了。张英对自己说。

一个外地人，既没有名牌大学的背景又无亲无故，在单位里站稳脚，并不是很容易的事情。张英从不迟到，迟到对张英来说，是天要塌下来的严重，尤其是来了新的主管以后。新主管很年轻，没有结婚也没有孩子，对于张英有时候以孩子病了为理由的请假，新主管表示理解，但是内心反感。所以张英更不能迟到，绝对不能。

孩子病了，对张英来说，是非常揪心非常烦恼的事情。只有到医院里挂水，好得快。女儿从小体质不好，老生病，到医院挂水是经常的事情，女儿小时候就特别懂事，从不大吵大闹，有时候护士找不到过于纤细的血管要多扎几针，女儿痛极了也只是不出声地流眼泪，只让张英更揪心。别的孩子有外公外婆爷爷奶奶疼爱，女儿却只能经常一个人坐着翻书，女儿也不会一直缠着爸爸妈妈要求讲故事，女儿是知道的，爸爸妈妈忙。张英有时候也乱想，为什么要离开家乡离开父母来这里呢？这个别人的城市，唯一的原因只是这里比家乡富裕，如果不离开家，如果还和父母生活在一起，孩子就有外公外婆，这空气一样的富裕又哪里重要过亲情？

爱米粒妈妈说他们家爱米粒从小到大没有挂过水，更是很少吃药。物理治疗，爱米粒妈妈说，爱米粒的美国医生说的，不要抗生素，只要物理降温。张英耐心地听着那些六小时一次泰诺四小时一次退热浴缸的水不能太热甚至可以尝试冰激凌的奇怪的废话。张英把冷笑掩藏起来，张英其实并没有听进去多少，张英在心里面说，你们那是美国，可这里是中国，这是中国。

如果你接连两个月看到有一个女人每天都穿同一件衣服同一双鞋，你一定会很深地记得她。小熊妈就是那样的一个女人。张英总是会碰到小熊妈，因为她们的孩子总是第一或者第二个到幼儿园。有时候是张英第一个，有时候是小熊妈第一个。张英还是不大和小熊妈说话，直到有一天晚上女儿回来说，小熊吐了，吐得很多，所有吃下去的东西都吐光了。女儿很聪明，已经可以很清楚地讲述她看到的一切了。这样的年纪，有的孩子还不会说完整的句子。张英想起来女儿两岁不到就被放进幼儿园小小班，好像就是那一年，女儿突然懂事了。可是有这样的才能，并不是值得夸耀的，不是才能，更像是要努力生存下去的本能。张英不禁心酸。

张英想起来接孩子的时候，小熊妈也在旁边，小熊妈和老师说了半天话，问小熊怎么样？老师只是说，很好，很好，小熊吃饭吃了好多呢。老师们笑眯眯的，并没有告诉小熊妈小熊吐的事情，大概是忘了。小熊妈高高兴兴地牵着小熊的手走了，那个小熊，看起来应该是不会说自己在幼儿园的事情的。

不会或者不愿意表达的孩子，在张英看来，并不是完全坏的事情。女儿很多时候是过于会表达了，女儿会说，今天放学前老师不让我用洗手巾了，因为手巾已经全部洗好了，老师不想洗第二次手巾。女儿会说，老师说的，只有爱米粒可以在任何想喝水的时候喝水。女儿会说，爱米粒可以得到两颗糖。很多时候张英只希望自己从来没有听到过这些话，因为她并不知道怎么回应。很多时候她不回应，很多时候她会像所有的母亲那样说，宝宝要乖，要听老师的话，如果宝宝的表现也像爱米粒那么好的话，老师也会奖励宝宝两颗糖。

张英洗好了碗收好了衣服，进房间看女儿，女儿已经睡着了。张英轻轻地拿走了女儿盖到脸上的书，把女儿的小手放进了被窝。和往常一样，丈夫去上夜校了，丈夫本是懒惰的人，丈夫说，都三十好几快四十了，还读什么书。张英是硬生生把他逼去的，张英说，家里我来，再忙再累都是我，你只管读你的。这还需要讲什么道理？将来的路，还有改变，都在自己手心里。

张英变成了这城市里所有精力旺盛的女人们中的一个，上班、做家务、带孩子，日复一日地忙碌。有了对未来的希望，什么样的苦难，都微不足道了。

— 27 —

张英看着女儿熟睡的脸，那是世界上最美丽的小天使的脸。张英在心里面轻轻地说，妈妈和爸爸一定会竭尽全力给你最好的，不让你受半点委屈，我们做不到也不能做的，你一定要自己争气。

　　张英早晨看到小熊妈的时候很想告诉她，要给孩子吃药，因为那个粗心的母亲显然还没有意识到自己的孩子已经病了，她只是向所有她看到的人抱怨。小熊昨晚没睡好，小熊妈一看见张英就说，一晚上，一直哭。小熊妈很烦恼的样子，摇晃着那头永远乱糟糟的头发。张英张了张嘴，还是什么都没有说。

　　张英像往常一样，很快地走下台阶。要迟到了。她自言自语。

　　张英终于在3点半前赶到了幼儿园，今天是周末，要比平时早半个小时接小孩。接了孩子，天还没暗，家长们都会让孩子们在幼儿园的滑梯上再玩一会儿，大人们就聚在旁边说说话。张英一般是不参加的，已经上了一天班了，累得不行，早一点回家就可以早一点做晚饭，女儿又是从不要大人操心的，大人做饭，女儿可以自己玩一会儿。可是这天，女儿眼睛紧盯着她班里的同学，脚都挪不动了，张英有点心软。去吧，张英轻声地说，松开了女儿的手。女儿飞快地跑到那堆孩子们中间去了，女儿笑得很大声。张英只能叹气，想着家里面一堆乱七八糟的事，眉头不知不觉有点皱起来。张英没有进入家长们的圈，她远远地站在外面，她听得见他们说话，她只是没有精力参与进去了，说话也是要花力气的。自从电瓶车的电瓶被偷掉以后，张英就改走路上下班了，再买个电瓶要五六百，那辆旧电动车都不值这个价呢。可是一天走下来，确实很累。

　　张英站在了家长圈的最外围，旁边就是小熊妈和爱米粒妈，她们俩似乎没有任何交流。还有一个涂了鲜红口红的女人，也不与任何人说话，只紧盯着孩子们。那是一辰的家长。张英记得她，因为那张嘴上每天都是重复的鲜红，衬得那张四方的脸上再没有别的了。张英已经筋疲力尽。

小熊竟还是跳来跳去调皮得可怕。张英听到小熊妈对爱米粒妈说，我们小熊在家是从不睡午觉的，晚上也睡得很少，醒了就是玩。小熊妈的声音疲惫又沙哑。然后张英听到了一辰的声音，一辰说，我要杀死你。张英吃了一惊，张英看着那个名字叫作一辰的孩子，那孩子要比女儿大半岁，但是很矮小，一直是坐在女儿旁边的，听老师说是很听话很好的孩子。

我要杀死你。一辰又说，那话是对着小熊说的。小熊若无其事地走开了。张英看了眼女儿，女儿正从滑梯上滑下来，玩得很开心。张英松了口气。然后又去看小熊妈和爱米粒妈，她们都在发呆，连发呆的表情都一模一样。张英再望了望旁边那张红嘴唇，很显然她也是听到了那句话，可是她居然笑了。

张英闭了闭眼睛，今天实在是太累了，张英以为她一定是有了错觉。

接下来发生的一幕真令张英吃惊。小熊在滑梯旁边的沙坑里抓了一把沙子，向滑梯上的一辰扬了过去。小熊的动作太快，没有人能够阻止，只是沙坑和滑梯间隔还有好长一段，小熊的行为在张英看来其实很笨而且没有意义。

可是接下来的事情令所有人都吃惊了。一个女人披头散发向小熊扑去，张英以为那是小熊妈，可是小熊妈正在原地目瞪口呆地望着这一切。小熊开始跑，女人在后面追，那女人有着最鲜红的嘴。小熊摔在了地上，一辰的声音仍然很响亮，我要杀死你，我要杀死你。大班的一个女孩也开始笑着跟着喊，杀死你，杀死你。女孩的外婆跑了过去，女孩住了嘴。张英看到小熊的手指开始流血，可是小熊没有哭。

张英看到的最后一幕是小熊妈一把拎起了小熊，那身俗气又笨拙的花棉袄，居然也开始灵活地奔跑起来。

没有人知道是怎么回事，所有的家长都在说话，没有人能够说清楚这事情是怎么开始的。只有一辰妈尖厉的声音，那个叫小熊的小孩一天到晚打人，整个班的小孩都被他打过了，打我们家一辰，连续打了三天，第一天打头第二天打脚，打的是头啊，我们家一辰回家告诉我了，也告诉老师了。别人都不敢讲，我敢讲，我是台湾人，王一辰的爸爸是在台湾的。

家长们面面相觑。张英皱了皱眉，张英是听过一辰妈讲当地话的，现在又突然听到她说她其实是台湾人，张英只觉得不可思议。想起有几次看到一辰妈妈骂小熊，让小熊离一辰远点，甚至推拉小熊的胳膊，把那孩子从滑梯上扯下来，那时的没理由现在看起来原来全部是有理由的。可是回忆女儿每天回来讲的话，并没有小熊打人的记录。即使小熊真的打了人，张英也并不期望一辰妈妈出来做全班家长的代表。

小孩子打打闹闹的。旁边有家长来劝，今天打了明天又好了，小孩子嘛。

一辰妈不理他，小熊他妈从来都是不管她儿子的，由着她儿子打人，你看你看，她儿子打人她还笑的。

她只会站在旁边，怂恿她儿子打人，她从来不管的，只要她儿子打人她就会笑。

刚才你们都看到了吧，她儿子抓起石头砸我们啊，还有一块石头扔到我嘴里了。

这个小孩就是这么凶恶，跟他妈一样。

不是这样的。张英终于说出了她的第一句话，那声音犹豫又低微像是自言自语，我刚才听到你儿子说了句我要杀死你，然后小熊就……张英突然很后悔，因为那张鲜红的嘴唇在瞬间就放大了，张英看到了真正的张牙舞爪。几个父亲和母亲正拼命地拖住那个明显已经发了狂的女人。

我儿子？我儿子的表现不知道多好呢，老师天天表扬我儿子的，他会说那样的话？他要是敢说那样的话，我一个大耳光就扇过去；他要是敢说那样的话，我杀了他。

张英笑不出来，张英只恨自己一时冲动多了嘴。不知道什么时候女儿已经靠在了身边，女儿的手紧紧地抓住了母亲的衣角，竟像母亲一样发抖，是害怕吗？还是别的。

红嘴唇的女人仍然在尖叫，张英已经不知道她在喊什么了。难道她看不到这里都是孩子吗？看不到别人的孩子，至少也应该看一眼自己的孩子。张英想。那个名字叫作一辰的孩子是会得意还是羞愧呢？太小的孩子，应该还不太懂得。

爱米粒妈妈在旁边很轻地说，这个幼儿园的投资方是台湾老板，她敢这么说，怕也是认得投资方的。

张英终于笑出了声，原来这就是他们说的"国外的投资"，台湾原来是"外国"。

已经过去两个月了，张英再也没有见过小熊妈和爱米粒妈，她们和她们的孩子像是失踪了，没有人知道真相。如果单是小熊，那是想得通的。可是小熊的以后怎么办呢？他可以去哪个幼儿园呢？每个人都以为那是一个会打人的小孩。张英唯一不能面对的是小熊妈，张英内疚她不能给小熊妈一个真相，她可以给但是她没有给，女儿还要在这个幼儿园待下去，很多时候真相也是不需要的。可是爱米粒妈呢，她家的是美国小孩，难道也害怕台湾人吗？张英摇了摇头，最近她经常胡思乱想，像是抑郁症的前兆。难道经过了这样的事情，我们也必须要换幼儿园吗？要换的话一开始就换了，又何必等到现在？有一个认识的人是在机关幼儿园的，可是她那样有钱的人，住别墅开甲壳虫，经常是要头痛发热的，一不高兴就要请假，孩子当然不能放在她的班里，即使是老着脸皮去找她就能进得去的机关幼儿园。还有和女儿小时候一起玩的一个男孩，这个月也开始送幼儿园的，大前天中午在街上看到那男孩的母亲，那个母亲只是笑啊笑啊激动得说不出话来，原来刚才她在吃自助餐的时候碰到了儿子班上的老师，她说她要到了老师的手机号码，她说老师还答应有空一起出来吃饭。她激动得说不出更多的话来，她甚至说她整整一天唯一的收获就是认得了孩子的老师，她甚至说一定是上天安排她去那个餐厅的。她那么激动。

张英觉得自己最近想得特别多，真的是抑郁症吗？她也会变得像她们那样吗？为了孩子不顾一切，发了疯似的。

张英站在黄金明星园的大厅里，离放学还有两分钟，今天是情人节，每个家长都抱着一捆送老师的鲜红的玫瑰花，每一捆花看起来都没什么两样。张英没有买花，不完全是出于钱的考虑，如果多送一枝花就能让老师多关心一下自己的小孩，就算把全世界的玫瑰花都买下来也是值得的。那些花有多少真正的心意呢？她安慰自己。每个人都是存着私心的。

大厅周围的墙上贴着孩子们和明星同台表演的照片，每一张小脸都涂着红努力地笑着。张英有了错觉，那些照片里有了自己女儿的脸，鲜红的嘴，争着抢着把脸伸到最前面，三岁儿童笑着的脸，却写满了我要活下去。张英以为自己看错了。张英突然想哭。

发表于《天涯》2009年第一期

（注：刊物期数为大写，表示此刊物为双月刊。全书同）

201

　　凌晨3点到停车场，擦好车，搞好卫生，3点半出车。美英确实已经习惯了这样的生活，整整十年。之前的五年是售票员，直到一夜之间公共汽车全部变成了无人售票车，前门上，后门下，上车一元，投币入箱。公共汽车驾驶员变成了驾驶员加上售票员，开车的时候要仔细开车，乘客上车的时候要仔细盯着投币箱。以前的售票员多数下岗，或者变成更多的驾驶员。美英肯定是幸运的那一个，美英从售票员变成了驾驶员。十年了，美英做公共汽车驾驶员整整十年了。这十年来的每一天几乎都一样，凌晨3点到停车场，擦好车，搞好卫生，3点半出车。

　　3点半的这第一班车，经常是一个乘客都没有的，空荡荡的街面，除了几个同行和他们同样空荡荡的车。美英确实也习惯了这样短暂的空荡荡，因为乘客马上就会多起来，越来越多。

　　下午两点半交了班，再坐公共汽车回家。在公交公司上班唯一的福利就是可以无限制地免费地乘坐所有的公共汽车。可是有谁要这样的福利呢？除了公司的领导。美英这样的驾驶员，下了班，多一秒都不想在车上待，即使是无限制地完全免费地。

如果是日班，就是零点以后下班，把车送回停车场加油检查，再走回家，因为那个时候已经一辆公共汽车都没有了。美英一般不上日班，美英不想半夜三更一个人在大街上走。

美英每天都是这么过的，美英从不抱怨，像她们一样，一边开车一边嘴里嘀咕。美英上班的时候嘴总是抿得很紧，美英的嘴角就有了两道很深的竖纹。美英对自己说，每一个人不都是这么过着吗？

有时候美英会碰到中学里的女同学，她们好像都不认识她了，她们的目光冷冷地飘过来，又冷冷地飘走。美英就会把头扭回来，轻舒一口气。如果被认出来的话，那样的次数很少，她们会靠在旁边喋喋不休，她们说，美英你怎么还不结婚啊？不结婚总有男朋友的吧？美英我家乐乐都上三年级了你还没有结婚啊？那个叫作乐乐的孩子就会被推到最靠近的地方，响亮地喊，阿姨好。美英就会笑呵呵地应，哎，这孩子可真懂事。美英倒宁愿她们没认出自己来。

要到夜深了，美英下班了，美英才会又想起那个女同学还有孩子，美英就会发一会儿呆。

但是不管怎么样，美英从来都不会把情绪带到工作中去。公共汽车驾驶员这个职业，美英已经忠实得近乎麻木了。对于那些从后门钻上车的，让孩子缩着脖子就会低于一米二的，甚至往投币箱里投冒险乐园游戏币的，美英只会很深地皱着眉头，美英的眉头也有了很深的竖纹，美英知道那条纹，美英对自己说，我再也不能皱眉头了，可是美英还是做不出来。关掉车门去夹那个后门钻上来的扛着大米的农民工，美英也做不出来，叫住那个背着书包背着零食又把座位让给孙子然后吊在那里快要倒过去的老头，一定要给他的已经小学五年级的孙子补上那一票。美英不大做这些。美英只是在大肚子和抱孩子的上车以后，按下那个发出"请发扬中华民族优良传统美德"声音的键。那个键，不是每一个同行都高兴去按一下的。

尽管很多时候键并没有作用，作为一个公共汽车驾驶员，美英确实也不能做点更实际的什么，难道把自己的座位让出来给那个大肚子吗？就像五公司46路的那个同行那样，他站起来说，如果没有人让座的话，大肚子只好坐到我的位置上来了。可是他被扣掉了一百块钱，一个投诉电话，说他威胁乘客，不照他说的做他就会不开车。美英觉得他到底还是幸运，很多时候，一个投诉电话就会让你下岗，没有车开，没有工资奖金加班费，每天早晨还要去公司报到，坐着不好乱动，只给你生活费，每个月三百二十块。

美英开了十年201路了，美英从来没有被投诉过，但是美英心里面是有一点点内疚的。前门上后门下，身高超过一米二就要投币买票，这些都是公司的明文规定，谁都得按照规章办事，可是美英做不到乘客上车就睁大眼睛盯牢了投币箱，美英更做不到竖起耳朵听好了感应器过IC卡时"嘀"的一声，美英心里面也明白，有的坏小子是用嘴巴发出那个声音的，经过练习，那个短音简直可以被模仿得惟妙惟肖。比起公司里那些认真负责的驾驶员，冒着与人争吵被人投诉的风险，少投了的每一分钱都盯得回来，从后门上车的全部赶下去前门再上一次，美英是要内疚，而且是要深深地内疚才对。尽管乘客投一块投两块即使投一百块，那些钱也不是落到自己腰包里的，但是公司也是一个企业，全靠这个给员工发工资的。

美英有时候也拒绝没有及时赶到站牌下面的乘客，不经常，尽管他们会跑过来拦住车头，甚至拼命地拍打已经关闭的车门，美英不会停下来。美英假装自己听不到外面的声音，感觉不到外面的愤怒，这完全也是公司的规定，如果为了这些人再停一次，再开一次门，可以做到，但是违反了规定。很多时候美英也是会烦躁的，美英也是人。

可是这么说的话，再开一次门又有什么问题？这世界上的一切都必须倒过来又倒过去想，才不会想不开，想不开眉头的中心就会有一条很深的线。

美英经常地告诉自己，我是对的，一直是对的。美英从来就是这么坚决，如果结果是失望，就绝不会给他们希望。美英不能理解的是，有的同行会在看到有人奔跑过来的时候故意放慢速度，甚至停下等待，给他希望，然后在那个人跑得上气不接下气快要接近的时候，啪地关掉门，飞快地开走。那个人充满了感激并且笑着的脸就可以定格在那里，定很久。做了这样的事，是为了好笑吗？可是他们也不笑。

美英发现302路又跟在自己的后面了，这些天都是这样，本来只是照例各走各的，可是只要一看到美英，他就唰地一下贴过来，贴得很近，美英特别讨厌这种贴法。美英知道，再下一个红绿灯，他就会从旁边的车道超上来，趁着红灯的那几分钟，隔着他的车也隔着美英的车，不顾一切地喊，嘿，是你啊。两台车的乘客就会全部整整齐齐看过来，看他也看自己。美英实在是不能接受这种方式，还有使用这种方式的这个比自己小太多了的男人。美英见过太多的他们了，没有人会待满一年。公司里的男人们都快要逃光了，如果外面的物流公司也要女人，女人们大概也是要逃光了的。这个职业到底无趣，乏味，工资低，慢性病，还有危险，尤其是302路，城郊线，这一个月驾驶员已经被乘客打了两回了。他们都在打报告，如果报告不被批准，他们宁愿辞职。这个月都走了三个了，美英是真的不明白这个小男人怎么还笑得出来。

美英一下车就打电话叫了快餐盒饭，十二分钟的吃饭时间，等待的时间是六分钟，还有六分钟用来急急忙忙地吃，再美味的食物要是必须急忙地吃，也就不是那么美味了。美英也不是天天吃快餐的，八块钱的糖醋小排骨盒饭，到底也是奢侈。美英一般是自己带饭，在站上的微波炉热一下，快，卫生，合算，吃完了饭洗完了碗筷还有多的时间喝口茶和调度说几句话。至于快餐,其实也只有一家快餐公司送美英这里了,所有的快餐公司都说他们做不下去了,肉和米都在涨价,他们的盒饭又不能涨价,一涨价客人们就会怨声载道,不吃他们家的盒饭了,不能涨价就只能动盒饭,少放一块肉,或者把隔了几夜的青菜炒成不隔夜的样子,脾气不好的客人就会在电话里骂他们的接线小姐,把接线小姐骂得再也不要在快餐公司打工了。而且又禁摩了,没有摩托车他们就送不了快餐,做不了生意,反正也不是他们一家,一禁摩,小一点的快递公司也做不下去了,但是快递公司还可以用脚踏车送货,快餐公司用脚踏车的话,快餐送到了,饭也凉透了,客人会给钱吗?

那家唯一剩下的快餐公司是用电瓶车送餐的,虽然常出问题,但还在经营。政府禁的是摩托车又不是电瓶车,而且电瓶车快起来就是摩托车了。美英打去电话,电话那边的订餐小姐声音甜丝丝的,好像涨价,禁摩,都与她的公司没有什么关系,她说这次是一定不会迟到的了,他们是有信誉的公司。美英放下电话,因为有着这甜丝丝的承诺,十二分钟的午餐加上休息,发自内心地笑了一下。

美英最近一次叫快餐还是一个多月前了,送快餐的说迟到了是因为刚才送二十盒快餐去那边一个棉织厂的厂长室,工人们都坐在里面,风卷残云吃完了他的快餐,可是没有人付钱。

他就说,你们吃了饭怎么不给钱啊?

工人们说我们没钱给啊,我们是坐在这里等厂长发工资的,我们都坐了一天了。

送快餐的说,不管怎么样,你们吃了饭,不给钱不行的。

工人们说,为什么啊?既然你快餐是送到厂长室,就应该厂长给钱。

送快餐的就去旁边的办公室找人,一个人都没有,只有一个会计，急急忙忙地收拾东西。会计说，我又没有吃你的饭，找我干吗？

送快餐的急了，说，一个女的打的电话，要的二十盒十块钱的快餐。

又不是我，会计说。锁上抽屉，要走。工人们马上又察觉，围上去揪住了，七嘴八舌地说工资不发不好走。会计就尖尖地叫，说她也是打工的。工人们不放手，像是抓住了最后的稻草。

送快餐的只能走了，到底没有人付钱。

下午还要再去一下那个厂，怎么办呢？送快餐的说，没有人给钱，二十盒就是两百块，就要我来赔，我怎么有钱赔出来呢？说得眼泪都出来了。

美英埋着头咽下了盖在饭上面的一只蛋，还有半分钟就要出车了，都快要噎死了，可是喝口水的时间都没有。美英在心里面诚实地想，不管怎么样自己到底比这个送快餐的要好一点，送快餐的人，天天风里来雨里去，送一盒饭才一块五。

可是今天，那盒快餐终于没有等到。美英空着肚子出了车，凌晨3点钟吃的早饭，现在已经快10点了，马上都要吃下午3点多钟的晚饭了，美英对自己说我是要去投诉的，我是真的有点火了。

车到黄金花苑那一站的时候，上来一个女人带着一个五六岁的小孩，女人投了一块钱，牵着小孩的手走进车厢。美英车已经开出去了一段，突然就大声地说，喂，那个小孩要买票的。女人不理她，直往车厢后面走。美英更大声地说，说你呢，小孩那么高要买票了。女人说我家小孩身高不到一米二，不要买票。美英不说话，又往前开了一段，突然停下来，说，你不买票我就不开了。

坐在车里的人都叫起来，去买票去买票，停在这里算什么事情，我们都不好走了。

女人不动。

就有人过来劝美英，司机师傅啊，就为了一块钱，你也太认真了嘛。

美英也不动。

坐在美英后面的一男一女就开始偷偷摸摸地说，昨天也是这站，上来一个老头带一个学生，就刷了一张老年卡，司机叫他帮小孩买票，老头说孩子才一年级，买什么买？那孩子至少一米五了。司机也没理他们，继续开车了。

女的就说，这种事情多了，又没什么。

女人恨恨地走过去，又投了一块钱。车厢里的声音都没有了。

美英开始发动汽车，可是美英不觉得自己胜利了，美英又饿又疲惫，心里面真是糟透了。

我要投诉你。女人把脸凑得离美英很近，说，我要投诉你。

美英看了看那张突然放大的脸，似乎是笑的。美英几乎也要笑出来了。

投这一块钱不是我的小孩真的超过一米二了，而是不影响别人。女人又说。

美英不理她，继续开车。美英的眉头皱成了一条线。

第一小学是真正令美英头痛的那一站，每一个中午和傍晚那里都会水泄不通，所有接小孩的车都横在马路中间，一辆都不动。小孩们就在不动的车和车的间隙游来游去，像鱼，有一些游到站牌下面，叽叽喳喳的，又变成了小麻雀。

没有人会来疏导，做点什么，每天都一样，大家都习惯了，车上面的人习惯了，车外面的人也习惯了，所有的人都习惯了。如果有人抱怨，只要一句，所有的人就会齐齐地看过去，因为这个人肯定是从乡下来的，一点耐心都没有。又不是一直堵下去，什么都是有规则的，接到了小孩的车就会努力地钻出去，然后是第二辆，第

— 39 —

三辆，然后就是公共汽车，公共汽车很多时候比出租车还要横，并没有法律规定给予公共汽车特权，公共汽车只好自己想办法，唯一的办法就是横，比你横，老实人逼急了也会杀人，不是吗？

美英理想中的特权就是公共汽车有公共汽车的道，没有任何一辆车可以占用公共汽车的道，消防车和救护车是可以的，在紧急的情况下。警车呢？美英晃了晃脑袋，马尾辫有点松了，美英抓住辫子的末梢，分成两半，往两边拉了一下，辫子紧了。美英奇怪地笑了一笑，美英又不是没有见过执行任务的警车，车里的人悠闲地吸着烟，脸上的肌肉松弛着，可是车顶上的灯光在旋转，并且发出非常响亮的声音。不过他们执行不执行任务也是看不出来的，美英最后也给了警车一个机会，但一定是要在紧急和必须的情况下。

美英是顶不要见到新闻采访车的，那些车太多了，每一个区每一个乡每一个镇都有报纸和电台，还有电视台。电视台又分成一台二台、三台四台，电台又分成经济台交通台、人民台音乐台，报纸又分成早报快报、日报晚报，这些车每一辆都挂着新闻采访的牌子，它们多得把美英都搞乱了，它们甚至会停在美英的站台上，从里面钻出一些眼珠转来转去的人，肩上都长了一个摄像机，笔直地站在美英的车头前，摄像机的镜头直挺挺迎着美英的脸。今天夜里的新闻！是的！是今天夜里！几秒钟以后他们会大声地喊，像是喊给全世界听的，你会在电视机里看到你的！他们一定要喊出你的反应来，一定要是受宠若惊的反应。可是对于美英来说，只要自己的车没有准确地停靠在离站台一米远的地方，就是违反了公司的规章制度，这一趟车的工时和公里就没有了，这一趟，就白跑了。

摄像机，记者，领导，在晚新闻里出现三秒都不能平息的愤怒，更何况每一天的晚新闻？晚饭桌上的一家团聚，对于美英来说更是奢侈，那个时候，美英一定是在马路上跑的，美英的晚饭，是下午3点，而不是大家的6点半。可是十年了，美英的愤怒越来越淡。美英是这么想的，如果他们的手够得着，他们就会伸过来握一握公交车司机美英的手，可是连那握一握都是施舍的。美英的嘴角又抿了起来，很紧地笑了一笑。

凡是新闻采访车都不可以占用公共汽车的道，只要有一个轮子过界，就是违法。美英恨恨地想，很快又回到了现实。其实美英是很少走神的，即使是在长时间的堵车中，美英从不走神，走神了一次，就会有第二次，在堵车中走神，就会在红绿灯前面走神。经常地走神，注意力不集中，和疲劳驾驶又有什么两样？虽然已经是事实的疲劳驾驶了，公司要求每天完成的工作量，就是连续开车十个小时。美英叹气。

不能走神，不能打瞌睡，不能有事故，千万不能有事故，事故的赔款，几百几万，都是由驾驶员负担的。公司做这样的规定，就是要让员工注意力集中，安全驾驶，公司严厉的考核考扣，说到底就是为了四个字——安全第一。

注意力不集中的公共汽车驾驶员，是不配做公共汽车驾驶员的。

车一到站，叽叽喳喳的小孩们全部挤上车，美英的头更痛了，他们的嘴里全部是满的，炸鸡腿、爆米花、面包，还有冰激凌，虽然家里面没有车来接送他们，他们只好坐公共汽车，可到底也是家里面唯一的宝贝。

并不会有人让座位给他们，他们也习惯地抓牵了扶手，晃来晃去，他们已经不是孩子了，他们得到了座位也不会让给老人和婴儿，就是这样了，大家都习惯了。美英有时候从监视器里看到他们的脚，挤在后门的台阶那里，小小的，吵吵闹闹的。

阿姨！他们中间最像中队长的那个会脆生生地叫美英阿姨。阿姨，实在挤不上了，让我们从后门上吧，我在前面给他们刷卡。

美英绷着脸，不说好也不说不好，美英没有一个字。那孩子后面的孩子们马上就奔到后门去，争先恐后挤上车，他们都是很聪明的孩子。美英心里一动，如果自己结婚，如果自己结了婚，孩子也该上小学一年级了。美英又走神了，那真是太危险了，简直致命。

车到总站，还没有停稳，就听到302路小男人爆炸掉的声音。一年做到头，年终奖一千块，也只有你们这个所谓事业单位发得出来。扣掉三金，吃饭，每年两万多块。我只有二十岁哦，我还要结婚，我还要买房子的哦。

然后是黄副经理压得很深沉的声音，毛头小伙子火气不要太盛嘛，这也是公司的规定嘛，在路上抛锚的车又不止你一辆，你也不是第一个要被扣掉一趟跑车的。公司规定嘛，大家都规规矩矩的，你倒要来闹。

你们当我现代骆驼祥子啊。小男人说，你们是把女人当男人使，男人当牲口使哦。

黄副经理说，也不好这么说嘛，难听嘛。

你们是大老爷，坐坐办公室，上班一份报纸一杯茶，你们只顾自己，又不要管我们死活的。看看我们，颈椎炎，腰椎间盘突出，胃窦炎，胃溃疡。小男人说，年年喊着加工资，你们的工资倒真是实实在在到位了，比起我们，你们过的是天上的日子哦。

美英倾着身子，听得入神。一只手伸去腹部，那里已经开始隐隐作痛。

减轻你们的工作强度又不是我一个人说了算的。黄副经理有点不耐烦了，我又不是建设局的领导。

美英摇摇头，脱掉手套，下车，关掉车门，许是下得急，腰眼里一阵刺痛，额上的冷汗马上就冒了出来。再加上胃的痛，美英都要昏过去了。之前也痛，不过不是这么合着来的，要么单是胃痛，要么单是腰痛，两样痛一起来，真是要了命了。

然后美英就看到了 302 路小男人铁青的脸，不笑，也不说嘿，是你啊。他的眼圈乌黑，嘴唇也是紫的，眼珠子直直地望着前方，绕过美英的车，就这么走了，好像从来就不认识美英一样。这幅画面，美英见得实在是太多了，可是这一次美英的心里面竟有些难过，大概是因为这个男人到底是说过那么一句，嘿，是你啊。

美英轻轻叹气，黄副经理人其实并不坏，一直是做员工思想工作的，可是工作的难度越来越大，多数驾驶员都不来跟他讲思想了，直接就走掉了。

美英慢慢地推开玻璃的门，玻璃的反光里她也看到了自己的脸，眼圈乌黑，嘴唇也是紫的。美英看不到自己的眼珠子，直直的吗？美英看不到。

然后美英就看到了那个女人。那个女人，美英竟是把她忘了，在之前的三十分钟里。

我要投诉你。女人说。

美英只是坐在那里，沉默地，一只手按着自己的肚子，胃不是那么痛了，大概是饿过了头，胃也是知道的，就死了心。

她讲我垃圾。女人说，她以为我听不懂，我听得懂，她讲我垃圾。我已经跟她讲过了，小孩不满一米二，不要买票，可是她讲，垃圾。

她居然就把车停下了，满满一车人，她就不开了。

好多人把闲话扔出来，都是住在黄金花苑的，抬头不见低头见的，我的脸面都没有了。

我家孩子不满一米二，为什么要买票呢？我真是想不通啊，可是我投了，现在把投币箱开开，里面还有我多投的一块钱呢。我是不要投那一块钱的，我也想过的，不要投，不开就不开，直接打电话投诉，让你们公交公司的人到现场处理，可是我考虑到别人了啊，我想不能为了我一个人，影响别人啊。我就投了。

我考虑到别人了，你考虑到别人了吗？

女人的手指点过来。

美英还是沉默，黄副经理也是沉默。美英抬起头，看了一眼黄副经理，黄副经理喝了一口茶，并不看她，美英又把头垂下，另一只手去按腰眼。按按就好了，按按就不痛了，美英对自己说。

真是侮辱我的人格啊！垃圾？骂得多难听？！女人面对着黄副经理，后者正在频频点头。女人说，她竟然还说你怎么面对你的孩子呢？为了省那一块钱车钱你怎么去教育你的孩子呢？真是一个大笑话，她竟然还教育我呢。

她还真是比她的长相聪明呢，她不开车，就是让全车的乘客给我压力。车上也有附和了说风凉话的，但也有说公道话的，我是很感激那几个说公道话的人的，但是在当时的情况我又能怎么办呢？我只好买票！说着，女人把身边那一直沉默的孩子拉到黄副经理面前，来量量，当着你的面量量，有没有一米二？到底有没有？你们看看你们看看！是不是只有一米一五？是吧？有一米二吗？有吗？有吗？没有吧！

对不起对不起。黄副经理站起来，脸上堆满笑，真是很对不起，我们一定会好好处理这件事情的，该处分处分，该批评批评。说着，严肃地望了一眼还垂着头的美英。

你们是窗口行业，多几个这样的司机，城市的形象不就要被你们全毁了吗？女人痛心疾首地说。你们公交公司对身高的限制为什么不改改呢？干吗不学学飞机？坐飞机是只看年龄不看身高的，现在的小孩营养都好的，普遍长得高，我一个同事的孩子，才五岁，都一米四了，照这么说，五岁的孩子不也要买票了？

是啊是啊。黄副经理说，您说得太对了。您放心，请您一定放心，我们一定严肃处理。

　　看你也三四十岁了，你就没有孩子吗？女人转过头瞪着美英，如果说你是有什么烦心的事情，你就可以把气撒在乘客身上吗？你以为我好欺负吗？你以为你是司机你就威风了吗？你以为乘客就应该怕你？我可以到公交公司投诉你，我还可以通过新闻媒体声讨你。你刚才很开心吧？你现在还开心得起来吗？

　　对于美英来说，最难的是这第一步。就像黄副经理那深深的一声叹息，美英啊，幸好今天受理投诉的是我，如果章经理没有出去开会，也坐在办公室里，你直接就是下岗哦，十年又算是什么呢？就算是一百年，也帮不了你哦。

　　美英啊，我想啊，这次是严重了，这个人像是新闻单位的呢，照这情势，她是不会让事情这么容易过去的，她是真的要在媒体曝光的样子呢。我们是窗口行业，黄副经理说，哎，美英，你要笑，是的，一定要笑，我们是窗口行业。

　　美英的眼泪已经滚滚地下来了，美英的眼睛里都是迷雾，什么都看不见了。

　　对于美英来说，最难的是这第一步。黄金花苑，天天经过，却从来没有走进去一步。天都黑了，矮胖的黄副经理，摇摇晃晃地走在前面，影子也是一团一团的。

　　什么都没有了。美英对自己说，调动，办公室，都没有了，美英是日日夜夜想着调动的，美英理想中的工作就是坐办公室，办公室里有空调，冬暖夏凉，按时吃饭，按时睡觉，有热茶喝，腰痛了可以按一按，是的，按一按，按一按就不痛了。

　　我们是来登门道歉的，黄副经理很诚恳的声音。又很快地回头望了美英一眼，焦虑的眼神。美英站得离门很远，黄副经理的眼神没能让她站得更近一点。

门里面的人絮絮地说着话,美英听不到她说什么,但好像是不严重了,就快要没事了。至少美英心里面是这么希望的,于是像泡沫一样的调动的梦想就又变回来了,甚至更结实了一点。美英远远地看了黄副经理一眼,黄副经理的身体在门外面,头却在门里面,看起来是很滑稽,但是美英笑不出来,美英眼睛不眨地看着,黄副经理还在不停地点头,弯着腰,弓着背,花白的头发。

那一个瞬间,美英竟以为那是父亲了。父亲小学三年级的时候就过世了,美英记不大真切他的样子了,好像是很淡的脸,还有淡淡的高高的身材,好像风一吹就会飘走了似的。父亲果真是飘走了。

有用吗?门里面的声音又清晰起来,以后,还有以后?我再坐她的车,她会在车上为我澄清事实?有用吗?难道她把那趟车的乘客全部再召集起来,恢复我的名誉?毁人清誉容易,恢复难!"

美英竟是笑出声来了,这末一句,在美英听来是不通的,可是到底怎么不通,美英也说不大上来,美英只念到初中毕业,美英没有多少文化,美英心里面也是很清楚的。

黄副经理摇摇晃晃地走在前面,大概是夜深了,影子都碎了,美英跟在后面,眼睛里只有那团动着的碎了的影子。直到影子不动了,美英抬起头,眼前就是一张突然放大了的脸,那张脸真的很老了,眼珠子真的都发黄了。美英啊,那张脸笑嘻嘻的,美英啊。美英的手心突然变得冰凉,就像是被一条蛇缠住了。美英看看自己的手,果真是蛇,青筋毕露的,很老了的蛇。

不知道谁说过的,黄经理人很好呢,有一天中午,他看到我没有吃饭,还帮我买面包和水呢。美英笑了一笑,仰起头看天,一丝风都没有,圆满的月亮,月光很干净,好像这世界都是这么干净了。

发表于《人民文学》2008年第8期

火车头

　　火车头小时候的理想是做一个火车司机。可是火车头没有能够成为火车司机,火车头成了一个业余的火车票贩子。

　　火车头总是醒得很早,刷牙洗脸,套一条牛仔裤就去火车站,加上书包和脚踏车,他就像一个学生,他很喜欢自己学生的样子。有时候他也穿带拉链的夹克,打扮成四十岁的样子,点一根烟,也没有瘾。

　　火车头的工作其实简单,收购退票,签转,赚中间的差价。有时候也帮人买票,火车头买得到别人买不到的票,并不是火车头认得窗口里面的人,即使火车头天天去,天天跟她们说话,她们也不认得他,她们不烦他,只是她们不认得他。火车头买得到别人买不到的票,是因为火车头把火车和所有与火车有关的一切都刻在自己的脑子里,睡前温习,越来越深刻。

　　可是火车头并不认为自己也是一个票贩子,票贩子是另外的一群人,火车头管他们叫牛牛,牛牛们的智商普遍低一点,或者也不是智商的问题,很多人在做自己没兴趣的事情的时候都没什么智商，他们又不得不做这些事情，用来活下去。如果人不吃饭也能活就好了，很多人就不用做事情了，尤其是没兴趣的事情。火车头有兴趣，真的兴趣，火车头不靠贩火车票活着，所以火车头不大做那种转卖车票的事情，火车头只是在漏洞百出的签转中得到乐趣，能赚到一块钱他就有乐趣了。

火车头也没有养家糊口的压力，火车头三十岁了，不结婚也没有孩子。火车头一年前的女朋友来找过他，说要嫁给他。他欣然又有点怀疑地接受了，可是他在睡前温习了火车时刻表以后又隐约不安，他就去寻找答案，答案当然是前女友怀孕了，找他做爸爸。

火车头就说，你还是去找你肚子里孩子的爸爸吧，他娶你你就去嫁他，你实在没退路了再来找我。

前女友就流着泪说，可是我只要嫁给你。

火车头就想不通这个问题了，这个女人只要嫁给他，肚子里的孩子又不是他的，这算是个什么事情？

火车头就坐着火车去了山里，山里很穷，女人们都愿意跟他睡，他有一百块又有红塔山，他给男人十块钱让他去山下买一包红塔山，女人就在床上等他。他偶尔也做，做完也不太悲伤，这个时候他就是四十岁了，他苍老又孤单。

一个月以后火车头回来，前女友结婚了，带着她肚子里的孩子。

火车头继续每天醒得很早，去火车站，火车头得靠贩火车票活着了。火车头就是在贩火车票的时候搭到王丽娜的。

王丽娜站在火车站，空旷的广场中央，五分钟以后她就足够引人注意了。牛牛们不招惹她，这个女人显然不是来买火车票的，这个女人两只手空的，眼睛也是空的，找火车一头撞死的可能都有的。

火车头也看女人，女人的小腿和腰身，火车头不大看脸，都是化过妆的，火车头一直没有长久固定的女人，火车头也看得穿。

火车头倒是一眼看出来这个女人值十块,火车头卖给她两张往返短途动车票,一张票赚五块。天黑了,这个女人又出现在火车站前面的广场上了,火车头就肯定这个女人不是要寻死,即使想死,她也死不掉。

火车头躺在王丽娜的床上以后觉得她的床比她温暖得多。这个女人冰凉,没有人爱的女人都冰凉,做爱也冰凉。火车头尝试拥抱她,火车头总还有一点情感,至少在做了爱以后。火车头的这点情感真是要了他的命了,正是这点情感前女友才会再来找他,别的女人们都会要怕他,怕甩不掉他,烦得要死。

火车头上班的时候就有点魂不守舍,不知道是做了爱的原因,还是爱的原因。火车头把脚架上售票厅的铁栏杆,火车头想,这个世界到底变了,女人都不怕,男人怕。

第二次的时候火车头听到她喊别人的名字,她是睁着眼睛的,她看着火车头,她的手臂还挽着火车头的脖子,可是嘴里喊另一个人的名字。火车头也没有停下来,火车头不难过,心里都不难过,火车头对自己说,如果她要喊那个名字就让她喊好了。

可是火车头还真的忘不掉这个女人了。火车头忍不住打电话给她,发短信给她,她不接电话,也不回任何短信。火车头会中止几天,然后继续做这样的事情,打电话给她,发短信给她,或者直接去找她,开了门就做爱。火车头总想与她说点什么,可是很显然她什么都不想说,她冷淡地请他穿上衣服离开,如果火车头要求洗一下,她也同意,可是洗完要离开,如果火车头要求再做一次,她也同意,可是仍然看着火车头的脸喊别的男人的名字。

火车头总还要一点尊严,可是欲望上来的时候,也就顾不得尊严了。

火车头不难过,火车头只是有一点挣脱不了了,也厌烦,可是挣脱不了。火车头就和蜗牛坐着火车去了山里，蜗牛也爱火车，可是蜗牛不爱女人，蜗牛笑嘻嘻地说山里的女人到底干净，火车头就说蜗牛，这样的话你不要说出来，说出来就没意思了。蜗牛说我×。火车头就在第二天早晨自己离开了，没有等蜗牛，唯一的一次。火车头跟蜗牛也十几年了，到底没意思。

火车头直接去了王丽娜那里，火车头站在门口，并不进去，说，我们还是应该吃一顿饭，说点话。王丽娜一手扶门，仰着脸，茫然地看着他。王丽娜说，说什么？火车头说，说点什么吧。王丽娜就转身进房间了，火车头等在门口，只把头伸过去看，王丽娜站在床边，正往睡衣的外面套外套，这样回家的时候直接脱掉外套就好了，连睡衣都不用换掉。

王丽娜问了火车头三遍，你看到我锁门没有？火车头说你有强迫症啊？王丽娜才闭了嘴。

火车头走在路上就想，这个女人总待在屋子里，不工作，没乐趣，也不知道怎么活下去的。王丽娜跟在火车头后面，拖鞋，也没有袜子，很拖拉地跟着，也没有话。远远地看过去，好像这两个男女各走各的，也没有什么关系。火车头想起来王丽娜靠走廊的窗碎了扇玻璃，马上就入冬了，会冷。再回过头看看女人冷淡的什么都无所谓的脸，又觉得为这样的女人想一想玻璃都是不值得的。火车头的心里面就充满了厌恶，真的厌恶。

火车头不问她想吃什么，王丽娜肯定是说随便。火车头停在一家火锅店门口，火车头坚定地说，就在这吧。

那男人是谁？这是火车头这顿饭的第一句话。

丈夫。这是王丽娜的第一句话。

火车头就不知道说什么好了。

有了外遇，住到外面去了。这是王丽娜的第二句话。

离吧。这是火车头的第二句话。

离什么离？王丽娜说，为什么离？

你爱他？火车头说。

爱什么爱？王丽娜说，爱这个东西这么奢侈。

这顿饭到底吃得沉闷，只好回去做爱。火车头注意到王丽娜床头空着的挂结婚照的地方还有一个钉子，黑色弯曲的钉子，火车头看着那个钉子，看了好一会儿。

你总得有点乐趣，你得看看韩剧，打打牌，化化妆什么的，火车头说。

王丽娜仍然背对着他，赤裸瘦削的后背。火车头不再试图扳回她的脸，甚至拥抱她，火车头由着她背对着他，但是他几乎看得到她茫然的脸，她说，为什么？

蜗牛回来以后在车迷群里发了一组照片，山里的树，小火车站，姑娘们笑得露出牙齿，张张照片干净。群里召集了消夜，城郊接合部的夜排档，一是啤酒便宜，二是气氛，背吉他的小姐妹只在那儿卖唱。火车头也去了，可是喝酒喝得节制。与蜗牛到底尴尬，也没什么话。

蜗牛们情绪高涨，小姐妹唱十八摸一遍又一遍，火车头到底也是要和他们一起混的，都是火车迷，火车头也一直为自己是个车迷骄傲，如果没有火车，火车头就什么都不是了。

桌边的小姑娘世故又有点笑地望着他们，这些十四五岁，紫美瞳，厚刘海，胸前嵌满劣质水钻的小姑娘。火车头不看她们的脸，火车头看她们裸露的小腿和腰身，还没有受过硬伤的腰身，洛丽塔风格的鞋。蜗牛说，我手一挥就能上火车，我在火车上还跟乘务员聊天，聊到哪站就下哪站。火车头不说话，笑一声，喝酒。

火车头喝了酒，突然很想念王丽娜。火车头竟是有一个月没有找她了，甚至一个电话也没有。火车头想要控制他的想念，喝更多的酒，或者干别的，可是又控制不了，越来越厌烦。火车头就掏出电话，在夜排档昏黄的灯光下面打过去，火车头明明又是知道王丽娜从来不接电话的，可是王丽娜接了。王丽娜说，你那里怎么那么吵？你喝酒了？别喝了，回去睡觉吧。火车头就说，你来，你来我就回去睡觉。

　　王丽娜站在十字路口，朝两排白色排档帐篷前面东张西望的时候，火车头都要承受不住这样的伤感了，如果火车头是女人，这个伤感的女人几乎都要说出那三个从来说不出来的我爱你了。可是火车头是男人，火车头向王丽娜张开双臂，火车头脸上堆满厚颜无耻的微笑。王丽娜敏捷地从火车头张开的手臂下面钻了过去，火车头竟是不知道王丽娜也会是这么敏捷的。

　　王丽娜坐下来，没有人注意到她。王丽娜说，喝光你杯里的酒，然后回去睡觉。火车头也坐下来，火车头也听不见小姐妹在唱什么了，火车头的耳朵有点膨胀，火车头只听得见王丽娜说，走吧走吧。火车头迟钝地向王丽娜凑过脸去，他还从没有这么仔细地看过一个女人的脸，这个女人长了一个最尖的下巴，衬得眼窝都凹进去，眼角有碎细纹，鼻翼两侧浅浅的雀斑，苍白单薄的嘴唇。按照蜗牛的说法，这是一个命薄无福的面相。蜗牛已经拉了一个洛丽塔的手，摊开她的手心，蜗牛说，你怎么长了一掌断纹呢？小姑娘都要被他说得哭出来了。火车头就朝着那稀薄的嘴唇亲下去，火车头竟是被那样的滋味吓着了，柔软又温暖的滋味，不知道是酒的原因，还是用了情的原因。

　　火车头睁不开眼睛，火车头知道他只看得到王丽娜茫然又冷淡的眼睛，火车头这么想的时候心底里的厌恶就又冲上来，越来越厌恶。火车头不睁开眼睛，就觉得王丽娜也是爱他的，离不开他的。

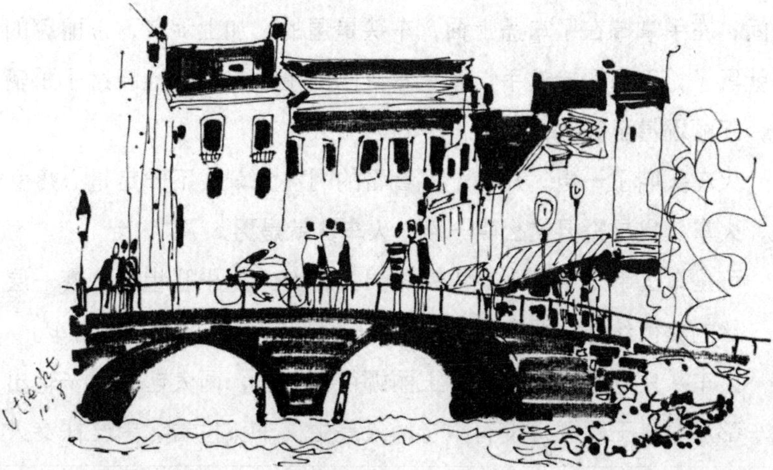
Utrecht
10.8

火车头听到王丽娜说，你何必呢？难道我要为你负责任吗？火车头就睁开了眼睛。王丽娜又说，难道你还要我给你一个名分？王丽娜说完，响亮地笑起来，站起来，说，走吧。火车头也站起来，火车头只是不知道说什么好了。

　　王丽娜横穿马路去街对面，有点下小雨了，王丽娜怕冷地缩着脖子。火车头看着她光着的小腿，快起来的时候，都有点发光了。可是一辆猪血红的普桑突然横在了那双发光的腿的旁边，火车头一惊，赶上去。只是差了一点点，三厘米半的距离。王丽娜停在马路中间，左手掌撑在了车盖上面，车头是湿的，加上泥灰，王丽娜的手就黑了，王丽娜抬起手，看了看自己的手心，小心地绕过了那辆车，王丽娜甚至笑了一下。

　　火车头叫了一声，开车子不看看的啊？火车头不一定是心疼女人，火车头只是需要这么叫一声，火车头就是男人了。

　　可是车上下来了一个女人两个男人，女人的小腿粗壮，裹一层跳了丝的黑色丝袜，两个男人都在打电话，一边打电话一边下车。

　　火车头只觉得不好，拉着王丽娜往街边去，雨大起来，一辆出租车都没有。王丽娜也没有声音，只是由火车头拉着。黑丝袜女人叫起来，又没有撞到你！撞到你了吗？撞到了吗？两个男人继续打着电话。王丽娜往那车望过去，皱了皱眉头。火车头说别看别看，看什么，赶紧走。

　　还是没有一辆出租车，打电话的男人已经打完了电话，往火车头这边走过来。

　　火车头急起来，火车头叫，蜗牛蜗牛。街对面的蜗牛转过脸，到处看，看到了火车头，还有王丽娜，蜗牛笑起来，朝火车头挥手，摇摇晃晃站起来。蜗牛顿时被人围了起来，都不是群里的人。火车头攥紧了王丽娜的手，王丽娜的手冰凉，王丽娜说，为什么？

一辆出租车停了下来，火车头很用力地拉开车门，把王丽娜塞进去，可是王丽娜不松开他的手，王丽娜说一起走。火车头回头看蜗牛，已经看不到了，只是一群人，黑乎乎的。火车头在火车站几年，也是什么都见过的，刀和血，有过几次已经很接近了，只是从来没有这么近过。

火车头甩开了王丽娜的手，火车头说，走吧走吧。火车头关上了门。

车开出去，火车头的肩上就搭上了一双手。火车头也没有回头，火车头说，我身上只带了两百块，你们兄弟买包烟抽。那手就突然变作了拳头，一拳头挥过来，火车头的下巴马上就胀起来了，火车头竟也不觉着痛，火车头努力往蜗牛那边看，蜗牛的眼镜都到了地上了。吉他小姐妹，群里的哥们，哥们带过来的洛丽塔都不知道哪里去了，乱得一塌糊涂了。

猪红普桑一直停在那里，后面又停了三四辆，几乎一模一样的车。火车头知道他们来得快，火车头只是想不通他们为什么要叫过来这么多人。

不就是钱吗？火车头对自己说，我出两千块也足够叫二十个外地人过来了。可是火车头没有两千块，火车头的手脚都被牵制住了，没有两千块的火车头竟是连自己都保护不了了。

不要钱。拳头又变成了手，捏住了火车头的肩胛骨，像是捏住了蛇的七寸，说，你打电话把那个女的叫过来。

火车头也不知道自己的手机什么时候到了别人的手里了，那只手摇晃着他的手机，说，你打电话叫她过来。

火车头说，不。火车头可以拖延下去的，事情总能解决，火车头又是有经验的，可是火车头说不。

于是第二拳就过来了，火车头只是想不通这件事情解决得没那么快,火车头吃了拳,说,你们到底要多少钱?

说了不要钱,只要她过来。还是这样的一句话。火车头接过了手机。火车头瞥到一辆亮着空车灯的出租车过来了,火车头就开始按手机上的键,火车头往旁边挪了几步,手机放到了耳朵上,火车头说了一声喂,突然就拨开了面前的人,冲到了出租车旁边,火车头打开前车门,把自己扔了进去。火车头说快开快开,火车头还没有顾得上打110,火车头相信蜗牛吃了拳酒也就醒了,就会去打110,蜗牛也是有经验的。火车头喘着气说快开,可是出租车不动,火车头往驾驶座看,位置是空的,司机已经跳出去了。

透明的窗玻璃,火车头看得到外面,清清楚楚的,竟是一把白晃晃的菜刀,火车头只是笑不出来。火车头的手机开始响,持续不断地响,这是王丽娜第一次打来电话,可是火车头没有接。

发表于《雨花》2009年第4期

你们

　　你是在中国银行门口盯上他的吧,那个时候,他的手正和一个女人的手纠缠在一起。你离他最多一米远,他停下来的时候你不好也停下来,你要是也停下来,别人就会看出来你在盯着他。你只好继续往前走,你走得很慢,你只回了一次头。他的手已经和女人的手分开来了,如果不是你盯了他好几个星期了,你就会和别人一样,以为他是在和女人调情,看起来也真的很像,因为那个女人的手又追了过去。可是如果你再仔细一点,你就会看出来,那个女人的脸是仇恨的,很深很深的仇恨,除了仇恨,都看不出别的来了。你再仔细一点,你就会看出来,他也是不会和这样的女人调情的。那是一个穷女人,谁都看得出来,像枯草一样的头发,宽脚掌,指节粗大,高颧骨,两块红斑,在山里田里露天露地里风吹日晒才有的斑。你已经不从衣服看女人了,你看手,看手指甲,那个女人的手指甲,像干海鱼的鳞片一样,都翻起来了。

　　他是不会和这样的女人调情的,他不过是个初中生。他们的手纠缠在一起,看起来是那样,其实是一场小战争,事先都定好了输赢的。

　　对于他来说,这样的女人又不是女人。他走过去,其实不是完全停下,他只是一边走,一边伸出了手,缓慢但是有力地夺走了她手里的一个做生意的工具,小小的,弹簧秤,或者口哨。女人的手追过去,他缓慢地拨开,女人又追上,直到他的怒气的眼睛瞪过来,手才会罢休,可是不甘心地,压低了头,仇恨慢慢地升上来。

　　你的眉头纠结在一起。你是从什么时候开始盯上他的呢?你都有点说不清了。不是那一次吧,那次,你带毛毛去利民小吃店吃夜宵的那次。天气真是有点热的,小吃店的摊都摆到外面来了。你们也是刚刚坐下,四周围却乱了,每一个人都在收东西,噼里啪啦的,也许并没有什么声音,每一个人都是沉默的,只是空气中的恐惧,如果恐惧真的是这样的,气化的,会越来越浓的话,恐惧也会让你把沉默都听得里噼里啪啦的。你听到了自己的声音,怕什么,继续吃,跟我们又是没有什么关系的。

　　毛毛又坐了下来,尽管是犹豫地,可是坐了下来。你最喜欢这个女朋友,不是没有道理的,这个女朋友,最大的好就是听话。

　　你就看到了他,他很瘦,如果不是那身浅绿的制服,他瘦得就像一个初中生。他的帽子遮住了他的半张脸,眼睛还有鼻子,只有嘴还在外面,薄的,无情无义的。

　　其实他也不是冲着你们来的,你的毛毛,只是坐在了一个不对的地方。他也不是想这样的,他只是趁手,拿了那条最近的板凳。就算不是毛毛,任何一个人坐在那里,都会被抡到的,只是毛毛伤到的是肚子,真是匪夷所思。怎么会是肚子呢,难道是他抡起板凳的时候,毛毛突然站了起来,挺在了小吃店的前面,然后就是肚子?肯定不是这样的,你也是什么都看见了,你并没有走神,可是,毛毛的肚子就是伤了,然后是血,你都傻了。

你竟是不知道,毛毛的肚子是会流血的。

他不见了,像是一下子变成空气了,消失了。只有别的浅绿色,一团一团地,乱乱地围着。可是你探出头去,你不相信,还有什么是会消失了找不到的,你一定找得到他,一定。

也许并不需要找,你也不要找,他是自动出现在你面前的,中国银行的门口,石狮子的下面,他靠着那只母狮子,打着哈欠,他还戴着他的帽子,可是歪了,你就看到了他的眼睛,也是薄的,无情无义的。

他的皮带很松,裤子,还有浅绿的短袖衬衫都塞在皮带的里面,还是很松,他真是瘦得太可怜了。

你好像都看到一年前的你了,也是这么瘦的。他们说有两千块钱,就巴巴地去了。然后就是加班,连续地加班,在街上晃,最初的几天,你是不敢一个人的,你心里面也是清楚的,会挨打。

你的第一个任务是遮雨篷,你还记得,是遮雨篷。你和大明,你们两个都穿着制服,还带着纸笔,你们礼貌地敲敲门,大明说,有人在吗?

里面的人说,门没锁,进来吧。

你和大明进了门,一个露了半边天的院子,另一半被遮雨篷遮住了,遮雨篷的下面,一家人正在吃午饭,公公和婆婆,兄弟和姐妹,还有抱在手里的婴儿,都抬头看你们。

大明说,你们这个遮雨篷是违章搭建,三天之内自己拆掉。你的眼睛远远地望去,方的桌,桌上有豆角和丝瓜,蒸鱼和咸肉,女人的筷头正悬在咸肉上面,犹豫地,不知道要落下去好还是收回去好。

这是遮雨篷哇,小孩和老人落雨天会摔跤的,搭篷的时候村委又没有意见哇,桌子中间的一个男人说。旁边的人都附和,家里有老有小,有老有小。

就是遮雨篷哇。大明不耐烦地摇头,笔在纸上很快地画来画去,说,就是要拆,有规定的。你伸头过去,你只看到大明在纸上画了一堆谁都看不懂的圈圈,你把头缩回去,拉了拉制服的一个角,有些皱,拉一拉就平了。

男人放下饭碗,腾一下站起来,说,要拆也去找村委拆,要给我们一个说法的,搭篷的时候不反对,现在来拆?村委也在村上搭了好多临时房子出租给外来打工的,村委有手续吗?

大明一笑,村委是可以搭的,不要手续,你们退休工人过年过节要钱要福利吗?就是靠那些临时房子收租金来的。

大明把通知书往门上轻轻一拍,转身就出了门。你的眼睛远远地望去,女人的筷头终于落了下去,但是婴儿却响亮地哭起来了。

大明已经不做了,大明是正式的,可是大明不做了。大明那么会讲的人,都不做了,你是协助大明工作的,你为什么还要做呢。

你说你是被骗来的,你说靠。一个月两千块钱?如果工资奖金加班费全部到手超过一千块,你就不说你是被骗来的了。你说靠,你说你比低保都低了。

你说靠的时候,大明已经不做了,大明走了以后,你突然心如明镜了。

你站在市中心的十字路口的时候,人和车流动起来的时候,你突然就觉得,你是连要饭的都不如了。

可是,脱下这层皮,你就被尊重了?你就重新做人了?你就脱掉了。你现在不能执法了,你本来就不能执法,你是配合大明工作的,大明下命令,你做事情;大明没有了,你就什么都不用做了。大明是队里的怪胎,大明不打人,大明只下命令。

他是自动出现的,他靠着中国银行的石狮子,虚弱但是恶狠狠地,他真是太醒目了,主要是瘦,他瘦得像女人了。你盯着他,他的手在摆摊女人们的手心里游了一圈,他从不停留。你看不大清楚他取走了什么,又放下了什么,他几乎不停下。他扭来扭去地,手臂和腰身,竟像是女人,他就这么扭来扭去地走着,飞快地,加上瘦,他是一个女人了。

他赶上了前面的两个队员,他们是那种很普通的人,不胖不瘦的人,帽子是正的,裤腰也是不松不紧的。他就走在他们两个的中间了,他的手臂挥来挥去,又挥来挥去,他旁边的人侧了侧身,继续走着,像是习惯了。他们都沉默着。除了,他的手臂挥来挥去。

他的手里已经空了,什么都没有了。

要不是毛毛的肚子流血了,你竟是不知道你也是会做父亲的,那肚子里孩子的父亲的,可是那孩子没有了,孩子变成血,流走了。

你其实是松了口气的,你是这么想的,你只想了一句,我连奶粉都买不起。

可是你要找到他。你是这么对毛毛说的,你说我一定要找到他,一定。

你是从什么时候开始盯上他的呢?你都有点说不清了。你盯了他好几天了,你心里想什么?这几天他做的事情你都做过,你盯着他,就好像他是你一样,你又回去了。

他像你一样加班,星期六和星期天,夜班,轮值,他像你。可是他的胸口连工号都没有,他和你还不是完全一样,他还不是协管,他大概是街道招的,他连工号都没有,他的旁边甚至没有协管,一个都没有。他协助谁配合谁呢?他都不是协管。

他总是一个人,有时候他会追赶那两个协管。更多的时候他是一个人。难道他不害怕吗?

他不怕。

你也不怕，你后来什么都不怕了。可是你脱了制服，你有了尊严，你就买得起奶粉了？

你又找不到工作，有尊严的工作没尊严的工作，你都找不到，你说你会后悔吗？你又不好再混了，你年纪大了，你看女人只看女人的手了，毛毛的手也是穷女人的手，毛毛的手湿乎乎的，总是湿乎乎的，客人的头发在毛毛的手底下总会变成一座山，男的女的，长的短的，都变成山，积满云的山。你在玻璃窗的外面等毛毛下班，毛毛总在那些山后面轻轻地笑，毛毛笑起来的时候就没心没肝了，你最喜欢这个女朋友不是没有道理的。毛毛不留指甲，十个手指头都光秃秃的，毛毛在连锁店上班，毛毛不能留指甲。毛毛二十岁，毛毛的手五十岁了。

你说你要带毛毛吃夜宵，毛毛就高兴了。毛毛什么都没有，戒指，像样的鞋，什么都没有，你带着两百块钱，你带着毛毛去吃夜宵，毛毛就很高兴，毛毛这个什么都没有的女人。毛毛真的什么都没有了，连肚子里的小孩都没有了。

我不知道怎么回事啊。小老板说，我有营业执照的，如果不是热，摊子不会摆到外面来。

我真的不知道怎么回事。小老板又说，以前都是事先打招呼的，他们要来，我就提早收摊，我是真的不知道怎么回事啊，他们下了班也在我店里吃夜宵的。

你让小老板不要再说了，你看见了顺着毛毛大腿爬下来的血蚯蚓，你只想了一句，挂个号就要三块五。你就想了这么一句。

你找到他做什么呢？你自己也清楚得很，你不能做什么。打他一顿吗？赔钱？他又没有钱，跟你一样。

你是有点想不通这个世界的，你们挨了打，就去狠一倍地打回来，可是你们又挨打的时候竟是狠了三倍的，你们再去打的时候要使出四倍的狠来？狠还真是可以无限的吗？

你心里面也清楚的，你不知道你为什么要找他。

他们骂你，你知道，你也挨打，在你打人之前或者之后。

他们打你是没有理由的，无缘无故的。大明说，就像你打他们一样，你有理由吗？大明是队里唯一给你尊严和平等的人了。大明不下命令，大明没有事情给你做。可是大明走了。

大明走之前说的，大明那么会说的人，大明说，现在城市管理的要求是越来越高了，我们的工作越来越难做了。大明说了这样的话再走就好像他的走是因为工作难做。你知道的，只有你知道，他走是因为他再也不愿意别人操他的祖宗多少代了。大明说，呸呸呸。

你为什么走呢？除了巡逻，你们总是十几个人一起执行任务的，你们从来不分开，他们又给了你 DV，不是每一个人都有资格拿 DV 的，你能拿 DV，因为你的表现比别人好，你听话。可是你再好你也不能和大明一样，你还是协管，你不过是一个可以拿 DV 的协管。

你们也不是第一次管理他们了，要死要活的他们，他们都令你们麻木了。

没有一次是顺利的，像往常一样，你们挨打了，你们也打人了。后来你回看 DV 的时候，你都不认识你们了。你们竟是手执盾牌的，你们穿着迷彩服，戴着头盔，你们就像是防暴警察了。你竟是不认识 DV 里面的你们了。

你的第一个镜头是一个女人的脸，年轻的女人，这个女人没有一句话，她旁边的人都在叫喊，可是她没有一句话，她抱着她的黑色塑料布包起来的一团，里面是假的拎包，有包掉下来，她就去捡，她捡得忘了逃跑。她就站在那，她比她怀里的塑料布包小很多，她是白色的，塑料布是黑色的，她就变成了一个分明的靶子，她站在那。

你的镜头转去别处是因为有一个男人在说你们要文明执法,你把镜头给那个男人,他长得猥琐,可是他说,文明执法。

你的镜头再转回去,那女人的嘴已经在一个迷彩服男人的手腕上了,那男人叫起来,可是他没有放手,他用另一只手,一个耳光抡过去,那女人的嘴角就开始流血,女人也没有松开她的嘴,她死命地咬着那只手,头发全乱了,她也不顾她的头尾了,她张牙舞爪地,可是仍然没有一句话,她就像是一只母老虎,沉默的母老虎。

那样的女人,都是哭的,叫骂的,在地上滚来滚去的,也有凶得不要命的,可是像她这样,沉默的凶女人,令你奇怪。

你持续地拍着她,直到她被淹没,你都找不到她了。

你是协管,你的制服是浅绿色的,和正式的队员一模一样,可是你的胸口写着XG,你和大明唯一不一样的,是大明的胸口写着SD,你的胸口写着XG,你们的区别,只是SD和XG,XG后面还有一长串数字,那些数字把字母都冲淡了,很多人的眼睛就从那一长串字母和数字旁边溜过去了,他们看到了你的制服,浅绿色的,他们就垂下了眼睛。

你在这个时候的工作是记录证据,文明执法的证据。你要拍下当事人的脸,事件,细节和特写,你要公正地拍,因为他们会去投诉,他们会投诉了,投诉会被受理。你要提供证据。

你最后的镜头是一把弯刀,插在浅绿色制服的腰部,插得很深,都没有血了,只是刀柄,在动,也许只是你的DV在动,因为你的手抖得有点厉害了。

你往那把刀走近了一步,你几乎走不动那一步,你的腿真的软了。

我们是协管。暗暗的声音,认清自己的身份,不要拼命,出了事情要回老家的。

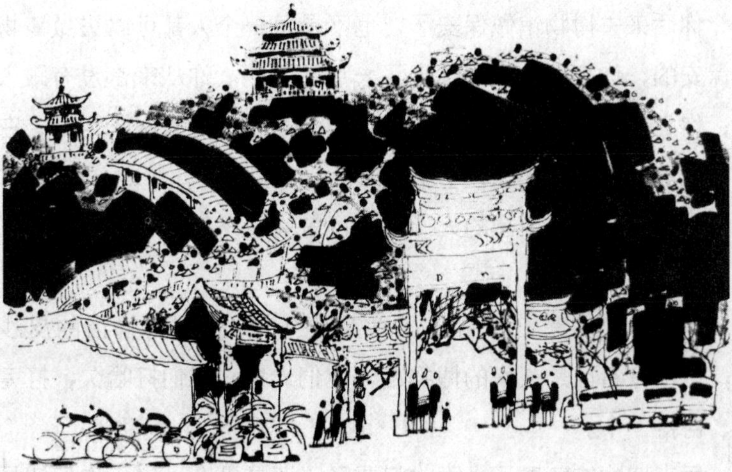

你往旁边看，看不出是谁，全部浅绿的制服，一团一团的。

要打就打SD，往死里面打。暗暗的声音，又恨恨地。

然后是第二刀，很快地，像长在了浅绿制服上面，是这样的，有了第一刀就会有第二刀，是这样的了。你往那刀走去，那确实不是XG，是一个SD，可是你走过去。

给自己留条后路。你看到了抓住自己衣角的一只手，青筋毕露的手，那手说，给你自己留条后路。

你就停住了。

你就走了。

你后来去博物馆做保安了，也不是每一个人都可以去做博物馆的保安的，你家里也是给你走了一点关系的。你从来都没有跟人说过，你之前的做协管的六个月，就像你从来都没有跟人说过，在做协管之前，你从传销的村子跑了出来。

你竟也是经历丰富的人了呢。可是你从来都没有跟人说过，甚至毛毛，你不说。

现在你穿着保安的制服了，灰色的。你坐在博物馆的皮沙发上，这个冷清但是豪华的博物馆，你们无聊，你们打哈欠，打完一个，再打一个。

后来博物馆免费了，不收门票了，还是没有人来，你们还是无聊，你们全部待在二楼，那儿有更多的皮沙发。

你坐在那里，听着他们把一个笑话说了一遍又一遍，今天说一遍，明天又说一遍。这就是有尊严的工作了？你就找不到有尊严的工作了。

在你的中专同学打电话给你之前，你是想要一个好工作的。可是你的同学打电话给你了，他说我这有钱赚，好多好多钱，快来吧。你就去了。你去了你就发现你的同学疯了，他给所有的同学打电话，可是只有你去了。

你的身份证和银行卡在一个抽屉里，他们在打牌，你的表现好，从一开始就好，好了好几天了，他们不严厉地对待你。你看了会儿牌，你说你不看了，你去里面看电视，你就去看电视了。你知道你的东西放在电视机下面的抽屉里，很多人的东西都在那。你只拿了你的。

你去镇上，两个人跟着你，你是跑步甩掉他们的，你竟是用跑步的，你竟是跑出去了。

现在你坐在皮沙发上，你听着昨天、前天和大前天的笑话，你看见玻璃窗的外面，崭新的开发区的花园，还有别墅，别墅区的门口，插着的那些旗，你数过来又数过去，很多旗你都是不认得的。

一个人都没有的博物馆，你转回头看另外四个保安，有一个年纪最大，他说过的话，要不断重复才不会忘记。

你脱了保安的制服你就有了毛毛，毛毛不知道你做过保安，不知道你做过协管，不知道你跑得很快。毛毛跟着你，因为你是这里的人。毛毛跟着你，毛毛就可以一直在这里了。你再也没有见过这么死心塌地的女人，这个女人是要跟你结婚的，不管你肯不肯跟这个女人结婚，这个女人都是要跟你的，这个女人是想把她的第二次命托付给你的，可是这个女人流血了。

你是在中国银行旁边的那条小巷子里把他堵住的，他平时不往那去。巷子是死的，巷子里只有一家文身馆。他从不往那去，可是他去了。你就把他堵住了。

你为什么不睁只眼闭只眼呢？你是笑着对他说的。他惊恐的眼睛瞪着你。

你是执法者吗？你还是笑着，你都看不出来你的笑都是假的了。你说你是执法者吗？你把自己当成执法者了？

他仍然沉默着，但是他的眼珠开始溜溜地转。你知道他想要干什么，他只是一个初中生，他还是嫩的。

你总是冲在最前面？你又说，你给谁卖命呢？

我给自己卖命。他突然说，像一个真正的初中生一样，他的整个头都横过来，咬着牙说。

你就真的大笑起来了。你说，因为你签了一年合同？你还交了违约金？

你的第一拳下去的时候，血珠子就蹦出来了。

你为什么不给你自己留条后路呢？你又说。你的话真是有点太多了。

你揪住他的前胸，你不是怕他倒下去的，一定不是，你看到了他的胸口，更近的，你没有看到 XG 也没有看到 SD，字母和数字，什么都没有，你可以肯定他是哪个街道招的了。你想停手的，可是停不了了。他的血，也让你傻了。你竟是不知道，人都是会流血的。他的血，竟也是热的。

于是你的第二拳又下去了，你竟是不知道你是这么恨他的。

那个很瘦的身体横在街沿上的时候，笔直地，都像是你自己的身体在那里了，笔直地，却又像摊烂泥一样。你就变成他了。

发表于《钟山》2008 年第六期

幸福

　　这个手术做了不止三分钟。就像电视广告上的那样,一分钟,两分钟,三分钟。亲爱的我来晚了。不要紧,我都做完了。疼吗?一点也不疼。

　　如果不是这个广告,毛毛也许会去别的医院,老一点的,妇产医院那种。可是毛毛看广告了,电视台每隔五分钟就播一次,毛毛这种看电视多过走路的女人,那个广告就刻在毛毛心里面了。

　　我接到电话的时候,毛毛已经在急诊室了,老的妇产医院的急诊室。毛毛的手术是在电视明星医院做的,五天以前。如果不是她开始流血,血止也不止住,她是不打算让我知道这件事情了。

　　给我带点钱。毛毛说,我现在一分钱都没有了。

　　我到了妇产医院可是找不到毛毛,她的手机都停了,欠费停机。我去了所有的门诊,找不到她,我甚至去挂盐水的地方找过了,她不在那。我就站到妇产医院的大门口去了,我站了一会儿,其实我特别讨厌站在这,我又没有怀孕,我又不要生孩子,我为什么站在这,我看起来就像毛毛一样,毛毛怀孕了,我又没有,我为什么在这？我站了一会儿，我就去窗口挂了个号，我总得给自己找点事干是吧。我说挂号。窗里面的人说，什么科？我迟疑了一下，说妇科。窗里面的人给了我一个最持久的白眼。

我说不可以吗，不可以是妇科吗？难道妇产医院有牙科吗？窗子里就扔出来一张处方笺，上面印着，牙科。

我就接到了毛毛的电话，毛毛说，你怎么回事啊？你让我等这么久。我抬起头，我就看到二楼的露台上，很多假绿植的中间，毛毛站在那，包着头巾，就像一个产妇。

我以为毛毛会哭，可是没有，她看起来比我冷静多了。我说我挂了号了，我给她看我手里的纸，她冷冷地说她已经看完了。

带钱没有？她说，现在我要去拿药。

我就看到了毛毛的后面，毛毛的外婆，愁苦的皱脸。我掏钱掏得不是很爽快，一个星期前，毛毛问我借过一次钱，她说她要去旅游，现在我有点明白了，她去明星医院做手术了。

这到底是怎么回事？我说。

手术很成功，他们说的，很成功。毛毛说，可是我肚子疼，我疼了三天，到第四天我好像昏过去了，现在好了，我是腹腔炎了，我以后都不用生孩子了。

魏斌呢？我往毛毛的外婆后面看，什么人都没有。

又不是魏斌的。毛毛说，他怎么会在这。

那么是景鹏的了，现在怎么办？我说。

也不是景鹏的。毛毛说，我不想跟你说是谁的，我不想说。

我也什么都不想说了，我往妇产医院外面走，我一定是有点火了，可是我走了一半就停下来了，我对我自己说你不要火了你不要火了，你能跟毛毛生气吗？我回过头，毛毛慢吞吞地跟着我，毛毛还包着她的头巾，我就哭了。

上午我还在中医院和蝴蝶一起接受推拿。我的脖子和蝴蝶的腰，它们都出了问题，简直要了我们的命了。

我和蝴蝶，我们都找了刚刚毕业的实习医生，他们没经验，可是他们有空。

一分钟以后蝴蝶就在我的旁边尖叫起来。

你别叫了行不行？我说，我能忍你不能忍？

蝴蝶继续叫。我的腰我的腰，蝴蝶是这么叫的。

就是这样，我坐着，因为这一次只是脖子出问题，我坐着，医生的手在我的后脖子上，可是蝴蝶躺着，医生的手在她的后背上。

那不是腰。医生纠正她，那是你的尾椎骨。

蝴蝶仍然没有停止发出声音，如果我闭上眼睛，那个声音就会比我睁着眼睛听还要刺耳，我就闭上了眼睛。

现在我更紧张了，发病前我的脖子就像一块石头，发病的脖子就变成了一块更硬的石头，再加上紧张，脖子就是一块梆梆响的硬石头。我咬着牙，没有一个人的手能让我放松下来。

蝴蝶不再叫，她确实也不能再叫了，床的旁边就是医生的桌子，桌子旁边就是更多的病人。其实那不是床，我不知道它叫什么，它是木头的，铺着不算白的白色床单，还有枕头，枕头上印着红字——中医院，如果把它翻过来，仍然是那三个字——中医院，其实那也不是床单和枕头，我不知道它叫什么。总之，人躺在上面，即使只有一分钟，它就是床。如果你指望你躺着的这张床在另一个小房间，或者床的周围能够围一圈布帘子，那就不是中医院了，那是洗头房。

我坐在木头的方凳上，凳腿是绿色的。我离那些病人们更近，他们都站着，看着我。医生在我的后面，我看不到他，我看他的桌子，桌上很空，一个小木板上有一根刺，用来戳挂号纸的，很显然，上面没戳着几张，而且肯定还有昨天的前天的。病历翻开着，崭新的病历本，一个字都没有。每次去医院我都买一本新病历，每次我得都为那本只写一页的新病历付三块钱。

躺在床上的蝴蝶笑了一下，她让我觉得她的腰或者尾椎骨没有那么痛了。

我说你在晒你的幸福吗？我说你有这么幸福吗？

这是幸福吗？蝴蝶说，如果你知道有人跟我晒的什么样的幸福。

什么幸福？

问题出在女人，是女人认为那是幸福。蝴蝶说。

什么幸福？

前天我们几个同事一起吃饭，一圈中年妇女，如果一个女人说她男人帮她洗碗就是幸福，另外一个女人就会给她家里面的男人加上洗衣服和擦地板。直到一个女人说这些都不足以证明男人爱你们，这个女人就说，他主动戴套，他牺牲了他的快感，为了不让我有怀孕的危险。

她为什么不吃药呢？或者别的。我说。

现在你也有问题了。蝴蝶说，为什么要女人吃药？女人吃药不会发胖吗？

我闭嘴。很显然我后脖子上的手掌在用力。

难道这不是应该的吗？男人就应该这样，这是理所当然的，这还有什么可炫耀的。蝴蝶说，蝴蝶说完又响亮地叫了一声，因为二十分钟的推拿治疗好像结束了。

现在我的头被一个会移动的长手臂的东西吊住了，如果只看头而忽略头下面，你就会看到一个晃来晃去的头，蝴蝶站在我的旁边。这就是男人们应该做的，蝴蝶说，为什么不呢，什么世界。

我是真的有点厌烦了。

如果我没有看那两个实习医生，我就可以假装他们根本就没有听到我们的对话，他们是在假装，他们的脸都不会红一下，这些小孩。现在都没有小孩了。

对于毛毛来说，这一辈子都过完了。她这一辈子都毁在那个男人手里了。

我是毛毛的亲姨妈，我比毛毛大四岁，可是我是姨妈，80后的毛毛见面就得叫我姨妈，如果她心情好。如果我活在旧社会而且没有药吃，我肯定也做了90后的妈。

我是看着毛毛长大的，我上小学的时候毛毛上幼儿园，我上初中了，毛毛还在上小学三年级，我就以一个初中生姨妈的身份给小学生毛毛写信，我在每一封信里教导毛毛要好好学习。我是看着毛毛长大的。

毛毛的事说起来就是一百〇二集的电视连续剧了，所以我不说，我又不是写电视剧的。总之，对于毛毛来说，这一辈子都过完了。毛毛二十八岁，毛毛的这一辈子都过完了。毛毛是在飞机上认识那个男人的，那个男人坐在她的旁边，一个半小时，那个男人就毁了毛毛这一辈子。这是毛毛妈说的话，毛毛妈已经失踪了，那是另外的一部电视连续剧，我不说，我怎么能说自己亲姊妹的事呢，我不干那种事。

毛毛和那个男人，没有人知道究竟是怎么回事。之前的毛毛，和一个从小一起长大的百万富翁同居，只要再过一年，最多一年，等毛毛二十一岁，他们就可以结婚了。是的是的，我们家的毛毛，长相是极好的。我们家的女人，长相都是好的。二十一岁的毛毛，在飞机上遇到了一个男人，这个男人贫穷，低贱，一无是处。是的是的，这是毛毛妈说的话，可是毛毛妈说的话，就是我说的话。这个男人贫穷，低贱，一无是处，可是毛毛爱上了他。

其实孩子也不是景鹏的,我不知道我为什么还在这里说景鹏。毛毛和景鹏早就分手了,可是,如果不是景鹏,毛毛的现在怎么会是这样的?

毛毛的长相是好的,可是毛毛什么都不会,我们家的女人,好像都是这样的。我们家的女人,也都会嫁给不对的男人,然后这一辈子都完了。

我一直以为毛毛会是我们家那个唯一嫁对了的女孩,即使毛毛什么都不会,只要嫁对了,什么都不用想了。

那个和毛毛青梅竹马的富孩子,叫魏斌,是的,魏斌,现在一说起他的名字,我耳朵旁边都会响起他的声音,特别温和的,特别懂事的。姨妈你好。魏斌总是这么叫我,不管心情好还是心情不好,他总是比毛毛还亲近。他比我小两岁,可是他喊起姨妈来,他就真的是小辈了,他低着头,背也弯着一点点,他的眼睛也诚实的,带着一点笑意的。

我们家的人都喜欢他。

毛毛妈没有失踪前,两个家族是有一点生意上的往来的。不过都说了不能说姊妹的事,我就不说了。总之事情不是这么简单的,毛毛家的生意在八年前出了那个大事情的时候,魏斌家是拿了一半的钱出来应付的,对于魏斌家来说这是应该的,儿媳妇的事就是自己家的事,因为魏斌是独生子。可是毛毛抛弃了魏斌以后,魏斌家就得来要回这笔钱,毛毛妈还了钱,然后失踪了,毛毛就是一个人了,除了我这个姨妈,毛毛就是一个人了。我是不是从来没有提到一句毛毛的爸爸?不用提了,我的话真是有点太多了。

魏斌时时回来找毛毛,我是知道的。有时候我们会一起吃顿饭,毛毛还是会拉着他的手,叫他亲爱的。好像他们之间什么都没有发生过,好像魏斌从来就没有把她和景鹏捉奸在床。我只是笑不出来，真的笑不出来。

每一次魏斌都会告诉我和毛毛，他们家又给他找了新的女朋友，有时候我们一起看那些女孩子的照片，一起笑。那些女孩子，都是比毛毛学历高的，比毛毛漂亮的，比毛毛年轻的，家里都有钱，一个比一个好。

魏斌只有在毛毛去洗手间的时候才会飞快地告诉我，那些女孩子都问他要新车，要包包，要钻石。魏斌说我又不傻，我干吗要那些爱钱的女孩子？

魏斌就笑着说，毛毛在这上面就是傻的，毛毛不认识钱，毛毛过得稀里糊涂的。

毛毛就笑着走过来，一屁股坐下来，搂着魏斌的脖子叫他亲爱的。魏斌总在离开的时候给她钱，有时候多有时候少。多了少了毛毛都会全部用光，魏斌是这么说的。魏斌笑嘻嘻的，我看不出来，这个男人，在看到毛毛和景鹏在床上的时候，会泪流满面。

魏斌走了以后毛毛就说，我又不爱他，一点也不爱。

蝴蝶是一个非常凶的女人，别人都这么说。我的和我一起长大的朋友蝴蝶，她以前不凶的，她是最温和的女人。她结婚以后，她真的凶了。

我们在看电影前吃肯德基，他们少了我们一袋薯条，她去要回来，他们说对不起，他们还赔给她两杯冰激凌，我们看完了电影去拍照，照片不好，她把老板叫出来，已经付出去的钱，她要回来。在我们的青春期，这样的事情时时发生，可是我们只能逆来顺受，我们是在吃亏，我们吃了很多年亏，我们终于不用再吃亏了。蝴蝶真的越来越凶了，也许是结婚让她变得凶。

蝴蝶对电影也挑剔，如果电影票是我买的，电影又不好看，她就会骂我，她会说我浪费了她的时间。我的蝴蝶，我的陪伴着我一起长大的蝴蝶,我的印满了我们青春期印记的蝴蝶,一定是男人改变了她,可是她的男人都怕她,如果她的男人再一次跟我提起如何积攒信用卡的积分,蝴蝶就会直截了当地让他一边儿去,没见过你这种婆妈的男人。蝴蝶眼珠子一瞪,凶恶地说。我还记得他们谈恋爱的时候,她的男人打电话来,她的男人在电话里跟我说,你是蝴蝶最好的朋友,你带着我们家蝴蝶好好玩啊,她特别小,特别不懂事,又特别善良,你们要做最好的朋友啊。那一个瞬间,我和蝴蝶都是笑弯了腰的。可是他们结婚了,蝴蝶说,你给我一边儿去。

蝴蝶不是凶了,蝴蝶是变成女人了,我们的女孩子的日子,结束了。

魏斌对毛毛说,我原谅你。我们重新开始,只要你跟那个男人不再往来。可是毛毛抛弃了他。毛毛跟着那个名字叫作景鹏的男人去了隔壁的城市。

其实他们并不需要离开,没有人要他们离开,魏斌没有给他们压力,我们也没有给他们压力,可是他们离开了。景鹏找到一份还不错的工作,一个月一千八百块钱,毛毛还是什么都不会,但是至少毛毛在学做饭和洗衣服,如果毛毛连这个都学不会,她跟景鹏就得过真正的穷日子了。

他们租了一间旧房子,房子里什么都没有。我们家的一些在那个城市里有点生意的亲戚就给她送去一些家用电器:洗衣机、电冰箱、空调、电脑,后来景鹏和毛毛分手的时候,这些电器都被砸碎了,毛毛带不走那些东西,我们家的人也不在乎那些东西,但是没有人想把一分钱留给景鹏,他们就砸碎了它们。

房租是七百元,很快他们就觉得他们是负担不起房租了,他们两个都要上网,只有一台电脑,白天是毛毛的,晚上是景鹏的,晚上毛毛也想上网,就把景鹏赶到外面的网吧去上网,再加上毛毛不会做饭,他们就得在外面吃,他们很快就没有一分钱了。景鹏每个月15号发工资,那一天,他们两个就吃得特别好,毛毛还会给自己买新鞋子,是的是的,我刚才一定是忘了说了,毛毛有鞋子瘾,毛毛喜欢买鞋子,毛毛的房间里全部是鞋子。过了16号,他们就一贫如洗,连当月的房租都交不起。

　　景鹏把房间分租给了他的同学,景鹏的那些同学都是很奇怪的,他们有时候是两个,有时候是四个;有时候他们住在那,有时候他们消失了,不见了。那个时候毛毛已经学会了做饭,毛毛给所有的人做饭,晚饭后他们会打牌,毛毛不会,毛毛在这一点上是非常奇怪的,毛毛不会打牌,学也学不会,即使景鹏骂她笨,她也学不会。他们打牌,毛毛就在旁边看,毛毛一边看,一边甜蜜地笑,毛毛的笑全部是给景鹏的。可是,这样的日子能有多久?

　　景鹏让毛毛出去找工作,毛毛去了。毛毛活了二十二年,毛毛没有干过一天活,可是毛毛去了。毛毛的长相好,我说过。毛毛长得好,找工作就不难,毛毛的第一份工作是售楼小姐,可是她只干了一天,她的第二份工作是售车小姐,她怎么总是在卖东西呢?除了卖东西,好像她都干不了别的了。售车是她干得最长久的一件事情,她肯定干了不止一天。

　　景鹏开始加班,每天都加班,加到过了凌晨景鹏就睡在公司了,毛毛开始看不到景鹏,一天又一天。

　　景鹏也回来,不加班的时候景鹏就回来,叫了人打牌。他们的同屋换了几批,连他们自己也搞不清楚了,可是没有一个人给钱,他们都是穷人,一个比一个穷。

　　景鹏的同学来玩的时候,毛毛是不可以说话的。景鹏说的,你不开口还好,一张嘴就不行了,你没文化。我们谈的,你都不懂。你还是不要说话了,你会让我在我的同学面前抬不起头的。我的脸面都给你丢尽了。

毛毛就不说话了,毛毛沉默地笑着,笑都给景鹏。

你不觉得我们根本就是两个世界的人吗?景鹏说,我是大学生,你不过是个中专生,你说我们有什么共同语言?

他们唯一的共同语言只有在床上。景鹏和毛毛分手以后,还时时回来找她,他们一般是以互相指责开头,然后做爱,做完爱他们不会更爱对方一点,他们继续互相指责,直到景鹏赶不上回去的火车。

他们都会回去找毛毛,毛毛的那些男人们。这一点我们家的女人又是不同的,我就不能和男人们这么友好。我和所有好过的男人们都是仇人,很多时候那种仇恨强烈得让他们忘记了真相,那些男人们有的忘了跟我上过床,有的忘了我的名字,有的夸大了他的痛苦,把我没有干过的事情说成是我干的,然后他就可以成为一个真正的受害者。

我为什么要跟你结婚呢?景鹏说,毛毛你都没有工作,你没钱,没文化,毛毛你什么都没有,我不和你结婚。

毛毛说,可是你说过要跟我结婚的。

景鹏就说,床上说的话也要负责任吗?我还说过把命都给你呢。

毛毛开始哭的时候景鹏又过来安慰她,景鹏说他其实还是爱毛毛的,他只是不和她结婚。他们还是可以做爱,于是他们做爱,除了做爱,他们确实也没有什么别的可做的了。

我打电话给那个陪毛毛去医院的女孩子,她是毛毛小学里就要好的同学。毛毛什么都不说,我只好打电话给她,我说是不是手术有问题。

毛毛的女同学说她什么都不知道,她只是陪着她去。

我说三分钟?

她说什么三分钟,三个钟头都不止,我上班都迟到了。

我说,你最好把你知道的都告诉我。

阿姨,那个女孩子说,我不知道怎么说。

我说,我在听。我接受了阿姨的称呼,过了三十岁,我对什么称呼都不计较了。

阿姨,我劝过她了。女孩子说,我叫她不要去的,她偏要去。我说就妇产医院好了,又专业又便宜,她偏要去那个明星女子医院,她说这是她自己的身体,一定不能出错。跟我们谈的是一个专家,她给我们两种选择,一种是便宜的一种是贵的。你知道的,毛毛肯定是要选贵的那种的,你也知道她的,她就是很爱她自己。可是我们没有钱,我们没有带那么多钱,我就劝毛毛选便宜的那种,毛毛就在那里问,会不会有危险?会不会有后遗症?会不会伤害子宫?会不会以后都不能生小孩了?

毛毛问了半个多钟头,专家都厌烦了,专家就说,你要做就做,不做就不做。阿姨你知道毛毛的,毛毛就是那种,她一定以为人家是看不起她了,她就赌着那口气了,毛毛就说她做,毛毛说你以为我没有钱吗?我就做你们医院最贵的。

那个时候我都是在旁边拉她的,我说五千块钱,做一个这样的手术,你才两个月,你有意思吗?

毛毛甩掉我的手了。阿姨是真的,毛毛甩掉我的手,毛毛说关你什么事,又不是你的肚子。

毛毛以前不是这样的,真的,毛毛以前是特别清醒的人,可是这些年,阿姨你不在的这些年,毛毛生病了,毛毛不正常了。

接下来的事情你们都知道了,毛毛到我这来,她看起来一点异常都没有,她还吃了一片西瓜,她说她要出去玩,问我拿点钱。

毛毛这几年来都是没有一分钱的,甚至没有吃饭和洗澡的地方。毛毛回来以后,不能再住到以前住的地方了。她和魏斌的房子,魏斌家拿去卖了,钱平均地分给他们两个,这一点,魏斌家做得并不难看,房子是魏斌家买的,装修和家具都是魏斌家的,可是卖了的钱,魏斌和毛毛平分。车魏斌还开着,魏斌一直都不换新车。

毛毛拿到手的钱,全部用光了。毛毛身上不能放钱,我们都知道,给她一百块她就用掉一百块,给她一万块她就用掉一万块,你也可以只给她十块钱,她就用掉十块钱,她又不抱怨,就是这么一个女人。

魏斌时时回来找她,吃顿饭,给她钱,有时多有时少。每隔一段时间魏斌就再次向她求婚,被拒绝以后魏斌就等待下一次,魏斌又不急,他们这些小孩,有的就是时间。景鹏也时时回来找她,景鹏不给她钱,他们做爱,不知道是毛毛得到了,还是景鹏得到了。

景鹏和毛毛分手的那个晚上,很多人都去了,公安局的人也去了,可是景鹏还是挨了一顿揍。人们最后让毛毛过去补一脚,毛毛走过去,毛毛从没有那么恨过一个男人,毛毛就给了那个可恨的男人狠狠的一脚,在那个令她欲死欲仙又令她痛苦的地方。

我们家的人允许毛毛和景鹏在一起,就是接受了景鹏,就是要景鹏给毛毛好日子。可是景鹏辜负了我们。我们家的人,一定是想把景鹏往死里打的。

说到底,景鹏和毛毛的分手,是一定会发生的,可是我都没有想到,会来得那么快,他们俩怎么就没有坚持得再久一会儿呢?

毛毛那次回来,直接就来我这,她好像也没有别的地方可去,她有点失魂落魄。我问她怎么了,她说她刚从景鹏那来,她说这次打牌的人换了个女的,是景鹏一个同学的女朋友,她说他们一边打牌一边笑景鹏,他们说景鹏找了一个傻逼女人,景鹏就笑着说我就是找了一个傻逼女人我有什么办法呢。

我的血就冲到脑门上来了，我会有高血压，我老了一定会高血压，我知道我不能这么冲，可是不能抑制地，血冲上来了。

我说为什么呢？可是为什么呢？

没有什么为什么。毛毛说，也许我就是一个傻逼女人。

接下来的十分钟，毛毛把她最近十个月的生活简短地给我汇报了一下。那十分钟，我的行李箱还都堆在门口没有打开，毛毛总是能在对的时间找到我。

我把毛毛的杂乱无序的话记录下来，整理成十个点，每一个点都是景鹏辜负了她，我仔细地读了读那些点，我都有点读不下去了。我说毛毛，这个男人是不想和你结婚还是根本就不想结婚？

毛毛想了一下，毛毛说，景鹏还是要结婚的，景鹏说他要找个富婆结婚，他就可以过上好日子了。

景鹏是在开玩笑？我说，我想起来景鹏的脸，瘦小的，苍白的，很多痣。

景鹏不开玩笑。毛毛说，这样的话景鹏说了不止一回，也许景鹏是可以实现的，景鹏的条件不错，景鹏是大学生。

景鹏是大学生。我说，毛毛如果你读书上进一点点，十年前就和魏斌一起送去英国念完大学了，你现在来说景鹏是一个大学生。你现在说大学生这三个字特别好笑。

景鹏是自己读出来的大学生。毛毛说，他不容易，他乡下出来的。

魏斌容易吗？我说，如果不是为了你，魏斌好端端的也不出去了？在这儿陪着你打发时间，一年又一年。

我不知道我为什么又提起魏斌来了，我们都是喜欢那个孩子的，真的喜欢。可是我们的喜欢有什么用？毛毛说她想起魏斌的样子就恶心，毛毛竟是这么绝情的女人，魏斌和她十几年了，突然就恶心了。毛毛甚至不愿意和魏斌生孩子，他们在一起的日子，她竟也真的没有孩子。

毛毛说她是想生小孩的，毛毛说她的小孩一定不要是魏斌的样子，毛毛说应该是景鹏的样子。可是景鹏被我拖累了，毛毛说，如果不是要带着我，他就能再读点书，考研，念完硕士、博士，找一个更好的工作，兴许去美国。

你还是和景鹏分手吧。我直接地说。

为什么？毛毛说，为什么要分手？

他又不负责你的后半辈子。我说，如果你自己一个人也能活着，他负责不负责就不要紧了，如果你脱了任何别人就活不了了，他就得跟你结婚，负责你。

毛毛看着我。

你妈和你的姨妈我一定不会活得比你久，我们都死了就没有人负责你了，你得找个丈夫负责你。我说。

毛毛看着我。

不结婚也可以得到负责，我知道。我说，可是如果多一张纸，负责的力量也许更大一点。可是现在，他连负责的可能都不给你。

景鹏挨揍的事情我是三天后才知道的。毛毛从我这离开后马上又回到了景鹏的身边，和毛毛一起回去的，大概有十六七个人。景鹏和他的同学们还在打牌，这一点我们要感谢动车组，动车快起来真是比声音还快。景鹏的同学们脸都白了，尤其是那个女的，他们抖得都抓不住牌了。谁都没有见过那样的场面，他们都是穷人，清白的穷人。毛毛放那个女的走了，毕竟她只说了毛毛一次傻逼。剩下的那两个就不太好过了，他们大概吃了几个耳光，他们跑到很远的地方才敢拨110，可是他们还没放下电话，公安局的人就过去了。

那十六七个人中的一个回来以后跟我说,景鹏那小子骨头也是很硬的,就是被打成那样他也不松口,他说他就是不跟毛毛结婚,打死他他也不跟毛毛结婚。

我说他还真有脑子,他只要熬过挨揍的那一个钟头,他就可以逃过他的一辈子。

毛毛回来以后一直居无定所,有时候她上我这来,我请她吃点什么,她吃得很少,话又很多,她总是说重复的话,她让我的眉头都皱了起来。有时候我带她去洗澡,她的干瘦的身体袒露在我面前的时候,她竟然还是一个女孩子的样子,她那么瘦,她竟然也没怀上过小孩,即使和她喜欢的人在一起。

我们家的人,也不是没有一间可以给毛毛栖身的房间,只是我们都对她失望了,我们放弃了她,全部的人。我们让她自生自灭了。就像我们放弃了毛毛妈一样,也许是毛毛妈自己把自己放弃了。除了她自己,有谁能够放弃一生传奇的她呢。

我离开以后,不再听到毛毛的消息,每次我离开都是两三年,可是我相信我的毛毛,再过二三十年,她都不会变化。

我们学校出了一点小事情。蝴蝶说,如果不是那个女人死命地拖住我,我不会迟到。今天看什么电影?

什么电影都没有了。我说,你迟到了。

现在来跟我说说是什么小事情吧。

对你来说也许是大事情,蝴蝶说,你这种女人,你还记得我们二十岁不到的时候,你带我去你的一个朋友那吧,你朋友的朋友也在那,他正在告诉你的朋友他女朋友怀孕了,他说他得找个安全又便宜的地方给她堕胎。你说为什么,你说为什么不生下来。你朋友的朋友就冷淡地望着你,他说这有什么?堕胎这种小事情。然后你就站在你朋友的桌子后面，你足足骂了他三分钟，你说你从来就没有见过这么无耻的男人，你说原来男人无耻起来就不是人了。那个时候你还真是没有见过很多男人，你这个女人，那个时候我们都还是女孩子。你为了一个不认识的怀孕了的女人骂了一个不认识的男人。

这次是谁。我说，

班里的孩子，蝴蝶说。

我看着蝴蝶，蝴蝶是老师，小学一年级的老师。

不不不，不是那么复杂的。蝴蝶说，也许并不严重。只是一个男小孩把手指头伸进去了，女小孩出血了，女小孩的妈妈找上了门。我们校长已经打发了她。

如果你将来生的是女儿，你讲话的口气就不是这么轻描淡写了，我说。

跟我有什么关系吗？蝴蝶说，那个男小孩把手伸进去的时候我又不在场，我总不能一天到晚盯着那些小孩吧。

好吧好吧，不要这么看着我好吧？我是有责任，可是要我承担什么样的责任呢？我能怎么教育小孩子？总不能给刚刚进校门的小学生上生理卫生课啊？就算我想，学校也是有规定的，我敢给学生普及生理卫生知识吗我？如果我看到了，我当然会去管，我会说那不好，以后都不准。可是我不是没看到嘛，都是桌子下面的事情，我又看不到。女小孩也不响，回去以后痛了，出血了，家长再来闹，还带上物证，有意思吗？

你还看我干吗？都说了我又没办法，这种事情，我第一次碰到，我又没经验。校长也没经验，可是校长有打发人的经验。校长说了，首先，根据调查，事情的确是有的，我们也是不愿意看到这种事情发生的，而且是发生在我们的学校里，我们是震惊并且很为之同情的。可是根据详尽的调查，是你们家女小孩先摸了男小孩的下身的，然后男小孩才摸你家小孩的下身。我们学校自创办以来就没有发生过这种事情，我们的学生，也一直是规规矩矩的，是不是你们家长有什么行为不小心给小孩看到了，又没有及时教育引导小孩，就出了这种事。你瞪我干吗？我也瞪校长了，我瞪有用吗？校长是领导。我就说了一句，我说可能是电视，就有可能是看多了电视，现在的电视都有问题的，小孩不好乱看的。我说这么一句我很对得起她了。

都发炎了啊，那个女人显然是哭过了。连夜上的急诊室，她说。

我和校长都不说话，我又不担心校长处理我，本来这件事情我就没责任嘛。

我一个单身女人带着女儿，女儿还这么小……那女人突然就泣不成声了。

慢慢说慢慢说，校长说，情绪不要激动嘛，也不是什么大不了的事情。

我要求退学。女人说，出了这样的事情，孩子怎么还能留在这继续上学。

完全可以理解。校长说，可以办理退学。

我要求你们退还全部的学费还有医药费。女人说，口气突然强硬。

校长就不高兴了，我们校长是最反感被人敲诈的，而且是被一个女人敲诈。校长就说，都上了大半个学期了，怎么可能退全额学费？医药费我们也是不要负责的，整桩事情我们学校有责任吗？有吗？

怎么可以学费都不退呢？女人急起来，都出了这样的大事情了。

什么样的事情？校长说，情绪不要过激嘛。我们学校的规定就是这样的，我也没有办法，这是规定。你有意见，我倒是建议你报警，诉诸法律，由司法部门介入，我们校方配合，一起来处理好这件事情。

学费到底还是给退了。蝴蝶说，三百五十块钱，从一开始就会退的，毕竟心虚，可是难了一难她，她就提不出更多的别的要求。领导就是领导。

两杯，谢谢。我往柜台后面递进钱去。蝴蝶你要不要加冰？我说。

我听到蝴蝶突然很低的声音，那是一条嫩黄色的小女童的内裤，很淡的蓝色的小碎花，血迹也是很淡的，可是很多，很多很多。其实我根本就抑制不住我的眼泪了。

毛毛肚子里的孩子是谁的？说起来就像是拍电影了。毛毛以为她是不可能自动怀孕的，就像之前的十几年一样，于是她仍然不做什么，她不吃药也没有安全套，她以为她可以和之前的十几年一样，可是她怀孕了。

就是那么一个一夜情的男人，可是到底也叫得出他的名字，那也不算一夜情了。如果是毛毛的说法，就是那个男性好朋友有点醉，有点醉的男性朋友就去敲她的门。那个房间可能是魏斌给毛毛租的，我不在的日子里，毛毛没有变化，魏斌也没有变化。魏斌没有给毛毛买房子，魏斌只是给毛毛租了个房间，魏斌也不是一次交齐全部的房租，魏斌一个月一个月地交，魏斌越来越有耐心了。毛毛把那个房间弄成一个大垃圾桶，就像从前一样，毛毛几乎不收拾，毛毛也睡得着，在垃圾桶里面。她一分钱都没有，可是到处都是奢侈品，香奈儿的包包或者巴宝莉的香水，那些奢侈品全部堆在水泥地上，毛毛说因为房间太小又太烂了，魏斌那个混蛋。

我说，还可以啊，有厨房又有厕所。我打开厕所的门，里面全部是纸箱子，至于厨房，是的是的，都是箱子，箱子里面全部是衣服和鞋子。

厕所太臭了。毛毛说，我从不去那儿，我用来堆我不要了的东西。

我们家的女人好像都是像的，毛毛从来不去那个厕所，因为臭。我不去厨房，只要出现过一次蟑螂，即使那是一个巨大豪华的大厨房我也不去，我就天天在外边吃。

按照毛毛的说法，那个男性朋友是因为喝醉了才那么恳切的，他说来吧宝贝。毛毛说就那么一次，真的就一次，就有了。

如果是毛毛妈在失踪前的说法，就是是有这么一个毛毛的男性朋友，也是十几年了，他们相识的年份差一点赶上魏斌了。他们可能在景鹏出现之前就做过几次，魏斌也不是完全不介意，魏斌只是让他失去了工作，他也可以找别的工作，他只是丢了当时的工作，所以魏斌做事情一直都是不难看的。毛毛立即改正了错误，毕竟她也不是那么爱那个男人，她只能去爱魏斌。在她真正的爱出现之前。

可是如果是毛毛的女同学的说法，毛毛和她的男性朋友其实是亲人的关系，他们会一起吃早饭，他们甚至交谈。如果他们被迫分开，其实并没有人强迫他们做这样的事情，毛毛就会发疯。实际上毛毛已经发过一次疯了。

为什么要跟你如亲人一样的男性朋友做呢？我说。你只能得到一个男人，最多也就是一个做得好一点点的男人。可是如果让他继续做你的朋友，你得到的更多。你得到父亲，得到兄弟，得到帮助和支持，友情，这样的友情绝对是真的，比爱情还真。

是的是的，男人，所有跟你做过的男人都毁了你，可是男性朋友，你们跨过了那道坎，你们就升级了，你们是朋友了。

我又不想的，毛毛说，我拒绝他了。

你拒绝他了？我说，那你怎么有了？

两个星期以后毛毛的女同学打电话给我,她说她和毛毛正要去毛毛做手术的医院,因为毛毛的情况越来越坏了。这些天来,毛毛天天挂盐水,天天吃消炎药,可是情况越来越坏。我说毛毛呢?让她来跟我讲。女孩子停了一下,女孩子说,阿姨你来吧,毛毛已经崩溃了。

　　我用最快的速度到达医院,可是毛毛不在那儿,毛毛的女同学站在大厅。这是奇怪的事情,这个医院就像是一个酒店,医院的一楼是大厅,柜台后面坐着穿制服的年轻小姐,我向她走过去的时候,我就好像要去 CHECK IN 一样。

　　毛毛去找他们了。毛毛的女同学说,毛毛去了二楼和三楼,三楼和四楼,又回到二楼,可是找不到一个人。

　　我走到柜台前面,我说,请问院长办公室在几楼?

　　那个导医最多二十岁,可是她老练地瞪着我。

　　是医疗事故!我的声音大起来,到底是几楼?!我像一个女人那么凶,我是一个女人了,女人都是凶的。

　　她慌张地站了起来,她说四楼,可是她马上又后悔了。她说院长不在。

　　我离开柜台向我看到的最近的楼梯走过去,如果我们的动作不够快,那个院长可能真的不在了。

　　大厅里的女人们都看着我们,我也看了一眼她们,她们都白里透红得正常,看起来似乎没有一个人需要看妇科病,整容,或者人流。

　　我们在三楼的拐角碰到了毛毛,她的脸苍白,额上都是汗珠。我没有说一句话,我往四楼走上去,飞快地,毛毛跟在我的后面,我没有听到她高跟鞋的声音,她居然穿了一双平底鞋,我已经很多年没有看到毛毛穿平底鞋了,我的毛毛,她真的以为她就是一个没有坐好月子的产妇了。我开始冒冷汗,这些该死的楼梯,一定是有电梯的,可是他们把它藏起来了,我们为了堵住那个可能老奸巨猾可能通情达理的院长,只有爬楼梯。

四楼的办公室多得出人意料,我一个办公室一个办公室看过去,里面的人都抬头看我,我是真的不明白这个小小的医院怎么需要这么多办公室。

一个戴着粉红色护士帽的中年妇女走出来,问,怎么回事怎么回事?

我称呼她中年妇女,和我一样,可是她最值得这个称呼,她肯定有四十五岁了,女人做中年妇女的时间还真的是很长很长,从三十岁到四十五岁,女人都是中年妇女。四十六岁,女人开始更年期,更年期持续一年,或者两年,女人就正式进入了老年。

戴粉红护士帽的中年妇女把我们带进一个会议室。在这等,她说,不太客气地。十分钟以后,我决定重新检查那些办公室,我甚至已经走到了走廊里,她拿着一张纸和一支笔走过来了。

哪一个?她打量着我们三个女人。

我们三个女人肯定是互相看了一眼,可是我们不知道怎么开始,哪一个?

事情是这样的,毛毛的女同学说。中年妇女坐下来,开始记录,我们三个站在她的对面,奇怪的事情,现在这个医院又不像酒店了,我们好像站在派出所里面。

我拉开她对面的椅子,坐下来,我是真的有点累了。毛毛和女同学也都拉椅子,坐下,中年妇女锐利地看了我们一眼。

是这样的。毛毛的女同学看着毛毛,说,那天她来做手术。

为什么不让病人自己说呢?中年妇女打断了她。

病人自己说不清楚。我说。

中年妇女埋着头,写下了一句,我敢肯定她写的不是我刚才的那一句。

姓名,性别,年龄,职业,住址。她抬起头,说,还有病历,如果有的话。

毛毛被检查的那十分钟,我和毛毛的女同学都等在门口。

那个给毛毛做手术的主任医生跑了。毛毛的女同学突然说,我们进门才五分钟,我就看见她出去了,她假装不认识我们。

我安静地看我的指甲,我决定这件事情告一段落我就去做我的指甲。

她说她用的是全国最好的仪器,用来做这么小的小手术。毛毛的女同学说,可是手术中间她跑出来,她让我去交麻醉药的钱,幸好那天我身上还带了三百块钱,我去交了钱,单子交给她,又过了两个小时,毛毛才出来。

我掏出钱包,拿出三百块钱,我说谢谢你啊小苏。毛毛的女同学说,阿姨我不是这个意思,不是钱,我们在手术前已经交过麻药钱了,我不知道为什么还要补更多的麻药。她让我去交钱,她等在那。

因为这个病人对痛觉太敏感了。这是医院的解释,她需要比别人更多的麻药。

手术后医生没有给病人消炎药听起来确实也是医生的过错,这一点我们是要调查的,但是我们为什么又在病历上发现了有消炎药的记录呢。中年妇女很厉害的眼神扫过来。

是有消炎药的,就那么一次。毛毛的女同学说,手术做完,消炎药就放到盐水瓶里,毛毛挂完了盐水才回家的,那天我一直陪着她。我们想再找那个医生的,我们想问问是不是有什么要注意的地方,是不是不能洗澡,是不是要继续吃消炎药,是不是有什么食物是不可以吃的,可是医生下班了,手术后她再也没有一句话,她什么都不跟我们说。我们就回家了。毛毛躺在床上三天，一直流血，深紫的血，还有血块，我们打过电话来的，我们打了不止一个，我们觉得她不愿意接我们的电话，她接了她就说那是正常的，非常正常，到第四天毛毛就昏迷了，我们就去了妇产医院，妇产医院的医生说毛毛已经腹腔感染了。

是的，是腹腔炎，可是手术做得非常干净。中年妇女肯定地说，这也是我们刚才的检查结果。

如果手术很干净，为什么会是腹腔炎呢？我说。

因为你不懂，中年妇女说，这与病人的体质有关，而且，她怎么就不知道她自己也要做点事情呢，她要继续吃消炎药，她要洗她自己。

因为我们不懂。毛毛的女同学说，而且毛毛的体质非常好，从小到大她就没有生过病。

你们不懂。中年妇女很快地笑了一下，我们认为这个病人做了不止一次人流手术。

那不是真的。毛毛的女同学说，如果我们懂，我们为什么还在做错误的事情，我们为什么要害我们自己？

中年妇女又笑了一下，很显然，她不会回答这种问题。

才两个月，为什么要做这么复杂的手术？毛毛的女同学又说，为什么给我们选择？一百块和五千块的选择？可是你们的每一句话都是一百块不好一百块不好，你们必须选五千块的。五千块有多好多好，好得让你看起来你根本就没有怀过孕。

你们也可以选一百块的。中年妇女说，这完全是你自己选择的，有人强迫你们吗？

可是听起来像是有人在引导她们。我说，难道不是按照病人的实际情况决定什么样的手术最合适吗？

因为有的人付得起有的人付不起。中年妇女说，三十多岁的成年人了，应该为自己的选择及其行为负责任。

二十八岁。毛毛的女同学说。

什么行为？我说，你好像根本就没有回答我的问题。

毛毛从里面出来，她系好了她的衣带，她好像没有听到一句话，她居然笑着，她说他们怎么说？他们要补偿我吗？充满了希望地。

不管她懂还是不懂，她付了钱，接受你们的治疗，她就是你们的病人，做完了手术她仍然是你们的病人。我说，术后的观察，注意事项，不是医生的职责吗？应该是所有医生的职责。你们的医生为什么不愿意多说一句话，不愿意多开一张处方，接到病人的电话以后，为什么不愿意多想一分钟。手术做完了，就完了？

话也不是这么说的。中年妇女说，医生的态度问题那是另外一回事，而且她也不在，等她回来我们会调查的。

我五千块的手术也做了，消炎药的一百块我会付不起？毛毛突然说，为什么不给我药？我有了药我就不会腹腔炎了，我有了药我就不会永远不能生小孩了。

谁说的你不能再生小孩了？妇产医院的医生吗？中年妇女说。

是腹腔炎啊！毛毛说，我以后很难再怀孕了。

是很难不是不能。中年妇女说，你可能从来不仔细听医生们的话。

我要求见你们的院长，我说。

院长不在。很干脆地回答。

如果不是毛毛的尖叫声惊动了四楼办公室里所有的人，我们可能真的见不到院长了，可是毛毛突然叫起来，毛毛像是完全不能控制自己了。

够了,毛毛,你不要再叫了,你就像是一个神经病一样!我说。

可是院长奇迹般地出现了。我们得以奇迹般地进入院长办公室,就像所有电影里的院长一样,这位院长肥胖又秃头,可是眉毛下的眼睛炯炯有神。

请坐吧,院长说,病人是哪一位?

我们再一次把手指指向坐在中间的毛毛,那样的动作让我很难过。我是病人的同学,毛毛的女同学说。院长说,嗯。我是病人的姨妈,我说。院长抬起头看了我一眼,缓和气氛地笑了一下,说,姨妈很年轻嘛。没有人笑。

现在把事情的经过给我简单地讲一遍吧。院长收敛了笑容,严肃地说。

我不能再生小孩了!毛毛突然站了起来,发出了比刚才更响的声音。

闭嘴。我说,你现在表现得就像一个真正的神经病了。

嘿,你怎么可以这样呢?院长大声地责备我,你有做姨妈的样子吗?病人遭受了这样大的痛苦,你们应该给予耐心和爱心。你们要做的就是尽量解开病人的心结,排解病人的忧患。你们怎么还去刺激她呢?

我不知道说什么好,如果我看得到自己的样子,我肯定是愧疚并且目瞪口呆的。

王副主任已经向我做了汇报,我也粗略地了解了一下,那位给你们做手术的医生是本院最好的医生之一,去年还被评为我们系统的先进工作者。院长停下来,喝了一口茶,说,这位医生做过了很多例这样的手术,可以说,她在工作上是非常谨慎认真的,从来就没有出现过你们这样的情况。

你们真是太无耻了!受到了刺激的毛毛咆哮起来。

如果你们是来吵架的,很抱歉,我不能和你们说话了。院长冷静地说。

毛毛不说话了,毛毛不知所措地站在那,毛毛看了我一眼。

嗯,我们要拿出一个解决问题的态度出来。院长说,重新翻开了他的笔记本,请坐吧,这就对了。

你是做什么的?院长突然问。毛毛惊慌的眼睛又看过来。

因为出了这样的事情,她只能每天躺在床上,她不能上班,我说。我知道我撒谎了,可是我只能这么说。

那么之前呢?院长有点笑的老练的眼睛看着我,之前她做什么呢?

她,售楼,或者售车,我说。我竟有些语无伦次,可是我为什么要语无伦次,因为我在撒谎吗?

院长终于停止了这样的提问,他也只问了这么一个问题。

可是他让我觉得耻辱,可是我竟然说不出什么话来,我竟然说什么都不对了,我说什么都挽回不了了,我就这样,和毛毛一起,做了一回没有说出来话的妓女。

好了,你们到底想怎么样?院长直截了当地说。

我们只是要求你们把病人的病看好。我说,如果你以为我们是为了钱来找你的,你错了。

她还要结婚的,她未婚夫要和她结婚的,是的,她有未婚夫,她还要生小孩。我说,她比谁都想生小孩。我不知道为什么我不敢去看毛毛的眼睛。可是我为什么要讲这些话,我讲这些话不是在扇自己的耳光吗?我说什么都扳不回这一局了。毛毛做了这个手术,毛毛从一开始就输了。

就像我小时候看过的一个武侠电影,电影的开头是一个女人在大雨中被强暴,侠客出现了,一刀结果了强盗。我以为接下来,这个救美的英雄应该得到一点感恩了，兴许他们就可以开始恋爱了，电影就是这么开始的。

　　可是这个侠客一刀过去，把那个女人也结果了，然后他面对着镜头凛然地说，我真不明白你被强奸了你怎么还活得下去，我杀了你，为了你的贞操。那个女人的脸就由死不瞑目突然变得恍然大悟，然后她倒下去，像一摊烂泥一样。

　　如果我们老师要小学生的我为这一段写中心意思，我就会写，这里刻画了一个勇敢，正义，武功高强的英雄形象，体现了他崇高，又有点无情的精神品质。

　　是的是的，女人被强奸了，尽管不是她的错，可是谁又能够肯定不是她的错呢？被强奸的女人，当然就不配活下去了。

　　就像刚才毛毛被检查的时候她发出了声音，她说她疼，那个被叫过来检查她的值班医生就会说，你疼？你做的时候怎么不想到有一天你会疼呢？那位医生一定是女性，那位女医生一定是每天被这些疼的女人折磨，她们折磨得她都不像一个女人了。她会说，连你们自己都不爱自己，我还有什么可说的？我又不要为你们的疼负责任。说到底，这些疼的女人都是自找的。

　　如果你爱你的男人，你会为他做什么？买一件名牌衬衣，还是给他做一顿好吃的？你允许他不用安全套，事先你会吃药，或者事后，你排算好了日期，他就不用穿什么了，他有了快感，你就是爱他了？可是你要付出什么？如果排算和药都是这么有用的话，为什么你们还是在怀孕？

　　如果你爱你的女人，你叮嘱她吃药，甚至你用了安全套，你就是对她好了？你简直是在做施舍的事情，你说我竟是这么爱你，你说我爱你我就不只顾自己了，那是嫖客不是丈夫，既然爱你，就要负责你，你就做了一个最大最大的牺牲，你就是最好的好男人了。

你理直气壮地说，我没有安全套，我为了你，你还是说一些话来感谢我吧。

请你们把她的炎症治好。我说，唯一的要求。

你说完了？院长说，现在听我说，你们谁都不要再说了。

可是，毛毛的女同学说。

我说了你们谁都不要再说了。院长加重了他的口气，甚至啪的一下关掉了他的笔记本。

要消炎。院长说，我会派给你们另外一个专家医师，很显然你们对给你们做手术的医师已经产生成见了。

今天太晚了，明天吧。院长接着说，请你们明天再来，嗯，明天上午我有个会，很重要的会，下午吧，下午的这个时候。

院长就站了起来，看起来他说完了。

今天不晚。我说，至少今天你们应该做点什么，我不认为我们应该再拖一个晚上了，病人的每一个晚上都很痛苦。

你一定不理解那种痛苦。我也站起来，现在我可以俯视院长的脑门了，电影里的院长都一样，肥胖，秃头并且矮。院长你有没有发现你一直在说你们，你们做手术，你们发炎了，你们不满意，你们想吵架……可是我们是我、她还有她。我们不是你们。

院长办公室的门合上的那个瞬间毛毛的女同学说我们应该要到院长的电话号码。为什么？我说，这是很明显的事情，他不会给你。

然后我重新敲开办公室的门，我说院长，麻烦您给下您的电话号码，实际上我们有点担心您手底下的工作人员办事有差错，我们好给您电话。

院长就笑着说，不会的啦。院长甚至绕过了巨大的办公桌走到门口，亲切地拍了拍我的肩膀，说，我就在这里，难道你们不相信一个院长？

门重新合上了。

谁来负担治疗的钱？毛毛突然问，会是他们吗？

很抱歉毛毛。我说，他们不会负担的。

那么我们为什么还要在这里？这个把我做坏了的地方，我有钱的话我为什么不去妇产医院治呢？毛毛说。

我和毛毛的女同学沉默了一下。是的，是这样的，我们为什么还要在这里？我们今天所做的一切都没有道理。

但是至少我们为你争取了一次检查和一瓶消炎药水。

我们都站在大厅里，从四楼下来，我们找到了电梯。大厅里已经没有一个人了，女人们可能都去了大厅旁边的房间，透明的门，可以看到她们都在挂盐水，那么多的女人需要挂盐水。

挂一瓶盐水可能需要四十分钟。毛毛的女同学说她必须走了，她说上一次她就是请了假陪毛毛来的，她说她不能再请假了，她要工作。

我说我也要走了。我们一起朝房间里的毛毛挥挥手，毛毛还坐在那等待，过几分钟会有一个好医生按照院长的吩咐过来给她扎上针，吊上盐水。毛毛也朝我们挥挥手。

站在女子医院门前的台阶上，我停了下来，我说我们好像把她扔掉了。

也许是这样，我放弃毛毛了。毛毛的女同学说，我对她绝望了。

我还没到家我就接到了毛毛的电话，毛毛的声音像炸开来一样，这些骗子，这些无耻的骗子，他们居然问我收消炎药的钱，他们说没有看到交钱的单子他们是不会给我吊盐水的，他们说他们的院长从来就没有给任何一个人免过单。

我疲倦地听完，我说你又上去找院长了？

去了。毛毛说，院长不在。

你回家吧，我说。明天一早去妇产医院挂盐水。

为什么？毛毛说，明天不是还有一个专家医师要看我吗？

闭嘴，我说。毛毛你还不明白吗？他们是骗子，就往你不想去想的方向想吧，他们是骗子。

他们连一瓶消炎药水的可能都不给你。

毛毛第一次见到景鹏的父母，是在景鹏挨打的第二天，那对农村的父母，他们并不是景鹏所说的那样不愿意见到毛毛，甚至在过春节的时候也不要毛毛上他们家去丢人现眼的父母，他们瞪着毛毛，好像第一次知道这个世界上还有毛毛一样，于是他们在景鹏嘴里的善良和纯朴可能也要打点折扣了。景鹏的农民父亲挺直着腰，说，我们家在公安局也是有熟人的。

谈判可能持续了一个钟头，两个钟头。景鹏和毛毛等在车里，时间有点长，于是他们又做了一次爱，他们再也没有做过那么好的爱。看起来毛毛的那一脚并没有对景鹏的要害产生致命的伤害。

发表于《山花》2008 年第 5 期

生病

　　我在菜场看到珍珠的时候,她正蹲在一个小孩的旁边,那个小孩牵了一条狗。
　　珍珠说,小朋友,你怎么养了只猴子呀?
　　小孩翻白眼,阿姨,这不是猴子,这是沙皮狗。
　　珍珠笑嘻嘻地说,小朋友,你的沙皮狗真难看呀,难看得就像一只猴子一样。
　　小孩说,阿姨你聪明吗?
　　珍珠说,我当然聪明,我很聪明。
　　小孩说,草原上来了一群羊,猜一种水果呀。
　　珍珠侧着头想,想不出来。
　　小孩说,就是草莓呀。
　　珍珠挂不住,想抽身。小孩左手牵狗,右手拉住她的衣角,阿姨别走,再给你猜一种水果,草原上来了一群狼,你猜是什么?
　　珍珠甩他的手,没甩开。
　　小孩说,就是杨梅嘛。

珍珠气呼呼地说，去去去，什么草莓杨梅？姐姐忙得很，没空跟你玩。

珍珠穿着拖鞋，蓬着头发，手里抓一把葱，像新婚的家庭妇女，锅都焦了才发现没有葱，于是出来买葱。

我走过去说，草原上要是来了老虎是什么水果？

小孩瞪我。

珍珠转身，说，哎，你回来啦。

小孩说，我不知道。珍珠就笑了。

小孩说，阿姨，你笑起来的时候好多皱纹。

阿什么姨，还皱纹。珍珠说，哎，谁家的小孩啊？

卖菜的买菜的都抬了头，望着她。

回家。我一把拖住珍珠，说，每次见你第一面都好像排话剧。

是什么水果？珍珠在路上问我。

你说现在的小孩，都是人精，皱纹两个字就刺到你。珍珠一边烧水，一边说，咖啡？

不要咖啡。我说，每一杯咖啡对我来说都是折磨，茶，绿茶。

珍珠说现在的人都喜欢咖啡了，谁还喝茶谁就土。

就让我土吧。我说。

我们那时候，珍珠说，哎，过去了那么久，好像还在昨天。

有多久，也不过一年。我说。

珍珠说，你过得怎么样？

还好。我说。

还记得中二分班前坐你旁边那个小甜甜吗？珍珠说，特别作怪的那个，你肯定记得。

不记得了。我说，喝茶。

她呀，上个礼拜在菜场看到了我，转身就在同学会说去了，说我找的什么富豪男友呀，做了少奶奶的，还要去菜场买菜。

我说是啊，你怎么要自己去菜场买菜。

买菜很难吗？珍珠很气愤，我喜欢自己买菜。

我买菜挺难的。我说，要搭别人的车，不好意思搭就没有菜，走路十五分钟去麦当劳吃九毛九的汉堡，难吧我。

珍珠惊讶地望着我，你说你还好。

我还在麦当劳门口被人要了十块钱呢，他说他也要吃汉堡。我说，我以后都不去麦当劳了，没菜就饿着。

你比我难。珍珠说。

还好。我说，你怎么家徒四壁了啊，这才一年。

跟男朋友分手了。珍珠说。

怎么回事？

就那么回事。珍珠说。

你不告诉我一声的？

告诉你有用吗？你养我？通个电话回声还有两秒，你又不会回来。

我回来了。我说，你不接我电话，我只好自己走过来。

没脸见你。珍珠说，我这个样子，没脸。我又没钱，我又没有男朋友，我什么都没有。

你要找份工作。

吃不了苦。珍珠说。

我看着她。

从德国回来他就不要我了。珍珠说，他家里的人，都是有头有脸的，都是要在上流社会活动的。

什么是上流社会？我说。

他又是长子，将来要继承的。他家里人对我也还好，带我买东西啊，带我玩啊，他们说结婚前做一个全身检查啊。

你做了？我说。

珍珠哭出来，你要我死给你看吗？我死了就有脸了？

我看着她。

我看着她闹，披头散发倒到沙发上，眼神呆滞，盯住茶几，上面放着刚买的葱，已经不新鲜了。

他们说，你要学会德语。珍珠说。

他们说，你吃得太多了。

他们说，你要学会吃饭的规矩，说话的规矩，走路的规矩。

他们说，没品位怎么在酒会里见人。

他们说，这个婚不要结了。

你要接我的电话。我说，我养你。

我说完，马上就后悔了，要是珍珠真跟了我，我怎么办。

回家已经凌晨，我和珍珠谈了一个晚上，我给到的建议只能是，再找个别的有钱人，不能再是德籍华人了。

我爸妈还在看电视，我不用手机，所以我比以前更不安全。我回家了以后，我妈给我爸发了一个短消息，说她去睡觉了。她就去睡觉了。

我不会发短消息，我坐下来跟我爸一起看电视，电视里的脸我一个都不认得。

谁呀？我说。

陆毅。我爸说。

陆毅谁呀？

现在很红的。我爸说。我爸说完就去睡觉了。

我换了一个频道，看到一个女作家说，我呀，忙得要命，一天到晚行走，不行走，我就写不了作。不写作我就睡觉吧，可要是睡了个觉，一个梦都没有，你说，我这觉不是白睡了吗？

  我就关了电视去上网。网速极慢，等得心死，只好打游戏。一年错过了那么多游戏，我还在机场就买了十款新游戏，天天打。

  电话铃响，我慢慢拿起电话。

  电话那头的声音就跟一年前一样。

  回来还走吗？电话那头说。

  还走。我说，冰箱里还有两磅牛肉。

  隔了三个月的肉你还吃啊？电话那头说。

  我说土豆还可以放四个月呢，都不会发芽。

  半夜三更，他呼吸的声音听得分明。

  你的婚结得怎么样？我说。

  我很清楚地听到了他说婚姻的真相是非常狰狞的。

  我在一夜狰狞又挣扎的梦中醒来，电话铃在响。

  我看着天花板，我要想一下我现在在哪里。电话铃响着，响着，我的心跳得越来越快，越来越快，扑腾，扑腾，扑扑扑扑扑，腾都听不到了，全部都是扑。铃声终于停止了。

  我妈不高兴地敲我的门，接电话，是珍珠。

  我拎起了电话。心口痛着。

  珍珠。我说，你晚上不睡的啊。

  珍珠说，现在中午了。

  我说，哦。

  珍珠说，我饿了。

  我说，饿了吃饭啊。

  珍珠说，我没钱。

  我说，哦，我出来，一起吃吧。

  我请珍珠吃火锅，二十四小时自助涮。

你出门的时候整理整理自己好不好？珍珠说，昨天看你就不顺眼，穿了双球鞋。

我说，你吃，别废话。

珍珠埋头吃，汗都出来了。

我看着她，美女，再热的汤面都坏不了她的美。

感觉好一点了。珍珠放下筷子，一笑，说，现在开始正式吃。

我说，好。

金针菇。珍珠说，只要金针菇，涮什么都没有涮金针菇好吃。

我说，涮火锅我内行啊，天天涮。

珍珠说，我听你妈说你刚开始不会做饭，顿顿吃香蕉的，吃了好几吨香蕉。

胡说。我说，我在中国店买到了火锅，加盐加葱段加西红柿，三餐都有了。想涮什么就涮什么，涮苹果，涮芹菜，涮胡萝卜，涮茄子。

苹果好涮吗？珍珠说。

好涮。我说，酱要配好。

金针菇。珍珠站起来，说，我去拿。

我看着她，绰约的背，还像个小姑娘。旁边一桌都喝醉了，青天白日，都喝醉了，一个潮红了脸的黑丝袜女人，高举了酒杯，一个一个敬过来，不喝，就揪住衣领，硬灌下去，喝彩，喧哗，热气腾腾。这才正午，若是半夜，当是群魔乱舞。

珍珠端了一盘金针菇，还有一碗酱，笑嘻嘻走过来。

黑丝袜女人忽地起身，一碗酱全倒在了我身上。

我妈手织的毛衣，春节没回家，我妈手织的毛衣寄过来，我穿了回家。全是酱，白芝麻酱，配了香菜葱花，正往下滴。

黑丝袜看了一眼，头扭到另一边。

珍珠说，你撞到我了。

黑丝袜说，我撞你怎么了。

你还叫我赔啊？脸转回来，一根手指，指到我眼睛里。

我说不出话。

女人拨开珍珠，旁边是个冰柜，开始挖冰激凌，若无其事。

一年以后的火锅店，有冰激凌了。

珍珠放下了金针菇还有酱碗，实际上碗里也没有酱了，也往冰柜走。

停。我说，珍珠，你停下。

珍珠没有停，珍珠一直走到挖冰激凌黑丝袜的旁边，说，你刚才撞到我了，你要说对不起。

黑丝袜第二次拨开珍珠，端着冰激凌回她的座位。珍珠跟着她。

黑丝袜坐坐好，开始吃冰激凌。珍珠站在她的旁边，珍珠说，说对不起。一桌哄堂大笑。

黑丝袜第二次忽地起身，你想怎样？

她要你说对不起。我说。

你是想我赔你的衣服吧？黑丝袜一扬手，扬到我的眼睛里，老娘有的就是钱。

你撞到她了。我说，你要说对不起。

哪只狗眼看到我撞她了？黑丝袜一根手指又伸过来，我拨开她的手指。

哎，你都不是你了啊。珍珠说，你以前会给贱人吃耳光的。

一记耳光，落在珍珠的脸上。

我是贱人？看你们两个才是小贱人。黑丝袜歇斯底里，两个女的出来吃火锅？真少见呀，勾搭不到男人了吧，没有男人给你们埋单？

我没有看到珍珠掀桌子，滚热的鸳鸯火锅，滚到我的脚底下，已经一塌糊涂。我最后看到的一张脸，是张牙舞爪的黑丝袜女人的脸。

珍珠发了一夜烧，神志不清，醒来在医院，两瓶盐水。

珍珠睁开眼第一句，我可怜吧。

我说，还好，上次我发烧，躺床上两天两夜，半梦半醒，没米没水，心里还挺着急，怕自己就此病死了，一个月以后才被发现。

珍珠哧哧地笑。

医生说你贫血。我说。

我知道。珍珠说，我婚前检查过了嘛。

没事的。我说，补补就好了。

你不知道。珍珠说，我的血永远凝固不起来的，所以我不能生小孩的。

我看着她。

谢谢你啊。珍珠说，我又没有公费医疗，从小到大创可贴都是问你要。

我也没有了。我说，我的停薪留职过期了。

哎，你可惜了。珍珠说，你说他们会不会找到我们，要我们赔火锅店。

不可惜。我说。

砸个火锅算什么，我们那时候还烧过酒吧的。我说。

哎，那个时候，就像昨天一样。珍珠说，现在的人都不去酒吧了，现在的人去咖啡店，谁还去酒吧谁土。

我笑笑。

找到也不怕，我就回德国去。珍珠望着天，说。

你怎么回？我问，我心里想说，你连买一张机票的钱都没有。

我没有说出来,我看着她,我不说话。

珍珠坐在窗台上晒太阳,晒了一会儿,问我,午饭什么时候到?

珍珠不要吃医院的饭,我给她订了隔壁小饭馆的饭,每天送过来,四菜一汤。

珍珠说,我现在落魄了,要朴素了,四菜一汤也可以了。就四菜一汤了。

快了。我说。

墙是白的,床单是白的,医生也是白的,干干净净。珍珠说,我喜欢这。

差不多就出院了。我说,病床紧张的,又是单人病房。

我不就是个病人?珍珠说。

真病人都在过道的担架床上躺着。我说。

哎,不要说这个。珍珠说,饭到底什么时候到啊?我要饿死了。

每天送饭的小姑娘,十六七岁,高中没读完就出来做事。送了两天饭,熟了。我问她还回不回去上学。小姑娘说不回了。

珍珠说,你一个月挣多少钱?

小姑娘说,四百。

珍珠说,四百还活得下去的?住都没地方住。

小姑娘说,和老乡合租,每人两百,水电煤气都在里面了。

我说,只剩两百,还要买吃的用的。

小姑娘说,没有两百,每月寄一百块钱回家。

珍珠说,找一个男朋友好了,你长得又好。

我看了珍珠一眼,珍珠闭上嘴。

小姑娘说,有男朋友了,村里人,就是他出来做事,我才出来的。

我说,两个人一起,也没那么苦了。

小姑娘说，是啊，不苦。男朋友就在医院新大楼的工地上做事，什么时候带给姐姐们看看。

我说，好啊。

小姑娘送饭来了，哭肿了眼。

珍珠说，跟男朋友分手了？

小姑娘说，我得乳癌了。

你才十七岁。我说。

小姑娘说，健康证体检，医生说有块，要我做超声波。

你才十七岁。珍珠说。

超声波几百块，我这个月的工资还没有发。小姑娘说，就是工资来了，也不够。

不一定乳癌的。我说，最多是个肿瘤。

良性的。珍珠说。

小姑娘说，也许是癌呢？我不要出钱去做超声波，浪费钱。我也算了，活了十七年了，算了。

哎，不要这么说。珍珠说，你男朋友怎么说。

男朋友没有了。小姑娘说，一听到癌就说分手。

贱人。珍珠说。

我看了珍珠一眼。

同屋不要我付这个月的房租了，还给我一百块钱，让我想吃什么就买什么。小姑娘说，同屋在洗头店做事，挣钱不容易，我反正要死了，还要她的钱干吗？

我说不一定是癌，超声波要做的。

小姑娘说不做了，没有钱。

珍珠说，到这家医院来做，记在我账上，我跟医生说一声。

我看了珍珠一眼。

我跟医生都熟的。珍珠说，一句话。

珍珠跟医生熟，住了两天，上上下下的医生都熟了。最熟的一位男医生，算是她的主治医生。

我说，珍珠你看上他了？

珍珠说，医生没钱，又辛苦，还会被病人杀掉。

我说，他每天看你的次数比别人多。

你在旁边数的啊。珍珠说，我是病人啊，我的医生多来看看我，是尽职。

你找他其实可以。我说，听说他小时候很穷，穷得吃不上饭，天天饿着肚子去上学，饿着肚子倒也考上医学院，五年苦读，毕业，分到门诊，又升到病房，年纪轻轻就做了主任。

外头的小护士说的？珍珠说，护士都喜欢他。

小护士不喜欢你。我说，发个烧就住进来，医院当疗养院。

护士也不喜欢我，倒是客气，我走过去她们就客客气气地散了。我爸打的招呼，单人病房。还是要我爸过来打招呼，我想着下个月就走。

我倒是习惯了不被人喜欢。幼儿园关小黑屋，整个童年没想通，大了想通了，开后门进的机关幼儿园，那个时代的人都恨开后门。那个时代的开后门就是这个时代的打招呼，什么都没有变，除了人们曾经恨开后门，如今人们习惯了打招呼，虾有虾路，蟹有蟹路。

小学没朋友，因为请同学们打电话给我，同学们没有电话，不同我玩。珍珠家里有电话，珍珠同我玩。珍珠爸爸去世，过年过节的鱼啊肉啊都没有了，只有我同珍珠玩，十几年，唯一的朋友。我不想失去她。

珍珠出去抓了医生过来，他也正从电梯里出来。

做一个乳癌的手术要多少钱？珍珠说。

医生吃惊地望着她。

那个每天送饭来的小姑娘,我说,您也见过几次的,她今天说她得了乳癌。

医生说,你要为她付手术费?

她没那么好啦。珍珠看了看我,眼睛看着医生,说,小姑娘才十七,太小了。

你给她查查嘛。珍珠说,她的检查费我们还出得起的。

好。医生说,你让她直接来找我。

医生走到门口,又回头。

我以前有个病人。医生说,下岗工人,每天蹬三轮车去批发市场批点菜,再蹬到菜市场去卖。工人不会做生意,亏本,老婆给一个老板管账,跟了老板,两个人离婚,他一个人过。有一天他蹬三轮车蹬到一半,昏过去,抬到医院,查出来癌,回家去等死。他的前妻倒来找我,拿了一点钱出来,说给他治病。我说钱是不够的。前妻就哭了,说她其实也没有钱,老板不过玩弄她,很快就把她扔了,她后悔,想复婚,又不敢,只能远远看着。这次把所有积蓄都拿出来,给他治病。我说这点钱是不够的。

珍珠冷笑,医生是要告诉我们,穷人太多,一个人也帮不了什么。

我没那么说。医生说,你没懂。

你们医生都一样。珍珠说,天底下的医生都一样,你们的心每天看生死,一点一点磨没有了,穷人活命的权利都没有,他们又没有钱。你们不会心痛啊,心没有了嘛。

你们不是医生是凶手。珍珠说。

医生皱着眉,不说话。

全是黑的。珍珠说,墙是黑的,床单是黑的,医生也都是黑的，医院门口要是有一对石狮子，也是黑的。

我看着她闹。医生笑笑，转身走掉。

出院。我说，你一个健康人，住了三天了。

我有病的。珍珠说，我现在心口开始痛了。

我也心口痛。我说。

怎么痛的？珍珠说。

你会听不到自己的心跳，好像一把很钝的刀，一刀，一刀，割你的心。我说。

真的？珍珠说。

你不懂。我说。

我们还能怎么样呢？电话那头说。

我下月就走了。我说，以后不回来了。

放了三个月的肉不要吃了。电话那头说。

嗯。我说，我骗你的，土豆放一个月就会发芽。

你好好地生活。电话那头说。

好，我接一个电话。我说，再见。

珍珠的声音，慌张的声音。我要出院，现在。

你的朋友不肯回病房的。小护士说，一直坐在大厅，影响其他病人，你处理一下。

我说对不起。一把拖起坐大厅的珍珠，她坐在挂号窗口的前面，门诊三块，专家五块。

总要收拾一下的吧。我说，办出院又一堆事情。

我不去，你去。珍珠说。

怎么回事？

有人敲我门。珍珠说，不认识的中年妇女，穿得整整齐齐。问她可不可以进来，我说可以。她就进来，走来走去，说，布置得不错啊。我说你哪位呀。她坐下来,说,我和我爱人很恩爱的,他对我好,什么都依我,我倒不好,老是出去跳早舞。

我冷汗都出来了。珍珠说,她就坐在那里说,他不让我出去跳早舞,我还不高兴,跟他吵架,我知道他心里是怎么想的,我漂亮嘛,他怕我跑了。那一天,朋友请吃饭,我本来是不去的,他说去吧去吧,难得一次。我真是不想去的,他把手机充好电,说,去吧去吧,管了你一年,也出去散散心,有什么事手机联络,我平时又不用手机的,可是他给我放到了包里。

我吓死了。珍珠说,她就一个人说啊说啊,餐馆那么吵,我怎么知道他打电话给我呢?我平时又不用手机的,手机响根本就听不到,就是听到了也不知道是自己的手机响。吃得高兴,很晚回家,钥匙插进门,他倒在大门口,离门才一步。

我真的吓死了。珍珠说,我怎么办呢?我只好说,我去叫医生。

她倒一把抓住我,说:医生说是心肌梗死,怎么会心肌梗死呢?他从来不说心痛啊,心会痛吗?心怎么会痛的呢?

我甩她的手甩不掉,力气好大。

她抓着我的手说,送到医院就走了,医生说早送来一个小时就好了,他本来可以去医院的,他一直在家里等我,他说他要等到我,要不我回家家里没人,他打电话给我,我没接,他就等,他不去医院,要等我。他走了以后,我再也没有出去过,我天天坐在家里,我不觉得他走了呀,我觉得他只是出差了,出完差,就回家了。说到这里,她就直勾勾盯住我,他就是在这间病房走的,你看,摆设一点没变呢。

我就叫了。珍珠说,我一边叫一边冲出房间,走廊里撞到医生。

我上气不接下气,我说医生,我的房间里死过人?

医生没说话,护士都围上来,护士说,哪个病房里没有死过人？她们居然直接上来就讲，哪个病房里面没有死过人。她们说这里是医院，你以为是哪里？

那个女的居然也走出来，还是盯着我，还是说，他就是在这间病房走的。然后，擦过医生护士身边，从楼梯跑下去，像一只狐狸。

没有的事。医生说，这个女人每个病房都去，她在每个病房都说一样的话。

她丈夫送到医院前就停止呼吸了，哪里会到病房？医生又说，她受了刺激了，天天来，我再下去跟门卫关照一声。

那间房，我还敢住？我都不敢进去了。珍珠说。

珍珠出院了。我不知道是不是还要感谢那个突然出现的女人。

我忙着走，几天没管珍珠。珍珠打电话来，我说没空，要陪爸妈，在家的全部时间用来陪都不够弥补。我爸妈也不要我弥补。只要你好好生活。他们说，要幸福。

可是我也不知道怎么样才是幸福。我说，珍珠，我不在你也要好好的，人人都在吃苦，我比较担心你不是找不到幸福，而是被苦吃了。

上飞机前一天，珍珠又打电话来，说，还是见一下吧，以后见不到了。

我说，胡说，日子长着呢。

珍珠说，有新男朋友了，快得都不好意思说，香港人，比德籍是差一点，钱倒多一点，名分都没有用的，还是要钱，而且要搬到深圳去，真是见不到了，以后。

我说，好吧，既然以后见不到了。

珍珠说不吃饭了，这些天男朋友带了这里吃那里吃，都胖了。我们去洗头。

我看着珍珠，从头到脚，都是新的，为她高兴，也许就是幸福。

镜子里，泡沫堆在头顶，像一座雪山。

像不像饭店里那个小姑娘？珍珠指着我的洗头小妹。

我说不像。

她后来怎么样了？珍珠说。

我沉默了一下，说，乳腺瘤，不是癌，找了个医生值夜班的晚上，偷偷做了手术，收了几十块，是线和缝针的钱。

我说，我说了，你当没听见。多一个人知道，医生就不是主任了，医生都不是了。

珍珠说，哦，可以活下来了。

小姑娘说就像死过一次一样。我说，饭店别做了，也去洗头，钱多一点。小姑娘说世界多大，都没有坐过飞机，就死了，算什么人生。

珍珠说，唉。

我说，那个晚上，你的那位主治医生跟我讲，十岁时候阿妈得了癌病，家里穷，没有钱。阿爸说，癌病是看不好的，要供娃读书。阿妈就痛死了。医生说，阿妈是痛死的，阿妈死的那一天，一直喊心痛，痛啊，痛啊。

所以他做了一个医生。我说。

珍珠不说话，我转头看了她一眼。

我说，珍珠你难过吧？

珍珠说，我倒有点喜欢他的，可惜是个医生。

发表于《小说界》2014年第六期

结婚

下班前我接到了张英的电话,她说她再过一个小时结婚,叫我不要迟到。我还没有说一个字,电话那头挂断了。

一个小时,我根本就不够时间换礼服也不够时间化妆。可是我也不需要礼服,张英根本就没有邀请我做她的伴娘,我的好朋友张英,谁都知道,我们俩是最好的好朋友,可是我不是伴娘。

一路上我都在安慰自己,做伴娘要会喝酒还要收好塞到新娘手里的红包,我也不是一点酒都不能喝,可是只要我喝一点酒,我就收不好红包了。

我相信张英是找到一个酒量好数学也好的伴娘了。

可是,谁会是那个伴娘呢?谁又会是那个新郎呢?

这些日子,张英是失踪了的,上一次接到她的电话还是一个多月前,她宣布她要结婚,我连祝贺的话都没有来得及送出,她就挂断了电话。

听上去,张英是得了婚前抑郁症了,如果真有这么一种抑郁症的话。要不然怎么突然藏起来,谁都找不到,又突然跳出来说结婚。一切都是突然的。

快到的时候我接到了张英的第二个电话,她说婚礼的地点改了,改到别的店了。那店在另一头,两家店的位置完全是相反的。如果不是最好朋友的婚礼,我就直接回家不去喝这一顿喜酒了。但是我想了想我们这二十年的要好,调了头。

开始下雨。我真不知道张英是怎么选日子的,筹办婚礼前不看看皇历不看看天气预报的吗?婚宴还能临时换地方?真是不吉利。我只是没有把这种不吉利想开来,那就真的不吉利了。

我不要我最好朋友的婚礼不吉利,就像隔壁二楼和三楼的婚礼一样。他们只是看了太多皇历,都选在那一天结婚,大概皇历上还说如果两家同日结婚,迟的那一对就会离婚,于是两家的婚礼都有点发疯。

天还没亮,我和邻居们就被鞭炮声惊醒了,家家户户把头伸出窗户。放鞭炮的那一家以为得手,另一家已经背着新娘跑了。迟了的那一家再急赶紧赶地追过去,狭窄的停满了车的社区小道,两个奔跑的皮鞋新郎,还有披着白色婚纱的新娘。没有人笑,谁都想知道,谁会是最后的赢家。谁都知道,只有跑得快的那个男人才维护得了他的婚姻。

一切都来得突然,因为隔壁楼着起火来了,消防车来得也不算迟,只是它被太多粘着鲜花的婚礼车堵在外面进不来。大家的注意力转到了那幢着火的楼,没有人再去关心那两对赛跑的新郎新娘,他们也不再跑了,他们停下来,他们回转身,张大了嘴,每一个人的脸上都是着火的。

大概就是从那一天开始,我惧怕结婚,即使隔壁楼被火燎黑了的外墙很快就修复了,即使那两对夫妇也没有离婚。是的是的,他们没有离婚,他们只是打来打去。谁都知道,如果他们不是选那一天结婚就不会打来打去了。

　　雨越来越大。我肯定是要迟到了，我想象得到张英的脸，生气的，嘴角都翘起来的，肯定不好看。

　　我不要我最好的朋友在婚礼这一天还不好看，我闯了一个黄灯，那个瞬间，特别安静。我听得到自己心底里的声音，她到底找了一个什么样的丈夫？

　　我没有迟到。6点整，我赶到了，没有一个人，6点零5分，还是没有一个人。这完全是张英的问题，有谁会在婚礼前一小时才通知呢，又有谁会在婚礼前半小时更换婚宴的地点呢，没有人会接受这样诡异的安排赶过来吃这顿饭的。

　　6点15分，我再次从大门口退了回来，我选择了大厅最中间的那张桌子坐下，我的眼睛还是盯着门外面，兴许奇迹就要发生，张英突然地出现，就像她突然地宣布她要结婚一样。

　　奇迹没有出现，已经是6点半，我把张英不出现的理由想了一百条，包括因为下雨造成的堵车，或者张英在结婚前落跑，就像电影里那样，张英穿着婚纱跳车，张英还有张英的白色缎带高跟鞋，大束白色百合花，画着斑马线的大马路，张英跑啊跑啊。

　　我的思绪是被一个尖细的男声打断的，那个声音是这样的，你是伴娘吗？

　　我说，我不是。

　　那个尖细男声又说，我是婚庆公司的，我打不通新郎新娘的电话啊！

　　我说，我也打不通。我的眼睛继续盯着大门口，不过现在好一点了，别人也在等，大家一起等，好过一个人等。

　　婚庆公司的人开始抽第三根烟，已经是6点55分，我告诉我自己，还有五分钟，真的还有五分钟，只要指针一指向7点整，我就离开，我实在是忍无可忍了，即使要我抛弃这段二十年的友情，我也要离开。这是真的，五分钟。我已经停止了给张英打电话，结果是肯定的，没有人接。

你是新郎家的还是新娘家的？婚庆公司的人问我。

我看了他一眼，那是一张五官都没有缺陷可是组合起来怎么看都看不对的脸，我的眼睛回到大门口。

如果您有什么需要，那边塞过来一张名片，可以咨询一下我们公司。

我要把所有对张英的火都发到这个男人身上了，我想说的是，我就是长了一张没结婚有需要的脸吗？我站了起来，只能够这么说，我是真的不能再等下去了，再等下去我就要发疯了。

就像电影里一样，一堆人拥了进来，各种各样的人。

我已经回不过我的神来了，我找不到张英，因为这一堆人里面有两个女人穿着婚纱，她们甚至戴着一模一样的紫色鲜花。我说不上来那种花的名字。

我可以肯定，这是两对赶结婚的新郎新娘，就像我曾经经历过的那样，他们一定是在路上就打过了，这是很明显的，大部分宾客的衣服和头发都是乱的。

可是我看不到另一个新郎，这一堆人里面只有一个西装新郎，这个新郎的头发已经斑白。他当然不是张英的新郎。那么张英的新郎呢？

那个瞬间我有了无数不吉利的念头，我甩开那些念头，挤到一个穿婚纱新娘的面前，她看上去更像张英。张英张英！我冲着她使劲地喊。她抬了一下眼，又把头低下去了。

婚庆公司的人不知道什么时候也挤过来了。

那个胖的才是伴娘，婚庆公司男人说，这个我有经验，尽管她们穿一样的衣服。

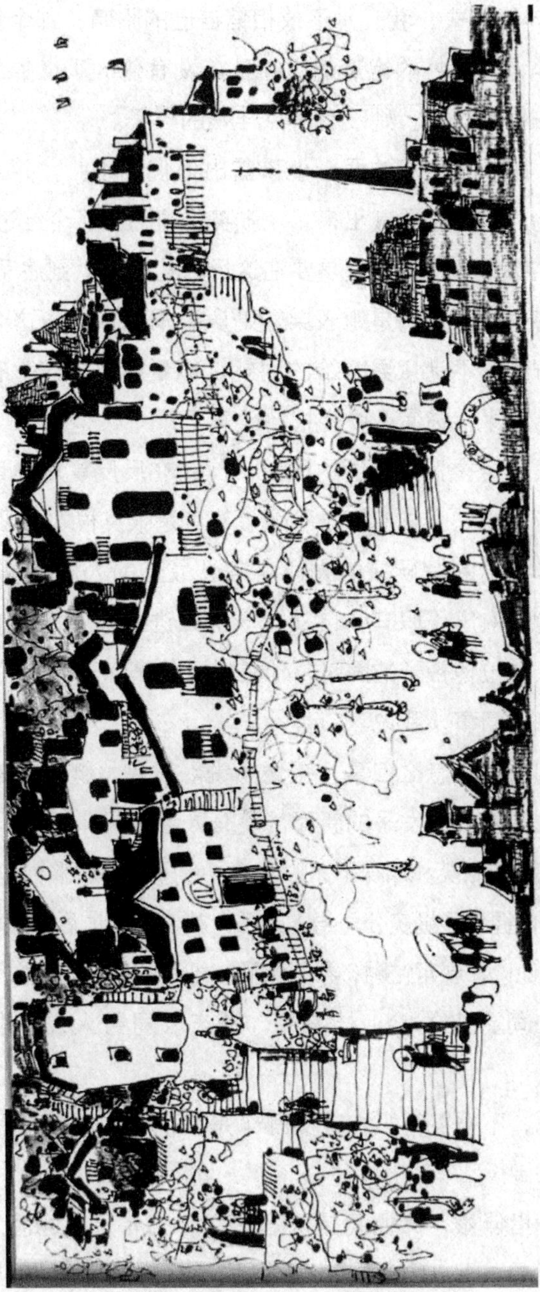

我朝伴娘望去，我几乎不敢相信自己的眼睛，那个伴娘长了一张山里的脸，红扑扑的饱满的，并且，没有化一丁点的妆，除了那身像婚纱一样的衣服，她没有半点伴娘的样子。

直到伴娘手里牵着的两个小孩露出他们的小脸，并且清楚地叫了声伴娘妈。我简直要喊出来了，张英你竟然找了个结过婚的伴娘？

张英头都没有抬，张英是要在这场婚礼中沉默到底了。

新娘旁边那个男的是她表弟，婚庆公司男人说，这个我老有经验了，女方家里不满意男方给的聘礼，你看她表弟一直在说，你怎么就把自己嫁了，你怎么就能把自己嫁了？

我把眼睛转去张英旁边的男人，他还在反反复复地说你怎么就把自己嫁了，你怎么就能把自己嫁了？可是张英根本就没有表弟。

我六神无主的时候只能去拉离自己最近的人，那是一个摄像，很显然，他绝对忠于职守，自从这一群人进入大厅，他就按下了拍摄的按钮。我拉他袖子的同时，他转过了他毫无表情的脸。

这是怎么回事，我说。

我不知道这是怎么回事，摄像师说。说完，继续他的拍摄。拍完了发呆的新娘，拍发呆的新郎，没有人会被漏掉。

除了沉默的张英和喋喋不休的表弟，我只能去看那个新郎，他终于站了起来，他握住了婚庆公司男人的手，就像拉住最后一根稻草，我很清楚地听到他说，帮帮忙啊，帮帮忙啊，把我的婚礼办体面了啊。

婚庆公司男人的脸上挂着笑，婚庆公司男人说，没事，我们报警。

新郎说，不报警行吗？其实那个是我前妻，她不要我再娶，就带着孩子来闹。

新郎一指伴娘，大概真是厌恶极了，他都不愿意多看她一眼。如果那一指是一把刀的话，真要把那个丑陋的山里红指出一个洞来了。

　　婚庆公司男人说，真是太不讲道理了，哪有阻挡前夫寻找幸福的前妻？还带人来闹。真是不像话。报警报警，让警察把闹事的人先带走，我们把婚礼顺顺利利办完了，再去派出所处理这件事情。

　　新郎更为难地说，派出所不好吧，我和新娘还没有领证。

　　哦。婚庆公司男人说，你这是，重婚？

　　没有没有，新郎连忙说，不重婚，不重婚，我跟我前妻也没有领证。

　　婚庆公司男人不说话了。

　　张英！我喊，旁人的声音太多，我不确定张英能够听到我的声音。张英张英！我又喊。我想要把她带走，这是一个什么样的局面？难道我们是在拍电影吗？难道我最好朋友的婚礼就是这样？我只是哭不出来。倒是新郎的前妻开始哭，两个小孩大概还不知道是怎么回事，他们安静地坐着，没有话也没有动。张英低着头，我看不到她的脸，我也不想看到她这个时候的脸，一定是不好看的。

　　警察到了，场面似乎得到了一些控制，没有人敲碗筷也没有人争吵了，即使那只是两个没有枪也没有制服的便衣小民警。民警甲说，新郎过来一下。民警乙不说话，民警乙非常锐利地扫了一遍全场，似乎只在那一眼就把形势全部摸清了。民警甲说，只要新郎只要新郎，怎么过来这么多人，都是新郎？不是的都给我回去。民警乙扫了第二遍全场，男女宾客全部坐下，死一般地沉寂。

　　所有的眼睛都盯着新郎和警察。警察的脸一直都是威严的，可是他们没有掏出手铐也没有掏出逮捕令，就像电影里演的那样。几分钟以后，警察准备离开，单独地。

　　婚庆公司男人追上去握住了民警乙的手，男人恳切地盯着民警乙的眼睛，男人说，总要让我们把婚礼办完了啊。

民警乙和气地说，对不起，我们不受理，我们也没办法受理，这类情况不受法律约束。

天全黑了，雨下得停不了。我什么都听不到了什么都看不到了，他们一定还在吵闹着移动着，可是我什么都不知道了，世界都变得真空了。我只是看着对面静止了很长时间的张英，二十年了，这个女人从来没有这么陌生过。

上菜了，张英旁边的表弟已经停止了说话，开始吃起来。

一切都好起来，至少大家能够坐下来吃这一顿饭了。我努力挤出一丝笑，跟张英表弟寒暄，表弟，倒是以前没怎么见过啊。

表弟很快地白了我一眼，说，表什么弟，我是张英的前男友。叫她不要嫁，弄成今天这样。

桌子的另一头，那个大小孩夹了一块肉给那个小小孩，说，弟弟你多吃点，平时妈妈不舍得买。

弟弟开心地接过，对他们的妈妈说，妈妈别哭，吃饭吧，你看，好多好吃的。

发表于《北京文学》2014年第2期

离婚

飘飘约我在她的咖啡店见面,只有我们两个。

咖啡店不对外营业,消防一直没过,就一直没能营业。有一阵子以为要办下来了,开了几天,都去捧场,赞扬咖啡花拉得好,店小二天然呆。也就几天的热闹。

运河旁边的咖啡店,窗外是河,门外有树,树下开满花。多好的咖啡店,开不出来。

米亚不回来了。是吧?飘飘说。

不回来了。我说。

小奇也不见了。飘飘说。

不见了。我说。

只有你了。飘飘说。

我笑笑,说,你后来还去过寺里没?

飘飘说,不去了。

和尚呢?我说。

飘飘说,不知道。

我们四个去寺里找和尚已经是一年前的事情了。这一年发生了很多事情。

我倒一直记得那一天，跟今天一样，潮湿，阴冷，骨头缝里透出来的阴冷。

寺的山门前全是卖香的老太太，手和香伸到心口来。米亚到处找售票处买门票，飘飘说不用，带着我们绕到侧边的小门。看侧门的是两个穿灰袍的老年人，飘飘冲他们笑了笑，就进去了。我们跟着她。他们脸上没有表情，也没有看我们一眼。

都没有声音，在寺里走。

要去寺里的是米亚，我们只是陪同。米亚的婚姻不好。

现在想起来，我都不记得飘飘带我们走的路了，一切都很飘。那个长满茶花的庭院，倒记得清楚。因为我肯定地问了一句，为什么寺里种茶花？飘飘嘘了一声。

和尚在二楼，楼梯是木头的。我们上楼的时候都很小心，屏气凝神。

你们四个，全都会离婚。和尚是这么说的。

我虽然是不爱我的丈夫，我一直想着离婚，但我是不会离婚的。米亚是这么说的。

我虽然也是不爱我的丈夫，但我也是不会离婚的。飘飘说。

我的丈夫很爱我，我是不可能离婚的。小奇说。

她们看着我，我觉得我没什么好说的，我把头扭过去看窗外，阴天，下不来的雨。

命盘这么说的，我又不好说是命盘说的，我可以乱说的么？和尚说。

我当然也不是要你们离婚，我可以讲婚姻的么。和尚说，你们要把日子过好。

飘飘站起来,走到房间的另一头,打开冰箱,拿了一瓶酸奶。我才注意到和尚的房间里有冰箱。我看着飘飘,她开始喝酸奶。

可以喝。和尚说,不用客气。

除了酸奶,还有茶花,和尚的脸我都记不得了。

米亚的婚姻不好,从结婚那一天开始就不好。我问米亚,怎么不好?米亚说,就是不爱。我说,不爱还结婚?米亚说,是啊,就是这样。

从寺里出来,小奇说要赶紧走,家里别墅忙装修。飘飘的脸平淡,看不出心情,大概和尚之前已经说过她了,肯定的离婚,就没什么好说的了。米亚说要去看中医,上个礼拜突然昏过去,送到医院急救,三天三夜,上上下下查没有查出来什么,只能看中医。

我陪你去。我说,我也不好。

你怎么不好?米亚说,你看着挺好。

你看着也挺好。我说,我们只是看着好。

好吧。米亚说。

医药大楼的顶楼,没有电梯,一层一层走上去,每一层都是药,一式一样的药,中药西药,还有轮椅,各式各样的轮椅。走了六层,再走下去我的气又要上不来了。

角落里的小房间,门前很破的长椅,已经坐了一个骨瘦如柴的妇人,缓慢地看了米亚和我一眼。

我和米亚站着。

我说怎么打电话你不接,还以为回美国了。我说,原来到医院里去了。

我回美国不要说一声的吗?米亚说,我好不说一声就走的吗?

你回来都不跟我说一声。我说,我要知道就去医院看看你了。

不要看,没什么好看的。米亚说,又查不出来什么,钱倒花了不少，抽血，照 CT，我在中国又没有医疗保险的，都是自己的钱。

那回美国再看看吧。我说。

米亚不响。

应该不会再昏了。我说。

谁知道呢。米亚说，谁都不知道明天的事情。

那边中医喊下一个，米亚推门进去，她没有讲要我陪着进去，我只好坐在外边，门是白的，但是很脏了。我盯着很脏的门看了一会儿，里面说话的声音听不清楚，就不听了。

米亚很快就出来了，手里拿着一张药方，写满了字。

我说，中医说什么？

没说什么。米亚说，血虚脾虚什么的。

好吧。我说，我也看一看，我哪里虚。

中医穿着很脏的工作服，像门一样的白，坐在一张很破的桌子后面。

我说，您好。

中医看了我一眼，低头在一张纸上写起来，不知道写什么。

我说我呼吸困难，上不来气，看了西医，西医说我抑郁，给我吃药，药我是不吃的，所以过来看中医。

中医一边写一边说，早上呼吸困难还是晚上呼吸困难？

我说，不一定的，有时候早上有时候晚上。

中医说，夜里睡得着吗？

我说，我坐着坐着就睡过去了。

中医说，夜里醒几次？

我说，一次两次，有时候 3 点有时候 4 点，有时候继续睡有时候坐等天亮。

中医说，哦，手伸出来，搭搭脉。

我把手放上那个很旧的布垫子。我在想这垫子上面应该放过很多人的手腕，各种各样的人的手腕。

严重吗？我问。

不严重。中医答。

中医搭完脉，继续在纸上写，纸快写满了，中医又在最底上补了几个字，我只认得车前子。我问，我哪里虚？

中医笑笑，继续写。好像要写到明天一样。

我拿着药方走出来都不知道我哪里虚，而且我发现所有的中医都长得跟老太太似的。

米亚说她要去一楼抓药，回去煎。我说，你会煎的吗？叫他们煎好了，便当点。

米亚说她会煎。我就想起来小时候住的弄堂路中央总有中药渣倒在那里，如果说是路人当真能把病踩走，我倒是一直在想，你不病了，过路的人不就病了？

米亚其实住在我家附近的哪条弄堂，只是我们小时候不认得，就那么几条弄堂，我们不认得。我们认得的时候年纪很大了，我们的感情就深不起来了。我们都是这样，记得清楚小时候的点点滴滴，倒记不得昨天早上吃了什么。

那个长满茶花的庭院，茶花是深红色的，我是记得太清楚了。还有和尚说的，你们全都会离婚。

圣诞节的前夜，我和米亚坐在一家咖啡店，飘飘的咖啡店还没有开出来，我忘了飘飘那个时候在做什么，她也不要做什么，有钱老公，虽然有钱不过小奇家的，新开发的楼盘，留了正中央的地，挖一条人工河，种了树，盖了亭子，两套别墅，自己住。

他又老又丑吗？你不爱他。我说。

米亚说爱这种东西，一开始没有，后面就没有了，以为后面会有，生了小孩还是没有，每天早餐端到床头来还是没有。

只好离婚了。我说，跟不爱的人一起生活，苦的。

有了小孩就不好离婚。米亚说。

我亲你一下吧。我说，又是圣诞节，你又没人爱，你以为你被人爱，我只知道爱不是这个样子的。

好像你有人爱似的。米亚说，不要。

第二天一大早米亚就在楼下按门铃，拎着礼品袋。

圣诞快乐！米亚说。

我下星期回去。她说，我决定了。

早晨的米亚看起来很清醒。我一直记得她那个早上的样子，她就一直定格在那个瞬间，再也没有改变过。

此后的一年，米亚再也没有与我联系，直到我在脸书上看到她的名字改成了史密斯太太。米亚送给我的圣诞节礼物一直没用，一瓶非常香的身体乳。

她离了婚，找中国人是找不到的。飘飘说，只好找美国人。

美国的中国人也不要离过婚的。我说，即使真喜欢你，说要对你好，还是会嫌弃你的小孩。美国人好了，对小孩好。

又不是只为了小孩。飘飘说，我就不是为了小孩。

她也不是只为了小孩。我说，她也要找自己的爱情，反正她是找到了，能够离婚就是找到了。

我要是离婚，我也不找了。飘飘说，一个人有什么不好的。

你不是说你不会离婚的吗？我说。

我是不离啊。飘飘说，我说我要离吗？我说的是要是，要是离婚，我也不再结婚，我找到我爱的我也不结。

你说和尚准吧？我说。

反正小奇是不会离婚的，有钱人离婚烦的，财产不好分。飘飘说。

所以，和尚是不准的。我说。

飘飘笑笑。

我在朋友圈看到飘飘说，死开点，离了就不要来烦。我才知道飘飘离婚。她们都不同我讲的。

年纪大了以后交的朋友大概就是这样的，不想说什么就不用说什么，都没什么好说的。

我同小奇喝了次茶。她迟到一个小时，我能够坐下去等是疑心她要告诉我她离婚，那么这个世界就是这样的了，人人都在离婚。

小奇的脸倒是出奇的红润，而且因为激动她也没有为她的迟到向我道歉。小奇的激动是因为考察加拿大。

他们都不尊重你的。小奇说。

这是很奇怪的。我说，他们为什么不尊重你。

我的箱子在机场就不见了。小奇说，我都要发疯了。

后来呢？

他们都不道歉的，他们像什么事都没发生过一样。

后来呢？

他们说要是找到了通知我，你相信他们吗？小奇说，我是不相信的。

相信啊。我说，就是这样的。

中国人在外国都没有尊严的。小奇说，严厉地看了我一眼。

还好。我说。

也不知道那七天是怎么待下来的，反正我是第一天就要走的。小奇说。

有可能。我说，你英语又不灵。

小奇白了我一眼，我同你讲，是我们一个团里的猪头三，飞机上就瞄中了我，我的箱子不见了还过来关心，递名片。结果啊，半夜过来敲门，我都气死了，要报警。

报。我说。

有点小钱不得了了，也不晓得我是什么身份。小奇说。

什么身份？我说，你们团不全是投资移民的身份？

你讲出来倒有点难听的哦。小奇说，我又不要移民，还不是为小孩。

好吧。我说，你运气不好，碰上一个痴鬼，到加拿大敲门。

哎呀你晓得吧，敲半天都不走，我气得发抖，只好同我老公打电话。还想搭我，也不知道自己几斤几两？

你还移民吗？我说。

不移。小奇说，没劲。在中国一等的，到了外国三等。

那你小孩呢？我说，这里不是环境不好吗？千疮百孔，有钱人都要移走的。

你不是回来了吗？小奇说。

我又不是移民。我说。

我又不是有钱人。我又说。

走了。小奇说，还要装别墅。

你装了一年了。我说。

就是啊。小奇说，烦得要死，你有没有像样一点的设计师介绍。

我说，有啊，多的是，回头介绍你们认识。

要不是带设计师去看房型，我都没有机会去看一下小奇家的新别墅，实际上我也没有第二次机会。

果然是一大片小高层中的小绿地，就盖了这么两座单幢别墅。草皮新铺的，绿油油的，水池也看不出是人工挖出来的，挖得自然。

我说，我要是买你们家的楼盘，每天都要看开发商家的小别墅，我都要气的。

你讲出来就难听了，晓得吧。小奇说。

我闭嘴。

穿破洞牛仔裤的设计师跟着前前后后走了两遍，什么都没有说。

这一层给我公婆的，装中式。小奇对设计师说。

你也苦的。我说，以后都要跟公婆住，还不如以前那个房子，小一点，自己住。

我老公独子，孝顺。小奇说，再说我跟我公婆还好的。

我想起来米亚说的，小奇眼光好，能够嫁给一个乡下人，不是一般的眼光。这个乡下人一般了好几年，完全没有发力的迹象。小奇爸爸领导，安排小奇做小领导。家里好，什么都安排好，就是安排不了儿女的婚姻。米亚爸爸也安排不了米亚的婚姻，米亚要去美国结婚，又离婚，又结婚，找外国人，米亚爸爸只好在旁边看看。小奇倒对乡下老公不离不弃，果然苦尽甘来，乡下老公去房地产公司做，做好了，自己出来做，楼盘开了一个又一个。

他长得好啊。小奇说，我是喜欢长得好的男人的。

结婚的时候真没怎么好。米亚说，这几年是越来越好了。

我料理啊。小奇说，每年两次香港，替他买衣服买鞋子，从头到脚都是我弄的。

哦，你要当心点的。我说，弄得好的老公最后都不是你的。

小奇白了我一眼，哦，我当心，不要太爱我哦，一天到晚打电话给我，夜里都不许我出去，我是不要男人家这么黏的，我又有什么办法，太爱我了。小奇说，太爱我了。

不要去整鼻子就对了。米亚说，师傅千关照万关照的，动了脸整个命都不对的了。

哦。小奇说，我这么肤浅的啊，整容。

你们去哪里看的相。我说，我也要去。

茅山，去伐？米亚说。

不去。我说。

要是不动，小奇的命只会更好，越来越好，旺夫。米亚在微信上说，她还是动了。

我是觉得她没动。我说。动了我看不出来？

她是没整鼻子，她最想整的鼻子，她没动，她也怕，不敢，可是她做了胸。米亚说，命改落了。

哦，胸也算的啊？我说。

胸也算。米亚说。

要胸做什么？我说，年纪大了还要下垂。她痴了啊做胸。

米亚发过来一个笑脸。

上次结婚没有蜜月，这次去哪里？我说。

加勒比海，邮轮。米亚说，我都不提的，没什么好说的。

你把婚纱照放在脸书全世界看，你说没什么好说的。

米亚又发过来一个笑脸。

小奇老公果然不许小奇夜里出门，我们四个夜里只出去过一次，而且十二点前就回家。小奇就像找了个爸似的，还是乡下的。

那个时候米亚还没有离婚，但是早餐每天端到床头也不爱。跑回中国待着，也不知道待到哪一天。有时候跟我讲，不烦了，回美国，重新开始，好好生活。有时候跟我讲，永远不要回美国了，要在中国做生意，跑到开发区谈了一天，回来讲，全是骗子。

还老约她不到，一天到晚同学会。我只见了她的同学们一次，不知道做什么生意的小老板，部委办局的小领导，农工商银行的小行长，谈风月一流，手伸过来都下流。

有意思吗？米亚。我说。

没意思。米亚说。

我们坐在一个很吵的咖啡馆店，中国的咖啡店都是吵的。

所以坐在更吵的夜店里，我们连话都没有办法说了。飘飘倒是满场飘，童颜巨乳。小奇也适应，点了红酒点啤酒，只要在 12 点前回家。

她们怎么还要来这种地方？我冲着米亚喊，十年前就厌烦透了，还要来。

还是有人过来搭啊。米亚也冲我喊，风韵犹存啊。

哦，十年前有人来搭是你年轻啊，可爱啊，现在来搭是你穿的戴的好啊，你看你们手指头上几卡拉的钻石。我说，风韵这种东西，我是不相信的。

你说什么？米亚说，没听见。

我说你们一个个手指头上的戒指，闪瞎我的眼了。

哦，我订婚就开始戴的，结婚戒指也是焊的，不离婚就一直戴。米亚把手指头伸到我的眼前。你看你看，不是两个戒指一起戴，我的是焊在一起的。

我无所谓地笑笑。

你是不戴戒指，你倒还 Available 啊。米亚说，你戴戒指的印子都没有，MBA 啊，你。

我把头扭过去看公主，多卖一杯酒，客人的舌头就可以伸进那张亮闪闪的小嘴里去。

代沟啊。我说，我们身体自由了，嘴巴还要一点尊严。现在的小姑娘舌头也自由了，随便了。

谁关心啊。米亚说。

我说，我亲你一下吧，米亚。

不要。米亚说。

喝喝酒是可以的。小奇严肃地说,搭来搭去是不可以的,11 点 30 分了,我们走吧。

飘飘下台阶的时候响亮地骂,死开点。跟下来的几个小子很快地死开了。

骂,我说,姐姐们有权有势了,随便了。

哦,你也眼睁睁地,猪头三抢车位,我打个电话叫交警队长,你倒记到现在,喝光了一瓶酒你还记到现在。小奇说,你讲话难听的嘛。

我本来忘记了,现在想起来了。我说,有权有势又不是坏话,年轻时候爱你是你漂亮啊,现在爱你是你有钱啊。

胡说八道。小奇生气地说,你酒没喝多少,吃醉了。我一本正经的。我老公这么爱我,我为什么还要其他人爱我?爱太多了,吃不消了。

我亲你一下吧。我说。

不要。小奇说。

要不是我问了一句米亚蜜月度得还好吗,米亚还不说小奇住在她那里。

一个月了。米亚说。

烦吧?我说。

烦的。米亚说。

叫她回中国啊。我说。

她回中国哪里。米亚说,也可怜的。

以前那个房子啊,也不小。我说。

米亚说小奇一直说你讲话难听,是难听的。

我说难听的话都是真话。

过两天她也就回去了。米亚说。

那小孩跟她还是跟她老公？我说，小孩不管，跑到美国去一个月，肯定是跟她老公了。

她那个小孩独特的。米亚说，小孩说，跟你跟我烦吧，我谁也不跟，你们要闹出去闹。

是独特的。我说，不过现在的小孩都是这样。

有法律的啊，未成年，终归要跟个谁，就跟她了。米亚说。

我说你看有钱人有劲吧，花花世界，不出轨不正常了。

米亚沉默了一下，说，出轨的是小奇。

我说，啊？

我说，我是不相信的。米亚你知道他们出的那次车祸吧。一根钢筋车头插到车尾，夫妻两个浑身血抱在一起哭，说一辈子不分开了。

你说书的吧。米亚说。

真的。我说。

其实也不算出轨，只是发发微信暧昧暧昧。米亚说，倒被老公一把揪住，要离婚。

肯定是她老公外面有人了，正要四处找由头。

这个我是不知道的。米亚说。

卑鄙的。我说，男人卑鄙起来都卑鄙的。

我不知道。米亚说，别人的事情。

她讲公婆还好的。我说，求求公婆，家庭，挽救一下。

公婆讲又没有生出孙子来。离。

乡下人。我说。

米亚说，你这个时候倒不说难听话了。

我说那个男的是交警队长还是设计师啊，小奇微信的对方。

米亚说，谁关心啊。

我说，这个要关心的。如果是交警队长，就是她自己的问题。

如果是设计师，就有了一点我的问题。我就不好了。

米亚说，到底有没有这个对方，我都怀疑的。

住了一个月，她什么都不讲的？我说。

住了一个月，她就讲了这么多。米亚说。

那你现在的老公对你小孩好吧？我说。

好的。米亚说。

那你小孩喜欢新爸爸吧？

喜欢的。米亚说。

所以，我和米亚讲了一堆话，全是小奇。关于她自己，只有好和喜欢两句。

我在楼下看见米亚爸爸妈妈走过去，要去菜场买菜，站起来打招呼。

你爸爸身体还好吧？米亚爸爸停下来，关心地。

好的。我说，就是不欢喜出去，酱油也在网上买，天天坐在沙发上打 Ipad。

我也打 Ipad 的。米亚爸爸说，每天早上跟米亚通通视频。你们都要到外国去，公务员不做，公务员稳定啊，老了有依靠，外国有什么好，国内现在发展得比外国好了。

买菜。米亚妈妈说。

你们要过去住吧？我说。

刚刚回来。米亚爸爸说。

还过去吧。

去。米亚妈妈说，下个月再过去。

习惯吧？

习惯。米亚妈妈说，安全，空气好，习惯的。

你爸爸习惯吧？米亚爸爸说。

爸爸还好。我说,我家妈妈说不喜欢,不要住,要回来。

不住在一起,不好照顾啊。米亚妈妈说,互相照顾,你们没有兄弟姊妹,爸爸妈妈过去,也好看看小孩,互相照顾。

我说,是的。

那你什么时候再回去啊?米亚妈妈说。

过几天。我说。

来回跑跑也方便的,十几个钟头飞机。米亚妈妈说,爸爸妈妈年纪还不大,不要什么手脚。

我笑笑。米亚爸爸妈妈完全不提米亚离婚又结婚,我也不提。

走了。米亚妈妈说,买菜。

我和飘飘坐在开不出来的咖啡店里。飘飘说米亚不回来了小奇不见了,我只好笑笑。

那两个女人的事情,我是想来想去想不清楚的,丈夫爱你离婚,丈夫不爱你离婚;你爱丈夫离婚,你不爱丈夫离婚。为什么要结婚呢?

我是不会再结婚的了。飘飘说。

还是会找到爱的人的。我说,路长的。

我爱上他了。飘飘说,我后来又爱上他了。

哦。我说,不爱,结婚,一直不爱;离婚,又爱上了,混乱的啊。

我前半辈子不清醒。飘飘说,现在清了。

清了吗?

他其实是我的贵人,来报恩的。

他在外面生小孩,你说他是来报恩的?

他也为我付出了。

他在外面生小孩。

广东人就是要生啊，正好有安徽人也愿意生。也是他的福报，第三个小孩已经在第三任妻子的肚子里，这次确定是儿子，盼来了。

不要说广东人安徽人了好吧？我说，要生你也可以生的，五个六个。

我不要生。飘飘说，一个够了。

哦，三个小孩他养得起吧，一个八百万。

广东人有广东人的养法。

你不要再说广东人了好吧？我还听说广东人结婚就不离婚的呢，相信吗？

小孩最后都不是我们自己的。飘飘说，所以一个真的够了，也是前世的业。

我看着飘飘，觉得她快要变成寺里的和尚了。离婚信佛，抑郁症信佛，开心信佛，不开心信佛。佛比中医还灵，万能的。

婚姻宫破的，总要离的，说出来也没有关系。飘飘说，一年前同你们一道去问和尚，是不想离，那个时候不爱他；现在知道了，是爱的，婚姻倒散了。人生就是这样。

哦，人生。我说，听到这两个字，稀奇的。

但是命运这种东西，我是不信的。飘飘说。

也不准。她又说，和尚讹说你也是要离婚。飘飘指着我的脸，你不是还没离吗？

我沉默了一下。

我已经离婚了。我说，去寺里找和尚的时候，我已经离了。

发表于《上海文学》2015年第5期

抱抱

你的照片拍出来倒蛮像样的。我说,到底是学艺术的。

我同你讲。刘芸说,其实是个破房子,破得不得了,你想象不到的,我老公不肯租好房子,叫我去住那样的破房子。

我不知道说什么好。我低头搅拌我那杯冰红茶,死甜的红茶,如果在香港,我会讲,少甜走冰。可是我又不是在香港。

照片拍出来倒像样的。我只好回过去说。

刘芸冷笑了一声。

刘芸搬了新家的第二天,把我从微信联系人里删除了。我托人去问她删我的原因,她说是因为我点她太多赞了。

任何谁删我我都不会发疯,但是刘芸,我绝对会发疯。这个女的对我太重要了。

初中二年级的时候,我为了去这个女的家里做功课,跟家庭决裂,并且第一次离家出走了,一个小时。即使一个小时以后我又自行回家了,我仍然被我父亲打了手心,都是第一次。

我第一次遇到鬼,也是因为刘芸。仍然是因为傍晚要去这个女的家里做功课,其实也就是跟这个女的玩。天都黑了我还是去了,我真是太想玩了。我像往常那样把脚踏车停在楼道口,熟门熟路地上了楼。到了顶楼,居然是黑的,要是像往常那样,楼道里应该是亮的,她会为我的到来提前亮起她家门前的那盏灯。黑灯瞎火里,我使劲地敲她家的门,门不开,我都要疯了。她家对面的门开了,那家一向与她家不怎么和,我每次去对面那家的门都是紧闭的。但是那家的门开了,伸出来一张老太太的脸,惨白,你找谁啊?老太太说。我说我找刘芸。老太太说什么刘芸?这儿没有这个人。这个时候刘芸家的门倒开了,但是伸出来一张中年妇女的脸,中年妇女说,是啊,我们在这住了这么久,从来没有听说过这个人。我致了歉,下楼。两个妇女一直盯着我的后背,我的后背变得很凉。我想的是,天天走的路我居然也会走错,我是有多心急要跟她玩。

　　下到底楼,我觉得我并没有走错。一共三幢楼,她家是第三幢,每一次我都是数的,一、二、三,上楼,我重新数了一遍,一、二、三,如果她家是中间那幢,我可能会错,她家是第三幢,没有第四幢。我打电话给刘芸,我说我刚才走错了,走到你家前面那幢去了,那幢楼顶住着一个老太太和一个中年妇女。刘芸在电话里说,不是吧?前面两幢的顶楼都是住着我爸的同事,我们家都认得的,哪有什么老太太和中年妇女。

　　你肯定是走错了。刘芸又说,我反正是一早就为你亮着灯的,我也一直支棱着我的耳朵听着楼道里的脚步声,根本就是没有声音好吧。而且按照你的说法,楼道里乌漆墨黑,你气得拼命敲我家的门,你倒也看得到那两个女的脸?

　　我说我是不会错的,她们的脸我可是记得很清楚。说到这里的时候,我意识到我根本就想不起那两张脸了,这才两分钟,我只知道确实是女的,一个老一个不那么老,至于具体的嘴和脸,她们好像确实也没有嘴和脸,就像两块白板一样。一条凉线突然从我的后背由下往上蹿去,我忍不住地打了个寒战。然后我终于叫出了声,你下来接我!

我几乎是在用生命跟这个女的交往。

那个时候,刘芸家有三个房子。一个是她爸妈的,也就是我遇到鬼的那个。一个是她奶奶的,她奶奶的房子特别隐蔽,每次我去找她她又不在的时候,她爸妈就会说她是在她奶奶家,我可以去她奶奶家找她,反正就在附近,但是我从来没有一次找到过。一个是她外婆的,在陈家村,我从来没有去过,但是刘芸出了国以后,我只去过那个,她最后也只剩下那个房子。

刘芸是整个陈家村的异类,我想的是,会不会是因为她是学艺术的?一个村的恶意。有一天,她从一幢楼下经过,一个旧书架从天而降,差点把她砸死。实际上,他们是真的想把她砸死。刘芸把那个粉碎的书架拍给我看,还有她的脚,那些木头离她的脚指头最多只有三厘米,可见他们砸死她的决心很大,可是准头确实差了一点。

陈家村其实那并不是一个村,所有的人家都盖了两层三层的小楼房,而且还有院子,前院和后院。除了前院不种花后院没种树,一切都好像美国郊区一样。每次我去陈家村找她,恶意也是扑面而来的,从村口走到她家的这一段距离,我得被所有站在门口站在路口的人一直看着,一直看着,看到我终于进了她家的门。我意识到也许并不是艺术的原因,也许只是刘芸出了国,并且学艺术。

我平均三年找她一次,在她出了国以后。第一个三年,她结了婚,第二个三年,她生了小孩,现在是第三个。每次都是很简短的见面,除了嘲笑我,她什么都不干。她也只能够嘲笑我,她知道我在乎她,她使劲地嘲笑我。她又嘲笑不了别人。

我后来分析我们俩的关系,基本就是一场虐恋,女人之间的虐恋，越虐越恋，越恋越虐。

她差点被书架砸死以后，我不再去她陈家村的房子，我们约了出街吃串串，还看了一场国产电影。看电影的时候我俩笑得死去活来，邻座都以为我俩是火星来的。可是在我和刘芸眼里，他们才是火星来的，他们看电影不吃爆米花，他们自带了炸鸡腿和香瓜子，一边看电影，一边吃鸡腿，同时嗑瓜子。

我们看完了电影，就去吃串串，三年一次的串串，因为三年才回一次家。好吃得我俩都抱头痛哭了。我一边哭一边说，对不起，我太漂亮了。刘芸一边哭一边说，对不起，是我太漂亮了。我俩差一点又大打出手。

实际上我们就是来吃串串的，我们昨天已经吃完了串串摊旁边的川菜馆。刘芸要了樟茶鸭和凉面，我要了辣子鸡和夫妻肺片。从我俩点的菜就可以看得出来，我们根本就是外地人，本地人点的菜都是我们连名字都没有听说过的。

刘芸开始评说川菜馆服务的差劣，所以她从来都不出来吃饭的，要不是跟我。我说咱俩没赶上电影是因为路不熟，明天赶个早，要不又迷路。刘芸说，生于斯长于斯的我，倒会迷路。我说，我城已不是我城，迷路是必然，你得承认，咱俩已经失了城，咱俩就是外地人。刘芸冷笑，咱俩是外星人。对，我说，火星。

然后刘芸又回到川菜馆的素质，每一次她批评餐馆不用心做吃的，我都是沉默。我心里想的全是刚才进来川菜馆时看到的串串摊，我想的是，我得半夜再来吃，一个人，不带刘芸，想怎么吃怎么吃。但是我说出来的倒是，明天赶个早，看完电影吃串串。咱俩就得吃点只有中国才吃得到的东西。我又补了一句。

就是做个串串吧，也不用心。刘芸说。我沉默地吃，一串，两串，三串。所有吃完的竹签都尖头朝下放在一个竹筒里，我忍不住把竹筒拿在手里摇晃,我曾经去过黄大仙求签,我摇了好久,都没有一支签掉出来。旁边的人都说我笨死了,摇支签都不会。你干吗?刘芸说。我说我数数,我觉得他们少了咱们两串藕一串生菜一串土豆片。你只有吃的时候才专心。刘芸说。一切回到十年前。只要有男生在场的饭局,她就会当着大家的面说我,你今天这件衣服又是你妈的吧?你用的什么遮瑕膏啊,遮得毛孔都没有了呢。后来我又遇到一个女的,每次一起出去,她都要告诉坐在我左边的男的又告诉坐在我右边的男的我结婚了,虽然手指上没戒指。尽管这一句对于所有的中国男人都无效,但我当是一个善意的提醒,也是她对我的保护,就好像当年刘芸这么保护我一样。有个多管闲事的女的就偷偷地跟我讲,她真的是你的朋友吗?你竟然有这样的朋友?真正的朋友,会这么说你?我说真正的朋友才会这么说我,真正的朋友不会说你竟然有这样的朋友。

你回来干吗?刘芸又问。

销户口。我说,你回来干吗?

我奶奶过世了。刘芸说。

很抱歉。我说。

我还要处理我奶奶的那张红木床。刘芸说。

可以卖不少钱。我说,我记得那张床,很值钱。

我根本就不想卖!刘芸说,可是我又不能带走。

那就给你小叔叔,你反正没房子。我说。

小婶婶要卖!刘芸说,我奶奶硬气,活到九十岁都是自己做饭吃,不费儿女的手脚。小婶婶是盼着卖这张床,终于盼到这一天。

又不是她的。我说。

我又带不走。刘芸说。

那你出一笔钱吧。我说,你把床买下,放你小叔叔家。

凭什么要我出钱？刘芸说，我是长房长女。

独女。我纠正她。

我爸讲劈了烧给奶奶。刘芸说。

哎，好好的床。我说。

说到底，他们就是要我们的钱。刘芸叹了一口气，一个坚决、强硬、从来不轻易原谅我的过错的女人，叹了一口气。

我也只好叹了一口气。

你的户口销得怎样？刘芸问。

我说，派出所的民警要剪我护照角，我就马上跑出了派出所，他在后面追，因为证明开出来了，护照还没剪。

被他追上没？刘芸问。

没。我说，你忘了我是校队跑短跑的，耐力不够，爆发力很足。

护照还能用？刘芸说。

回头在海关试试。我说。

试试。刘芸说。

我后天一早的飞机。我说，明晚我俩再喝一杯？

连着三天见你，从来没有过的啊。刘芸说。

试试。我说。

我们再次迷路了，在运河旁边。

天全黑了，我俩又都涂了口红，上一次我俩都涂口红是高中毕业，有个很丑可是很有钱的男生请了全班的同学去唱卡拉 OK。我俩就是在那一场卡拉 OK 里因为对不起我太漂亮了和对不起是我太漂亮了抱头痛哭了第一回。

旧厂房改造的酒吧区，可是我们一间酒吧都找不到。路口有一间，吵得要命，我们涂着亮口红穿着高跟鞋穿过了整个厂区。十年没穿的高跟鞋，每一步都像走在小刀尖上。

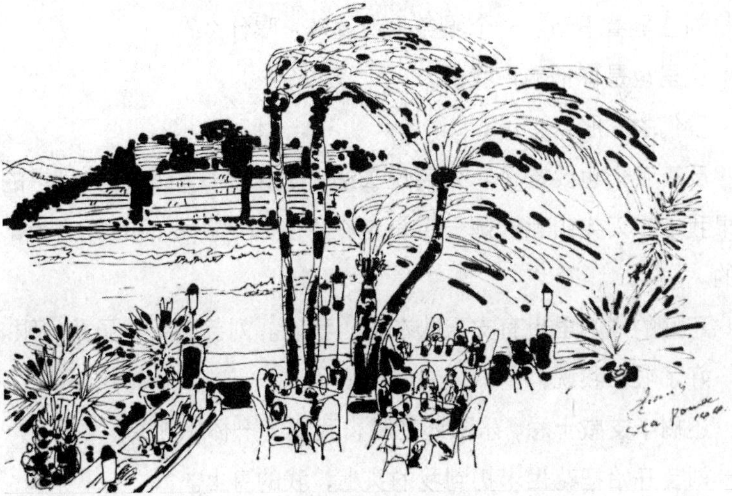

经过了一间不那么吵的,我们拉开门走了进去,红绿灯的小舞台,鱼尾裙老小姐在唱《何日君再来》,我和刘芸对看了一眼,退了出来。

外面是一堆圆桌圆椅,我们坐了下来。

喝一杯都喝不到。刘芸说。

再往前走走。我说。

不高兴。刘芸说。

好了啦,前面有一间还好,我去过的。我说。我从来没有这么哄过人,还是一个女人。

刘芸坐着不动。一个服务生走过来,喝什么?

这里也是你们的?我说。

我们的。服务生说。

反正我们也要走了。刘芸说罢站了起来,往前面走。我想的是如果我走在刀尖山上,她一定是走在刀尖海里,我们的每一步都是痛的。

还好的酒吧里也有支乐队在唱。我说。刘芸回头白了我一眼。

好了啦。我说,他们很快就不唱了。

还剩半支威士忌,乐队还在唱,我要了一杯冰红茶。

刘芸开始把花生米扔到我的头上,我的身上。

住手。我说。

她继续扔,一边扔一边笑,我的头上和衣服上全是花生米,还是炸过的,酒鬼花生。

住手。我又说。

做回一个上蹿下跳的你真是太可悲了。她说。

我根本就没有动。我说。

你知道咱俩的区别吗?刘芸说,你到底是要出风头的,你最正常的时候就是这前面的十年,你一动不动,我还以为你到底正常了以后你都正常了。你居然又开始跳了。

你就没有跳?我说。

我这种安分守己只想过好自己生活的人,刘芸说,你揪着我让我跳我都不跳。

你的照片拍出来倒蛮像样的,我说,到底是学艺术的。

我同你讲,刘芸说,其实是个破房子,破得不得了,你想象不到的,我老公不肯租好房子,叫我去住那样的破房子。

我不知道说什么好。我低头搅拌我那杯冰红茶,死甜的红茶,如果在香港,我会讲,少甜走冰。可是我又不是在香港。

照片拍出来倒像样的。我只好回过去说。

刘芸冷笑了一声,你知道我一直住在那个破房子里面吗?

照片里看不出来。我说,连角落里的摆设都是精细的。

地板,墙脚,壁橱,所有的一切都是破的!

不是新楼快要好了吗?我说,我可是每天点赞的,你就是发了个窗帘布选择,我都点了赞。

刘芸哼了一声。

之前不好的房子,是为了这个最好的好房子。我说,你大后天搭飞机回去搬家,虽然不是我搬新家,但是你搬新家对我来说就好像是我搬新家一样。

没有人爱我。刘芸说。突然哭了。

停。我说。

刘芸继续哭,一边哭一边说,没有人爱我。

我说第二遍停的时候乐队的四个人都走过来了,整个房间终于安静了。其中一个跟我说,你的朋友看起来太难过了,我可不可以给她一个抱抱?

我说，干吗问我？你自己去跟她讲好了。

他说，只是一个拥抱。

我说，是的我知道，但是你得自己跟她说。

另外一个就跟我说，这是我们在这个城市的第一个晚上。

然后呢？我说。

去另一个城市。他说。

然后呢？

再去下一个城市。他说。

刘芸已经得到了那个抱抱，她仍然在哭，一个遥远陌生人的拥抱，一点也没能让她高兴起来。没有人爱我。她一边哭，一边说。

发表于《莽原》2016 年第五期

到香港去

去香港的日子定了，张英反倒有点不安。

这么一个连北京都没有去过的人，一下子就要去香港了。她是惯了待在家里的，从小学到大学，她都没有出去过。倒也不是没有机会去，单位上年组织的金秋五日游就是坐火车去北京的，张英自己把名额让了出去，一是孩子还小，二是哪都是一样的，一样的店，一样的人。

这回不得不出去了。

孩子八个月了，慢慢断了母奶，开始全天喝奶粉。之前的奶粉是托香港那边寄过来的，同学考到香港，留在香港了，也不是特别熟的那种，寄过两次，说是忙，以后也没空寄了。

都说不好随便转奶粉牌子，就想着还是吃这个下去，网上买了几次，贵不说产地都搞不清楚。上个星期竟然买到了假奶粉，还是皇冠卖家呢。张英只是气得说不出话来，之前买过，算是回头客，手快确认了付款，隔了些天开出来才知道是假的。张英又为着白白丢了的钱哭了一个晚上，要跟孩子爸爸说说吧，他倒反过来说你贪便宜，吃了大亏。

张英睁着眼睛躺在床上，孩子正睡得香甜。都说她家的孩子好，四个月就睡整觉，不磨人。张英心说，做妈的更要好，就是拼命，也要把最好的东西都给自己的孩子。其实也不是要最好的，也没有那个条件，张英纠正自己，只要是安全的，就满足了。只要是安全的。

张英琢磨了一整夜，想清楚了，每年的年假要用了。之前都是不用的，单位算成加班费给你，不多，总好过在家闲着，浪费了。孩子爸爸的单位效益更差，也正是在领导跟前表现的时候，没事也不随便休假。年假，搭上前头后头的礼拜天，也有个七八天。张英要去香港，背奶粉。

张英算过了，旅行社一直有那种双飞团，才一千八百八十八，机票都不止，还有吃有住。他们讲要买东西的，金件还有珠宝。张英对自己说，我就厚着脸皮不买呗。要是像他们说的，导游给你脸色，说难听话，我忍一忍就过去了。我只要买奶粉，奶粉又重，我也背不了别的，我也没有钱。

要是这次顺利了，过几个月我就再背一趟，以后孩子大了，吃辅食多了，就不用去了。

省钱，经济，保险，不欠别人人情。张英算了半天，满意了。

我还没有出去过呢。临睡前张英又想，他们都去泰国去新加坡的，我这次去香港，也当是我自己出一趟国了。

张英站在机场空荡荡的大厅中间，真有点紧张。她把贴身小包里的港澳通行证掏出来看了一遍又一遍，香港签证是没有错的，团队那两个字很清楚。通行证上的照片是一张疲倦极了的脸。怎能不疲倦？要不是家里还有老人帮着忙带孩子，脸都不是脸了。

她把通行证放回包里，拿出手机打电话，电话那头没人接。这个团到底只是个品质团，旅行社讲是自己去机场，到了机场领队再来找你。报名的时候眼见着豪华团也不过贵了一两千，还说不强迫购物的，张英不是没动过心，张英更快地回到了现实，我是去背奶粉的，我又不是去旅游快活的。

她把行程单拿出来，上面写着是东航的一个航班，她就问了人，走去找东航的柜台口。很快她就看到了旅行团，一堆一堆的，全部都是旅行团，她都不知道哪个团才是她的了。她只好再拿出电话来打，幸好这次有人接了，对方叫她站着不动，她会来找她的。

张英转过身就看见了自己的领队，是个细眉细眼的年轻女子，薄嘴唇，挎着个小黑包，很精明的样子。

通行证拿过来。她的第一句话。

张英把港澳通行证交给她。

她往前走，张英紧紧地跟着她。

柜台前已经排着一队人了，没有戴旅行社的帽子，也没有人举着旅行社的小旗帜。要不是领队叫她排在最后面，都看不出来，这也是一支旅行团。

不去了不去了，排最前头的一个男人突然叫了起来。马上就有人去劝他，叫他消消气。

说了不去了就是不去了！男人声音大起来，走出队伍，直往外边走。领队在后面赶，拉他的手。

过来帮忙啊。领队一边拉一边往这队人喊，于是两个男人也走过去拉。一个女人响亮地哭了出来，一边哭一边揉眼睛，眼睛都红了。

张英看了半天，明白了，劝架的反倒是互相不认得的，都是拼团，谁也不认得谁。要走的男人跟哭了的女人是一对情侣，似乎也有两三个同伴，不过他们都不出来劝，他们站在原地，沉默地。

领队继续好言好语着，您要是不去了，我们整个团都走不了啊。机票，香港那边的酒店，都是预先订好的，您一个人不走了，我们全部人都走不了。

更多的男人女人围住他们，张英只是站在旁边。这样的场面，她没见过，也不知道说什么做什么才好。

等到坐到飞机上，张英还以为刚才发生的一切都只是幻觉。现在那一对正好好地坐在前排，男的不闹了，女的也笑了。张英叹了一口气。

出了海关，张英问领队，哪里有便利店？张英先前在网上查过了，到了香港再买电话卡，比国内的电话带过去打合算。领队说，哪里有店？这个地方没有的。张英说，我看见那边有一家711的。领队说，不可以离队的，要叫大家都等你吗？通行证呢？给我，每个人的都给我。

张英把捏了还不到十分钟的通行证递给她，领队接过去，合着手里已经有的一叠，塞进小黑包。

直到旅游巴已经开到星光大道，张英才见到他们的地陪导游，也是一个薄嘴唇的女子，蜡黄的脸，加上瘦，完完全全像是其他国家的人。

天已经完全黑了，巴士只是绕来绕去，绕得连张英这样的也看得出来，它一直在一条路上转。

等到终于开始可以下地，张英只是说不出来的烦躁。天黑得彻底，只闻得见海的腥。

二十分钟啊，导游说。

有人不高兴，二十分钟哪里够？都没有时间拍照的。没有人理他，导游说完就直往前走了，人们赶忙跟牢了她。

张英也跟着走了几步，确认了他们还会从原路折返，就停住不动了。团里的人只顾着找明星名字，他们的声音那么响，隔了老远都听得见。张英倚在栏杆上往海对面看。

对面是高楼，或者是山，灯光打出来的大广告，像是电视里常见到的，又熟悉，又陌生。张英忽然恍惚，不知道自己是为了什么来。

最多也就是二十分钟，导游领着人走过来了，张英以为要回旅游巴，再回头看一眼，先前来的巴士并不停在那了。导游穿过马路，往那些密密麻麻的店铺里走，大家都跟住她。

一家便利店旁边的餐馆，门却开在地底下，很多级的楼梯一路向下，像是一张嘴，地陪导游熟门熟路地走进去了，被吞没了，旅行社的领队也走进去了，还有团员，都像是被嘴巴吞没了。

张英慌慌张张地冲进便利店买电话卡，店员的速度令她吃惊，她都没有来得及去数手心里的找钱。这以后的几次，她都慌慌张张的，总疑心自己的慢会妨碍到别人，给别人带来麻烦，招人厌烦。这种感觉令她更不愉快。

等她找到自己的那桌，圆桌上已经摆了一大盆白米饭，盆旁边一摞空碗还有筷子，张英找不到地陪导游，只看见旅行社的领队还在旁桌，松了口气。菜像是飞上来的快，倒是有菜有鱼。张英本不对这顿饭有希望的，数了数，竟也有七八个菜。大家都吃得抢起来，饭和菜都没有一丁点剩，要么饿了，要么，香港的饭真的就是这么好吃。

巴士开啊开啊，像要开得停不下来。张英竟不知道香港也是这么大的，她只是困得想睡着。外面的灯亮了又暗了，暗了又亮了，像是经过了好几座城市。

酒店的好也是意料外的，就如同地陪导游讲的那样，她是拿最好的酒店出来款待你们的。

跟张英一个房间的也是个不说话的女人，要不是派到一起，张英竟然不知道她跟她是一个团的。她不说话，张英也不知道她是不是一个人？有没有同行？现在的人互相都没有关系了，就是问一问名字的客套也省了。她们两个都不说话，各自睡了。

张英是6点半准时到酒店大堂的，她也没有什么东西可收拾，一个背包，衣服都没装几件。又等了半个钟头，人才陆陆续续地到齐。看着别的旅游巴都一辆一辆开走了，张英那个团还在等，张英心里也有些焦虑。又等了十几分钟，领队一头一脸汗地跑过来问，你们谁拿了房间里的吹风机？

团里的人马上就炸开来：房间里有吹风机的吗？连个电源转换器都没有，都要我们自己出去买的，五块钱的东西都藏起来，他们会把吹风机放在外头？就算是放在外头，我们会拿他们的吗？一个吹风机有什么了不起的。

乱糟糟吵了一通，张英也没弄明白，那只吹风机从哪里来，又到哪里去了。

直到地陪导游叫大家上车，领队还跟在后面问怎么办。张英的怀疑有了依据，昨天刚出机场，这个领队就领着一团的人乱转，找不到机场快线。她应该也是从来没有来过香港的，但倒摆出一副很熟香港的样子。

大概是因为早晨，睡饱了，人就很舒服。即使经历过吹风机的风波，他们很快就忘了。地陪导游在巴士上跟大家讲，她家有多小，小得躺在床上都能关电视机，而且是用脚指头的时候，大家都笑得前仰后合了。

她把旅游纪念币拿出来叫大家买的时候，很多人买了。张英没有买，导游也没说什么，她笑嘻嘻地跳过了她，往车厢后面走，拿着纪念币锦盒的手瘦得只剩一张皮，张英看得到她的侧面，却是不笑的。

导游又叫大家出小费给她及司机的时候，张英不出也是要出的了，导游的话又是无懈可击的，只要是人，听了她讲的辛苦，都不会不出的。不出就不是人了。

导游又当着大家的面，把小费的大头交给了司机，自己只拿了一张，张英就原谅了她，还有她家的小房子。

倒是直接就到了一家珠宝店，张英已经记不分明以后的事情了，她只知道她连一百块一根的链子都忍住了没买。出去的门果真是找不到的，沿着围墙坐了一圈的人，黑压压的一片，有老人有小孩，有城里人有乡下人，也有怀抱婴儿跟自己一样的女人，那婴儿在号叫。这样的房间这样的场面，张英都禁不住要哭了。带着孩子受这个苦的人，张英为他们想了一万个理由，都是没有理由的。

张英想起来昨晚上给家里打电话，孩子在电话里笑的声音，真想多听一会儿，这电话卡又是要用四天的，要算着用。

有职员示意她跟他走，还有几个像是团里的团员，他们买了没有，张英不知道。不知怎么的，职员竟然在墙上开出一个门，他们就出了那个店，那个门很快又关上了，张英没有往后面看，张英生怕自己一回头，就走不了了。

大家都沉默了，导游说什么他们也不笑了。不说话的女人突然就说了一句，有人买了只七万的钻戒。她眼睛都不看着她的，也不知道是不是跟她说话，女人说完这一句就不再说话了。她真的是不爱说话。

张英忍不住去想谁买的这七万，把头探出去看，都是一样的脸，她看不出来。倒是坐最前头的领队，正给坐她旁边的一个男人看她新买的能转好运的风车坠子。张英更觉着她不是个领队了，哪有旅行社领队自己买旅游区的东西的？她那个坠子也与地陪导游明晃晃挂在脖子上的坠子不同的，地陪那是为了哄人去买，她买了又做什么？

张英突然觉得自己对地陪导游真是有点生气了,她说什么她都不会再相信了。

中午的饭菜好像缓和了一点气氛,大家又开始说说笑笑了。只是这顿饭以后,地陪导游就走了,重新换了一个。

张英还以为她是要陪他们整个旅程的。她就这么不见了,招呼都没有打一个。

新的导游上来就说你们不要不要脸。张英就傻掉了,全车的人都傻掉了。这个时刻,到底就这么来了。

要不是你们团有个别人自觉,现在你们都还在里头,中午饭都吃不上。新导游普通话不大好,说得又快,像一只怒气冲冲的鸟。普通话要是说不好了,语调永远是怒气冲冲的。

你们心里也都清楚,一千两千,到我们香港来白吃白住,你们要脸吗?酒店的钱,饭的钱,都是我出的,你们吃我的住我的,你们是要饭的吗?

最前排的领队抿着个嘴,脸上的纹路很紧,张英看不分明她表情的意思,到了香港,她也是个游客。

所以车到太平山,新导游叫人都出去拍照,半车的人都是不下去的。张英想跟着团里的几个男人出去走一走,脚刚下踏板又缩了回来,半个山腰都是抽烟的人,那些烟雾淹没了树也淹没了垃圾桶。也有人拍照,胡乱的背景。不是说香港都不许人抽烟的吗?人都到太平山上来抽烟了?

行程上的浅水湾于是就没有了。路上堵,又没什么好看的,新导游说,真的没什么好看的。

张英总觉着普通话不好的这位像是得了抑郁症的,突然很暴躁,突然又很沮丧,说来说去总是香港的不好,有钱人的香港好,穷人的香港就不好。再配上窗外面的破旧,每个人都觉得香港真是没什么好。

她再拿紫荆花纪念品出来卖,一个人都不买了。一是先前已经买了纪念币,二是眼前这位实在凶恶。

金闪闪的紫荆花,没有一个人买。

这个女人突然就下车了,都没待多久,倒像是从来没有出现过一样。

张英只是不知道接下来他们还会遇着什么样的人,什么样的事。再有什么,都不惊讶了。

酒店也没有第一天的好了。第三个导游说香港的酒店都这样,有人说那个天水围的酒店倒是真大,天水围不算是香港吗?导游鄙夷地看了他一眼。

车在一个巷子前停下了。导游喊一些人下车,那些人是半路拼上来的,拼了几个钟头,两个团的人互相都不说话。一个团全是南方人,一个团全是北方人,整团的南方人和整团的北方人是没有什么话可说的,尤其在香港这样的地方。

导游领着北方人弯进巷子里去了,张英往车窗外望去,这些人其实也跟他们一样,成群结队的,拖着箱子,又是一天,人人都累了。

等了好久,导游才回到车上。对着剩下的南方人说,你们要识趣,买东西达到指标了,就有好酒店住,可不是这种地方的酒店。你们也不要跟我凶,凶了就住在这。

南方人都没有声音,也许麻木了,也许在心里面操了一万遍导游的妈。

张英想起刚才那一团的北方人,昏暗灯光下走着路的细碎的影子,心里竟有点难过。

南方人或者北方人,到了香港,全部是内地人。

终于站在货架前面了,张英的手禁不住地发抖,这半天的自由活动，竟是那么珍贵。之前的苦，都是值得的了。白花油，她没买，老婆饼，她没买，连上市金店的董事长同乡都出来了，她都没有买，她甚至开始怀疑自己是不是头一回出远门了，那样强大到打倒一切的气场，领队都买了第二只路路通了。

可是奶粉罐子都是空的。张英回过神来想，是要拿着空罐子去收银台付钱的。奶粉这种贵重东西，当然不会放在架上。

可是收银台很干脆地说没货，售货员的普通话很好，她说，没货。张英愣住了。

张英想起不喜欢说话的同屋说的话，你要去偏一点的地方，地铁坐到底的那个地方，到那种地方去买，才有一点希望。

已经是到底了，这里都没有，哪里还有？

那么就得去另一个方向的到底。

坐在地铁上，张英又算了一算，觉得自己先前是算错了的。这么跑一趟，其实是不合算的。张英的冲动，不知道是为了奶粉，还是为了自己要这么出去一下。

每人限购四罐，很醒目的六个字，红底的纸牌，黑色的字，或者黄色的底，红色的字，张英已经记得不真切了，张英只记得后背上的洞，眼神刺出来的。张英故意不去看周围的人，她的眼睛死死地盯着奶粉，反倒像是心里有鬼。奶粉买下来，她已经满头大汗。

应该带个手推车来的，死沉的奶粉背到身上，张英才后悔。这种后悔很快就过去了，张英仿佛已经听到了孩子的笑。

背着大包小包爬上了回酒店的地铁，张英才发现，香港的地铁一直都是挤的，空着手的时候察觉不到，其实香港的地铁真的是挤得只留一条缝了。神奇的是，没有人互相碰到，每个人都缩着肚子，屏气敛息，人与人之间就有了一条缝。

张英突然很渴望那条缝的存在。很多时候，人跟人都太近了。

那种近，反倒是恶意的，刺进去的疼痛。

好像早晨的时候，那个一直帮领队提箱子的男人不再提箱子了，他走在最前面，甩着手，摇摇晃晃地，像梦醒了一样。

你倒是一直空着手！领队突然出现在张英的面前，张英看着那张突然放大于是变得清晰的脸，原来鼻翼的两侧有深深浅浅的麻子，粉底都盖不住了。

我一开始就注意你了，你根本就没有行李，你来香港干吗？领队说。

张英不知道怎么回答，张英只是瞪着她的脸，那些麻子似乎变红了。

好了好了，没看见我这一路上的大箱子吗？来帮我拎！领队说。

张英有些吃惊，望着领队，领队笑嘻嘻的样子，像是开玩笑。

听不懂啊？别忘了你的港澳通行证还在我的手上！领队说。领队说这一句的时候是不笑的。

张英只想着只要一踏上中国大陆的土地，就把港澳通行证撕得粉碎，砸向领队的脸。

她也只是想一想，她是一个母亲了，她做的每一件事都要为孩子积福。很多人做很残忍的事情，因为他们没有小孩，以后也不会有小孩。

别太过分了。同屋的声音，很轻，然而很硬。

领队闭嘴了，领队转身就走，带着她的大箱子，里面有那么多衣服，她每天都换两套衣服。

一定是她带太多衣服了，之前一直帮忙的男人也忍受不了了，一定是她跟别人都太近了。

最后一个购物点了，他们说的。同屋在那个海边的展销厅买了一只表，坐到车上了才发现盘面上有划痕，擦不掉，像是很尖利的刀尖划出来的。同屋的眉头皱得厉害，张英想起了自己因为假奶粉扔掉的钱，张英大声地说，我陪你去找他们，要是退不行，应该给你换一只，这才买了没两分钟。

退果然不行，换也不行，但不知道怎么弄的，还是那只表，他们把那道划痕去没了，一丁点都看不出来了。他们的态度都是极好的，同屋的眉头也没有那么皱了，只是张英觉着，那道划痕会一直刻在同屋的心上的，看不出来了，但是刻着。

同屋能够帮她说这句话，应该还是她陪着去修表的情分。

张英这一辈子都不会再去香港了。

她其实幸运，普通的一个旅行团，来回比较了好几家才挑中的旅行社，尽管他们说挑来挑去都是一样的。该去的地方都去了，要买的东西也买到了，行程就要结束。没有睡到旅行巴，也做不出来从船上跳下海去的事情。只是地铁上，她一抬头就是那个新闻，转了车，还是那个新闻，一定只有香港人才看得到的新闻。张英在家的时候都是不看新闻的，除了孩子，她对别的都不关心。香港的新闻，她更不关心。这个女人，到底只是一个普通的女人。

若不是出关的时候同屋跟她握了下手，说再见，说以后都不会再见。若不是同屋竟然苦笑了，她说她们这一队有十几个人，都是旅行社的同行，买钻戒的是他们的人，一出门他们就知道不是真的了。若不是同屋说这个行业男男女女的破事。她只说了这三句，她其实是不说话的。

若不是过关的时候张英被拦下来了，没有人告诉她，每个人只可以带两罐奶粉出香港。没有人告诉她。

发表于《上海文学》2013年第9期

邻居

鬼魂是极度扭曲的情感。

邻居搬走的前一个晚上，我做了一个非常诡的梦。

实际上我很会做梦，我做过各种各样的梦，有头有尾的梦，有情节有细节的梦，甚至有一个完整标题的梦，或者彩色的梦。我知道多数中年人的梦是黑白的，全都是因为以前的电视机是黑白的。和这些只做黑白梦的中年人比起来，我简直是做梦界里的高手。

好吧好吧，这个梦真的是太诡了，诡到邻居已经搬走一个星期了，我还时时回忆，一点一滴，它代表的意义。

我梦到了我们住的这幢房子。

实际上我梦到房子也有一阵子了，这些年我每晚的梦都以房子开头，我梦里的房子都巨大但是破败，像城堡那么大，也像城堡那么破败。清晰又细致，看得到门柱上雕刻的花朵，木门板掉落的漆。我甚至怀疑过梦不过是前世。

那些细节，反倒衬得人和故事更加模糊。比如我在一个梦里和人打羽毛球，这个人是个老朋友，离别多年，梦里再相见，语调和体态都还是陈年的。更清晰的却是球场边的树丛,几层绿,浓到淡的绿,阳光透过深绿树叶的空隙映射到地面上,摇曳多姿的一个下午。而现实里,我从来没有打过羽毛球。

那些梦境中的破房子,全是属于我的,我却欣喜于它们的存在,也总在梦中筹备如何整修它们。很多时候太过逼真,我从梦中醒来,都不愿意接受我的现在。

我的现实是我在香港,新界小豪宅,讲英语的邻居,优才专才,回流海归,中产,专业人士。一年以后,邻居们开始讲普通话,各种各样的广东话,我瞬时成了一个本地人,在我眼里他们全是投资移民,有钱人,富人,暴发户,穿小礼服到处晃的女人,穿高跟鞋行山的女人,大贪官送出来的家眷,出走的大婆,伺机上位的小三,混吃混喝的二奶群,所有的人都在等待,在香港。

还是回到梦,刚才我有点情绪失控,对不起,以后不会再发生了。

邻居搬走前夜的很诡的梦里,我突然发现我床前的另一个房间,地板是飘浮的,上面还盖了一张地毯。精致的拼贴,完全没有缝隙,但确实是飘浮的。因为我的一个朋友进入了那个房间,地板就一片一片地塌陷下去,她就这么摔死了。

完全没有支撑的空中地板。如果非要解释这个梦,我就躺在床上,睁着眼睛,开始分析,房间是婚姻,地板就是婚姻的基础,没有基础的婚姻,或者基础是碎片的婚姻,一点点重量就会让整个房间崩塌。

早晨醒来,我的邻居就搬走了。

就如同他们搬进来的那一天,一点迹象都没有。

我们这层楼,防火门的这一边,一共三户,我是第一个搬进来的。防火门的另外一边,那是另外一个故事了。在我没有写完这个邻居的故事之前，我是一个字都不会说的。

　　只有我一个人的一年，非常非常地舒服。上面没有人，下面没有人，左边没有人，右边也没有人。

　　过了一年，电梯对面的邻居搬来了。这家的男人友善，见面会点头，衬得他家的女人特别不友善。

　　又过了一年，傍晚的时候，我突然听到了邻居家的女人歇斯底里地鬼叫。像所有的正常人类那样，我把耳朵贴在门上听了一会儿。女人叫得凄厉，每一个音都是高的，中间夹杂着的男人的声音，沉又钝，我想过报警。但是我没有。

　　我开了门。

　　我看到电梯对面的邻居家也开了门，只一道缝，门里面的半个头晃动了一下，就把门关上了。

　　女人鬼叫的声音完全没有停下。我穿着拖鞋出了门，一路寻到垃圾房对面的那个单元，声音是从那里面传出来的。我就站在垃圾房的前面听了一会儿。我还是没有报警。

　　声音没有了，我就回到了自己的房间。

　　这个晚上，我睡得很好，一个梦都没有。

　　早晨，等电梯的时候，我听到了垃圾房对面的邻居家传来了钢琴声，如歌如泣的琴声，要不是电梯很快地来了，我都要听哭了。

　　我的新邻居，就以这样的方式到来。

　　而我故事里的邻居，指的就是这家。

　　直到邻居搬走，我都没有看清楚他们的脸。当然不是因为他们的脸太过模糊，只是我自己羞涩，没有勇气去看。还有一个原因就是这些日子，我只见过他们三次，准确地说，只有一次半，就是鬼叫事件第二天的那个傍晚，我又等电梯的时候，他们突然出了门。完全没事似的，两个人还说着话，无视着任何人，就一起进了电梯。

他们进了电梯就不说话了，沉默。你知道的，从三十三楼落到底楼还是需要一点时间的，这两个人的沉默，对我来说就像是永远。因为沉默，沉默到完全意识不到他们的存在，甚至呼吸的声音。若不是亲身跟着他们一起进了电梯，我简直就要疑心他们根本就没有在电梯里了。仍然出于羞涩，我没有勇气转过身端详他们。三十三楼到底楼的这一点时间，我面对着电梯门，都开始发抖了。

其后的第二次和第三次，我分别见到了他们中的她和他。第二次，女人把脸拧到左边，不再拧回来；第三次，男人把脸拧到右边，很持久地拧着，也没有再拧回来。只有一点是相同的，就是他们对于任何旁人的无视，即使你出于不可告人的目的，先付出了微笑。

所以，我没有看到邻居的脸，所以，这是一个半次。

是个遗憾，要不，我就可以很好地去理解他们了。

我在这里说的没有理解好，指的全是琐碎的事情。

比如过年的时候，电梯对面的邻居会贴春联，还有横批，地垫也会换成崭新的红色，垃圾房对面的邻居呢，宜家门垫，还是绿色的，鞋在门外，绿色格外衬得鞋在门外。管理处就发通告要所有的人把门垫和鞋都收回去，公众地方，面斥不雅。

比如我打开垃圾房的门，十平米的空间，脚都插不进去。垃圾以天女散花状态落下，每一件都落在不对的地方，你知道的，垃圾不分类是重罪，生活垃圾不装袋，是重罪中的重罪。我不理解以重罪的方式扔垃圾，但我不确定是邻居干的，因为邻居家离垃圾房最近，这么干的后果只能让他们自己最臭。当然了，如果有人是这么想的，我一个人臭，不如大家一起。于是，这一层的所有的人都有嫌疑。

比如为你开门的管理员,我观察到邻居没有因为她为他们开门并且说早晨好就回复给她,一个眼神都没有。于是有一些瞬间,我又以为我住在印度,强烈的,阶级的分别。

贫富差异简直是全世界的现实,即使在印度,也是穷人更穷,有钱人更有钱的。要不,大楼外边的垃圾桶,怎么总有个腰弯到底的婆婆从里面翻纸皮;要不,顶层两千万的楼王,倒也卖得出去的。

对于那层楼王,我情感复杂。我有一个身世坎坷的朋友,有一天突然出现,买保险,买楼,一堆经纪跟着她,普通话念成国语,谁都不容易。

我的身世坎坷的朋友只在露台停留了一下,经纪说,好好豪华的大露台啊,看海,看星星,BBQ。我的朋友鄙夷地看了他一眼。

另一个经纪说,种菜啊,小葱韭菜鸡毛菜,番茄丝瓜大白菜,想种什么种什么。我的朋友掉头就走。

后来她给我发微信说新界的房子也配叫豪宅?我怀疑她只是来看看我的。

楼王很快卖了出去,我时常在电梯里碰到它的主人,比我和我身世坎坷的朋友更年轻的女人,沉默的两个人,她按下了那个数字——66。

新界豪宅让我每天都不自在,做成英国城堡的会所,每天都有人在那拍结婚照拍毕业照,假城堡假水池前的婚照,金子包裹着新娘的身体;假城堡假水池前的毕业照,男的女的,必须抱大公仔,因为你们就是这么纯真。

名字叫作皇殿的红宝石会所,每个周末都要举办一场生日派对,充气城堡,扭气球的小丑,过度包装堆积如山的礼物,因为红宝石正对着我的楼,因为红宝石落地窗的透明,我总是看得见他们的欢腾。隔了一道水,是冲刷地面的清洁姨姨,姨姨戴口罩,对每个人说早晨好,每个人都就这么直挺挺地走过去了。

我说了这么多,都不是故事。都没有眼神交流的,怎么来发生故事?

接下来是故事。

月圆的夜。

我听到了大刀剁碎肉的声音。

与鬼叫的女人相比,我对后一种更有兴趣一点。

我听了一会儿,去朋友圈发了条无图文字:邻居杀了人,正在分。

五分钟以后,我觉得不妥,因为我突然意识到微信有那些摇一摇啊附近的人啊什么的,我就删了。还好这五分钟里,只有一个人点了赞。

朋友圈是这样的,你发个片收到的赞就是五分钟那么多,超过了五分钟,他们就是想赞也不点了,因为过时了。

这个点赞的人总是点别人不赞的那条,我的朋友说的,那么这个人就是你的灵魂伴侣。

关于这个灵魂伴侣,我会到另外的故事里去讲,我现在这个故事关于邻居,只关于邻居。

二十分钟过去了,直到我认为这个声音实在是太骚扰我了,我就打电话给夜班管理员,他说他会转去保安部,等下回复我。

等了一下,管理员电话我说保安已经在楼下了,他现在就上来。

剁肉的声音突然停止了。

然后是第二天,第三天,因为每一天都一样,我就不一一叙述了。

管理员跟我说,只有一个办法,你要在声音刚刚开始的时候就通知我们,你要给我们的保安一个过来的时间。

然后就是第四天,我和管理员,还有保安都准备得很充分了的时候。那个声音再也没有响起。

后来我每次出入,都觉得管理员多看了我两眼。

关于这个管理员,我也会到另外的故事里去讲,我总是把故事讲得越来越分叉,就像一千零一夜一样,故事分出去又分出去又分出去,都不知道怎么收尾。

总之这是一个好管理员,因为我曾经问过他,通渠佬有用吗?他说没用,他说一锅开水灌下去就有用。

所以,他真的是非常好非常好的管理员。

我曾经遇到非常不好的管理员,我问过他为什么这么湿,香港这么湿,地板都在往外面渗水。他说空调开到抽湿就好了。我说我有点不理解你的意思,他说那么你们的空调为什么有个抽湿功能呢。比我早到香港一个月买了对面楼的我的朋友葛蕾丝叫我去买抽湿机的时候,我家的墙已经长满了蘑菇,更不用说家具和衣服,那些绿油油的霉菌杀了我。

已经是一个月以后了,声音是突如其来的,傍晚,完全没有预兆。我就拉开门,自己走了出去。声音在走廊里更清晰,咚咚咚咚。

我按了电梯对面邻居家的门铃,这是我这三年来头一回按邻居家的门铃,他家的门铃和我的门铃一模一样,我看着那个门铃,看了好一会儿。

门开了,他家的女人伸出半个头。

我说,你听到声音没有?

她说,听到了。

我一时不知道说什么好。

我说,这个声音影响到你了吗?

她说,不影响。

我说，哦。

我说，是吗？

她说，是的。

关上门的同时，她说，你总要让别人做饭的吧。

这一句话简直是整个故事的重点，你总要让别人做饭的吧。

于是我在打电话给管理员的时候，多问了一句，做什么菜是不停地不停地剁呢？

管理员说，福建人做菜都是要剁的。

这就是我为什么要另外开一篇来说这个管理员，这个管理员的普通话其实很渣，所以他讲起普通的事情就特别有戏剧的效果。

做婴儿食物也是要剁的。他又说。

那个瞬间，我觉得我自己太渣了，你总要让别人生活吧？香港这么小，每个人都压抑，必须压抑，要不世界都乱了。

邻居搬走的第二天早上，实际上那个早上我还不知道邻居搬走，我住对面楼的朋友葛蕾丝电话我说她们屋苑出事了，我可以站到我家的阳台上看一下。我拉开窗帘就看见了很多很多的车，消防车，警车，TVB，凤凰卫视，狗仔队。

我说过邻居搬走的前夜，我做了一个很诡的梦，梦里葛蕾丝摔死了，因为她的地板是飘浮的。

所以被她的电话惊醒，我心跳得厉害，慌张到死。我坐了一会儿，都没有办法平静下来。

当我趴在我的阳台上眺望葛蕾丝家的楼，我还在怀疑一切都只是梦，消防车，狗仔队。

我打回电话给葛蕾丝，我说，死了？

葛蕾丝说，死了。

我说，怎么死的？跳楼？谋杀？

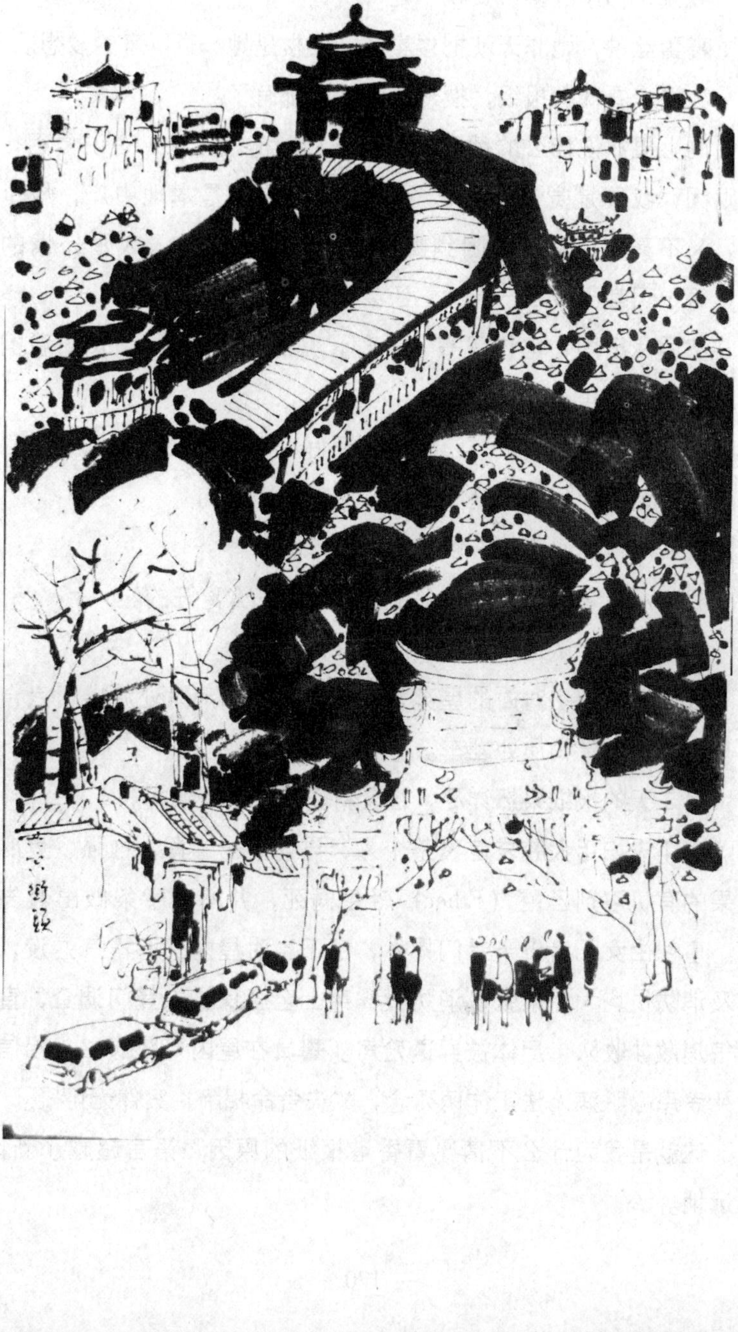

葛蕾丝说，不知道，明天看报纸。

我说，你家的楼价要跌了吧？

葛蕾丝说，她昨天就把楼卖了，换楼是她一直以来的梦想。

我说，看什么报纸，搜一下网什么都有了。

网上果然说什么的都有，中年夫妇，毒气自杀，有说情困，有说财困，我倒是觉得买葛蕾丝家那种楼的都是本地中产，炒个小股，又不豪赌，财困能困到哪里去？至于情困，人人婚外情的时代，每一天都当最后一天过，还会有殉情的夫妇？

然后我出门，电梯只开了一部，贴着搬屋通告，33C，我的垃圾房对面的邻居。

下到底楼，大堂，推门出去，正好赶上搬屋公司的车开走，这里我绝对要用绝尘而去这四个字，非常贴切。

就如同他们搬来的时候，绝尘而来。

我都没有看到那台令我泪下的钢琴是怎么离开的。

我只可以承认这一天我很快乐。

我几乎忘记了对面的屋苑，双尸自杀案，消防处派出了六台消防车、一部危害物质处理车。

第二天的报纸果然详尽，社会新闻写成娱乐新闻。

中年夫妇用大胶袋包裹整个人，再连接一罐挥发性强、具麻醉效果的有机溶剂乙醚（Ether）轻生同死，并留下字条做出警告提示。事件由女死者母亲登门揭发，由于当时屋内仍有毒气弥漫，警方及消防员均大为紧张，消防员需穿上全套保护衣登门调查，直至毒气消散才收队，尸体被舁送殓房。警员在屋内寻获遗书，相信因女死者患心脏病无法工作萌死念，丈夫舍命相陪，案件无可疑。

这就是我为什么不情愿看香港报纸的原因，语言超越了新闻，远远地。

他们还用了一个版面来解释乙醚,有机液体,具挥发性,可麻醉人类,过量吸入致死,浓度控制难,危险性高。

对于乙醚,我亦情感复杂。我管它叫小蓝瓶。

我中学的时候沉迷打字机,就是那种人手拣字,打在蜡纸上再拿去油印的打字机。我甚至于把字表都背了下来。英文打字机也是如此,每一下的力度都必须是一样的,每一个字的深浅才会相同。

如果我打错,为了不浪费蜡纸,会用到乙醚,小蓝瓶的一滴,涂到错处,气体挥发得飞快,重新打上去,什么痕迹都不会留下。

乙醚让我轻飘飘,身心愉悦,难免又打错几处。

老师说,乙醚有毒,乙醚有毒。老师说了两遍。

我还是喜欢轻飘飘,说不上来的开心。我想不到有人用乙醚自杀。

葛蕾丝说,大胶袋上面写着"请小心"三个字,葛蕾丝说那个单元买的时候两百万,现在四百万了。葛蕾丝说,女人曾电子邮件家人,请求母亲买面包上门探访,实际上她已经好多年没有联络过家人了。葛蕾丝说,男人因为选择这样的女人也早已跟自己的家庭决裂。

他们没有小孩。葛蕾丝说。

我看着葛蕾丝,她在我的梦里摔死了。

完全没有支撑的空中地板。我躺在床上睁着眼睛分析我自己的梦,房间是婚姻,地板就是婚姻的基础,没有基础的婚姻,或者基础是碎片的婚姻,一点点重量让整个房间崩塌。

葛蕾丝你出轨了。我说。

葛蕾丝惊讶地望着我,葛蕾丝的手抖得轻微,苍白小手。

别生我气葛蕾丝。我说,当我没说过。

我是出轨了。葛蕾丝说。

后记或另一个故事的开始：

1. 剁肉的声音仍然在继续。有一个夜晚，保安替我找到了源头，是的是的，我的邻居，电梯对面的邻居，我竟然不知道他们是福建人。

2. 垃圾仍然以犯罪的形式出现。

3. 垃圾房对面的单元搬来了一对老年夫妇，亲切和善，对每一个人微笑。我完全没有回应他们，他们现在也不笑了。

4. 邻居搬走新邻居还没有搬来的间隙，我溜进了那个单元一次。没有门牙的装修师傅正在刷那些墙，很臭的涂料，臭了整整三个月。我没有找到家暴的痕迹，完全没有，和我的单元一模一样的格局，站在阳台上也看得到对面的屋苑，看起来他们的楼价完全没有受到影响，只要没有人跳下来，血肉模糊。我实在想不出来那个女人是在哪个房间鬼叫的。

5. 我认为偷情和出轨是不同的，偷情多少还有一点情，出轨很多都是无情的。女人也一样。

发表于《长江文艺》2015 年第 3 期

旺角东

　　葛蕾丝当我是打卡机,每天早上 6 点都要跟我说早安,晚上 11 点前再说晚安。有了葛蕾丝,我连手机闹铃都不要设了,她比闹铃还准。

　　闹铃响完就算了,葛蕾丝打完卡就开始说她的情人,那个情人每个晚上的情话都不重样,葛蕾丝再把那些不重样的话复制给我。

　　起先的一个星期,我一字不漏地听完了那些绵绵情话,可以这么说,我快要疯了。

　　接下来的三个星期,我开始干点别的,我刷了牙,洗了脸,坐到餐桌前,葛蕾丝的话还没有说完。我吃完早餐,搭上往金钟的特快巴士,我们互相说拜拜,开始昏天黑地的一天。

　　中间葛蕾丝会给我发屏幕截图,她跟情人往来的甜言蜜语,我直接就删掉了。一个小时吃饭,我不想被别的东西打扰。

　　傍晚我们都很忙,很多时候我要加班,葛蕾丝要忙她的小孩,最疯狂的时候她直接打电话给我,她的小孩们在电话那头使劲地叫。

　　晚上 11 点,我往往刚刚到家,葛蕾丝同我讲了晚安,我洗了澡,去睡觉。我的睡觉就是睡觉,我也想有个男朋友捧住我的脸说,亲爱的让我看看你的脸再睡啊。可是没有,一个都没有,我就睡着了。

我知道葛蕾丝在 11 点以后,那是她的小孩睡觉的时间,小孩们睡着了以后,她开始跟她的情人调情,微信做爱。第二天早上她会跟我早安,把文字的部分传给我,视频的内容复述一遍。她真的就当我是一个树洞。

但是我知道这样的日子不会长久的,爱情这个东西根本就是不存在,更何况是偷的情。我就等着那一天,我知道葛蕾丝也是知道有那么一天的,不知道她准备好了没有。

然后就是周末,我是说,别人的周末,我的星期六上午是要上班的,但是金钟特快在星期六不开,我得去搭港铁,再搭港铁回家。下午葛蕾丝就会说来找我玩,带着她的那对双胞胎小孩,我只好接受。整个星期六的下午我都得带小孩,因为葛蕾丝的工人放假了,葛蕾丝去和情人约会了。

我就是有这么一个朋友,没有我的存在,她倾诉的欲望会把她自己弄疯。

葛蕾丝过来接双胞胎的时候,往往还要再讲一遍她的爱情。看在她总是给我带外卖的份上,有时候是深井烧鹅,我一声不吭,但我会知道那个星期六的下午他们是去了屯门。

而且葛蕾丝月末的派对我也总能够参加,我也不是为了吃点什么喝点什么,她家的派对总是天台烧烤会,我俩唯一从美国带到香港的东西,就是烧烤会,还有拖鞋。是的,我俩拍毕业合照的时候都没有抱着公仔,英国人的那套。我俩穿着拖鞋,青春无敌,长袍都没能够遮得住我俩的脚背。

然后她就这么嫁了人,生了小孩,她的硕士好像白念了,当然按照她老公的说法，女人的知识，唯一的用处就是用来管教小孩。所以葛蕾丝很快就有了外遇。她有了外遇，我就得当她的护身符，已经五个月了。

实际上我也有点担心这第六个月，因为我坚信三秒法则也坚信六个月习惯养成。我从来没有把食物掉到地上超过三秒，我也是在第六个月彻底习惯了我在香港的生活。

令人担心又令人期待的第六个月，葛蕾丝和她的情人，不是在第六个月使偷情成为习惯，就是在第六个月令一切都结束。

夏天的最后一个周末，照旧的天台木地板，照旧的史努比棉花糖，照旧的比萨和腌过了的牛扒，香港烤什么都是腌过了的，而且是生抽，照旧的一个人的我，照旧地坐在圆形阴影里没有靠背的一张椅子上面。我一点也不指望葛蕾丝已经固定了的家长群还会再出现一个单身，葛蕾丝还在电话里讲会来个单着的英国哥哥，眼睛碧蓝碧蓝的，那位哥哥果真是眼睛碧蓝碧蓝，可他还带着三个小孩啊，两个儿童一个婴儿，喂奶的手势娴熟，我都震惊了。

我说，葛蕾丝你就当我是嫁不出去了是吧？葛蕾丝说听我一句话，你现在很好，这样就很好，你这一辈子最不能犯的大错误就是嫁人，你当是忠言逆耳吧。

我说我当然知道。

然后我爸妈就到香港来了。我美漂的时候他们一年过来看我一次，我港漂的时候他们还是一年过来看我一次，我自己是不回家的了，我城已不是我的城，我现在漂着的这座城更不是我的城。

还有葛蕾丝的爸妈，跟我爸妈是上午的飞机和下午的飞机。我们两家什么都是像的，暴躁的父亲温和的母亲，生出来的暴躁又温和的女儿，这个独生子女美漂然后港漂，唯一的区别只是，葛蕾丝终于嫁了，我没有，而且看起来是永远不会嫁了。

而我父母和葛蕾丝父母唯一的区别只是，葛蕾丝的父母搬过来了，将以香港为唯一永远居住地；我父母却是坚决不会放弃中国的生活的，即使我找到丈夫，生了小孩。

中秋节的前一天，我休假，我先去我父母住的酒店放下了一盒月饼，然后打电话给葛蕾丝，我说，我们一起去看看你爸妈吧。葛蕾丝说没空。我说，那我自己过去看看你爸妈好了。

我们有什么办法呢？葛蕾丝的母亲说，葛蕾丝太辛苦了。

我坐在房间中央的椅子上，不知道对着葛蕾丝的爸妈说什么好，我跟我自己的爸妈也是没有话说的。

我们又只有这一个女儿，我们也不是一定要跟着她住。葛蕾丝的母亲说，我们也是有自己的生活的。

葛蕾丝给她爸妈租了一套一室的居屋，她自己租的村屋，村屋可能是香港唯一一种像美国房子的房子了，独幢楼，院子里可以种点花，然后她家又买了一个一千尺私家楼的楼花，但是她没有跟她爸妈讲，而且我觉得她也不希望我会跟她爸妈讲。我当然问过她为什么，她讲，私家楼写的老公名字，所以没必要讲了。我说为什么是你老公的名字？她说，因为是我老公的钱啊。我说，你老公的钱不是你们家庭的钱吗？她说，我老公的钱就是我老公的钱。我说，可是你们都有了小孩。她说，有小孩又怎么了。我说，好吧，婚后买的楼应该算家庭的财产吧。以后离婚一人一半吧？香港的法律不保护妇女儿童的吗？葛蕾丝说，我是学法律的吗？而且我会离婚吗？我说，好吧。我说，我也不是学法律的，香港的法律会保护妇女儿童吗？

葛蕾丝笑了一下。

香港好吗？我问葛蕾丝的父母。问完我也觉得我很奇怪，这句话好像是他们问我才对。

还好吧。葛蕾丝的母亲说。葛蕾丝的父亲眼睛盯着电视，一句话都没有。

还方便的吧？我追加了一句，转换了我的意思。

方便。葛蕾丝的母亲说，楼下就是街市，买东西方便的。

我没有话了。

我穿过一个天桥去搭巴士，一堆老年人，坐在天桥的下面。每一个老年人都自己坐着，并不和其他的老年人说话。每一个老年人都不说话。

确切的第六个月。

葛蕾丝叫我去旺角东接她的时候已经是 11 点半，我说，好的时候也没有经过大脑。所以我去接她的时候还有港铁，回家我只有的士了，我还在的士上吐了。

我只是不想葛蕾丝躺在她家华丽的地砖上翻来翻去，至少不是今天。

我搭错了电梯，然后我在电梯的镜子里看到了自己的脸，累到快要死了。

几个小孩站在 Neway 的门前吹水，我走过去的时候他们全看着我，很快地散开。再过几年，葛蕾丝家的小孩也可以出来唱 K 了。

推开门，葛蕾丝一个人在房间，唱得气若游丝。我说，别唱了，回家。她继续唱，唱完林忆莲唱王菲。一边唱一边问我，喝点什么？

不喝。我说。

唱什么？她说。

不唱。我说。

她给她自己要了一杯热柠茶。

他呢？

走了。葛蕾丝说，他老婆会起疑心的。

为什么唱 K？不是应该去酒店开房吗？好不容易的晚上，老公小孩留在家里。我说。

我也是这么说的。葛蕾丝说,我正是这么说的,一进这个房间门的时候。可是他要唱 K,他很会唱。

我看着她,她手里拿着账单。

我说,付了没有?

葛蕾丝突然很大声,这就是我恨的地方!他说他现金带得不够,他说我们可以 Share 吗?他从来不用信用卡,因为老婆会检查账单,可是他明明有公司的信用卡。

我说,葛蕾丝你竟然跟这种男人上床?

我说,葛蕾丝回家好不好。

我说,葛蕾丝你也别再告诉我了,是我的负担。

然后我就坐在的士上吐了。

葛蕾丝在卡拉 OK 里讲的最后一句话是,他打动我是因为他说的,你是那种能够让我挥发出所有欲望的女人。

我说葛蕾丝,王菲的歌我一句不会。

我坐在的士上吐得司机还以为我怀孕了。

我总是去想别人的事情,体会他们,痛一下,我以为我替他们痛了他们就不痛了,可是他们从来就没有痛过。我也再没有做过那个梦。地板是飘浮的,上面还盖了一张地毯,精致的拼贴,完全没有缝隙,但确实是飘浮的。因为我的一个朋友进入了那个房间,地板就一片一片地塌陷下去,她就这么摔死了。

回家的的士上,吐之前,我给葛蕾丝发了一张合照,我拍的我们在下落的电梯里,迷茫的两张师奶的脸,长裙都没能够遮得住我俩的脚背。

发表于《芙蓉》2016 年第二期

旺 角

> 黑夜已经来到了你说怎么办
> 我们因此相爱了你说怎么办
> ——艾吕雅

他是死都不肯说爱她的,她又总是迫着他说,于是就分了无数次的手,连他们自己都算不清楚了。

若不是已经 11 月中了,她的朋友葛蕾丝仍然每天天黑了以后都要去旺角转一圈,影几张相。若不是她的朋友葛蕾丝约她在旺角食饭,她突然是去了,她是见不到他的了,在旺角。

她总是半夜接到葛蕾丝的电话,有时候叫她出来喝一杯,有时候叫她一起去金钟坐坐,有时候叫她吃鸡煲,就在楼下。她总是不去的,挂了电话,她也睡不着的了,坐着坐着,天就亮了。可是她总是不去的。

你们要待她好,她的朋友葛蕾丝对她们所有的朋友说,她抑郁的,你们都不要怪她。葛蕾丝说着这样的话,还哭了。

她笑啊笑啊，眼泪都充满了眼眶。她说，谢谢你啊葛蕾丝，可是我一滴眼泪都不会流出来的。

可是她有什么好抑郁的，什么都有的。

教授丈夫，名校的儿女，工人不偷东西又很会做菜，她不知道她还有什么好抑郁的。

葛蕾丝像往常那样打电话给她，葛蕾丝说她在旺角坐着，月亮太圆了。

你怎么不去金钟坐着，你在旺角坐着。她说，报上说有黑社会。

葛蕾丝说，金钟远啊，旺角坐完回家近。

可是你为什么要去坐呢，你不出家门去坐就不用再回家啊？她说。

葛蕾丝在电话那头响亮地笑，葛蕾丝说，旺角的警察好帅。

她突然想起已经分了手的他，是个警察。

因为她总是迫着他说他爱她，他却是死都不肯说的。他说什么都给了你了，她说这一个爱字都不肯给我。他只是抱住她，很用力地亲吻。然后他们就分手了。

她跟一个日日早晨都同她讲我爱你的男人上床，这个男人做得比警察好，她也喜欢那样，没有情的，只有性，做到快乐死，快乐死了。

直到有一天，她突然厌倦。

其实他也对她厌倦。

这三个月，他们上太多次床了，有时候一句话都没有，各自脱各自的衣服，她只记得那些床，连酒店的门，前门或者后门，她都记不得的了。你也知道的，高潮过去了就会特别厌倦。

又没有爱，做爱都没做出爱来。

只是维持着，到底还有点高潮。

她听说毒品的快感超过性交的，她又不敢去试，到底还有家庭。她去问葛蕾丝哪里买得到大麻，淘宝吗？

葛蕾丝说，我拍个照我就应该知道哪里有大麻吗？大麻就不会上瘾了？你出个轨还上瘾呢。

她说，葛蕾丝你倒是张口就来啊，我出轨？

葛蕾丝说，好吧好吧，你出不出轨偷不偷情我完全不关心，我只关心你会不会被伤害。

她说，葛蕾丝你都没有爱的。

葛蕾丝说，爱是错觉，这个世界本来就是没有爱的。

天天说我爱你的男人约她去卡拉OK，她挺惊讶，以为他是想进一步，有了情，又觉得是负担。

她听说任何话语和行为持续了三个月就会变成习惯，她计算了一下，他们也真是说了三个月的我爱你，上了三个月的床了，出轨也真是出成了习惯。

可是她又不爱他的。

她也是不爱丈夫的。

教授丈夫智商太高，结婚的那一天就说她笨，说了十年的笨，她到死都是笨的了，幸好儿女遗传了他的智商，不是她的。

她笑着低了头，低到尘埃里去。

年轻的时候相貌好，中年了相貌的好倒不那么紧要了，丈夫只是享用了她的青春。

葛蕾丝说如果有下一辈子，她也要好看一回。她说好看的女人也不是个个幸福的，如果真有下一辈子，她不想好看，她想会点什么，能够拍拍照也好。

葛蕾丝说，人人都是摄影家，人人心里面有故事。

不要专业的吗？她问。

不要。葛蕾丝说。

他们果然是只唱唱卡拉OK，把我爱你说得顺口的男人唱起K来也是拿手，一首又一首，他真是喜欢唱歌，她以前都不知道的。只熟悉身体的男人，也不知道他还会什么。她想去抱他，他推开了她。

又说家里催，走了。

她诧异，去问他们都认识的一个女性朋友，那个朋友住在美国，说没什么好诧异的，他唱K前同她微信做了爱，推开她是当然。

她一个人坐在卡拉OK的小包房，疲惫又厌倦。镜子里的脸是好看的吧，她自己是觉得一丁点也不好看了。突然想起来听说的一句话，她竟然笑了。

他们的美国朋友说，他同她传照片的时候误传过私照，她即时知道他是同时与多个女人的了。

太恶心了。她说。

为什么恶心呢？他们的美国朋友说，这个世界不就是这样的吗？

她很快找到了第三个女人，他在回家的路上同她传简讯，盛赞她的鞋美，说去屯门找她。

她建了一个微信组，放他的那些女人，直到第四个女人也加入。五个女人，连同她自己，她们开始讨论约他出来，同时出现，一定开心死了。

她没有参与讨论。太恶心了，她是觉得，这些女人们也是太恶心了。

没有情的出轨，背叛也是残忍的。

她发了一条简讯给警察，分手了一年，头一回发给他，只说了四个字，太恶心了。警察回过来一个问号。她又说了一遍：恶心。

警察打了电话过来,她听到他的声音,眼泪就滚下来了。

警察沉默了一下,叫她好好生活。

我怎么会好呢?她说,我这个样子。

警察沉默,背景是嘈杂人声。

你在哪里?她问。

当值。警察说。

我去看看你好吗?

不要来。警察说。

不要。警察又说了一遍。

她在隔天的报上见到了他的相片,职务竟然很高。在一起的时候,只知道他的名字,只有一个名字,她一直疑心那个名字也不是真的,每次他也只穿便服,更没有见过他的枪,她当他是假的。

名字却是真的。

报上讲他在旺角,她想起葛蕾丝,每天天黑了就去旺角转个圈,拍拍照片的葛蕾丝。

她打电话给葛蕾丝,都是葛蕾丝打给她,好像还是头一回,她先打给葛蕾丝。

葛蕾丝约她在金钟,她本不愿意去,又怕葛蕾丝作为晚上出去的由头。只好在金钟。

葛蕾丝只挂了一个小相机,她还以为她会拎一个像枪一样的相机。香港的冬天都不是那么冷的,葛蕾丝倒穿了一双皮靴,及地长裙,配那双皮靴。葛蕾丝给她看她的相机,塞在她手里,她横竖看不懂,笑着说,相机不是越大越好的吗?葛蕾丝笑笑。

港铁到铜锣湾,葛蕾丝说,下车。

她说,不是要去金钟吗?葛蕾丝说,不去金钟,习惯了的,要来铜锣湾看一下。

她跟着葛蕾丝。铜锣湾,她只去过一次?两次?三次?却是在香港住了七年了的。葛蕾丝说她抑郁大概也是对的,一个哪都不去的女人。

她跟着葛蕾丝,过马路,红绿灯,葛蕾丝的长裙皮靴。

我都不知道这儿还有一片呢。她说,报上只说金钟和旺角。

现在知道了?葛蕾丝说。

她跟着葛蕾丝,葛蕾丝走来走去,拍得却很少。她只是会停在哪里,只是停在那里。葛蕾丝看不出来她在看什么,也不知晓她在想什么。

葛蕾丝走来走去的时候,她找到一个帐篷前面的胶凳坐了一下,帐篷里的人正在吃面,互相看了一眼。

她对警察的思念从来没有这么浓烈过。

回到旺角真是黑夜了。这么大,她都不知道他会在哪里。

哪里会有警察?她去问葛蕾丝。

这有一排,那也会有一排。葛蕾丝说。

只有这两个地方?她说,他们只是站在那,也不动的?

他们只是站在那,不动的。葛蕾丝说。

她走过去,每个警察的脸都看了一遍,并没有他。警察们并不看她,青年的警察,中年的警察,深色衣服的警察,浅色衣服的警察,天黑得快,她看不分明他们的表情,他们互相也不说话,靠着墙的一排,她不明白他们为什么在这里。

要不要去另外一边?葛蕾丝说,那也有一些警察。

好。她说。

葛蕾丝走在左边,她走在右边,她去旺角的次数更是少,路都是不认得的。

我走在你的哪边好?她问。

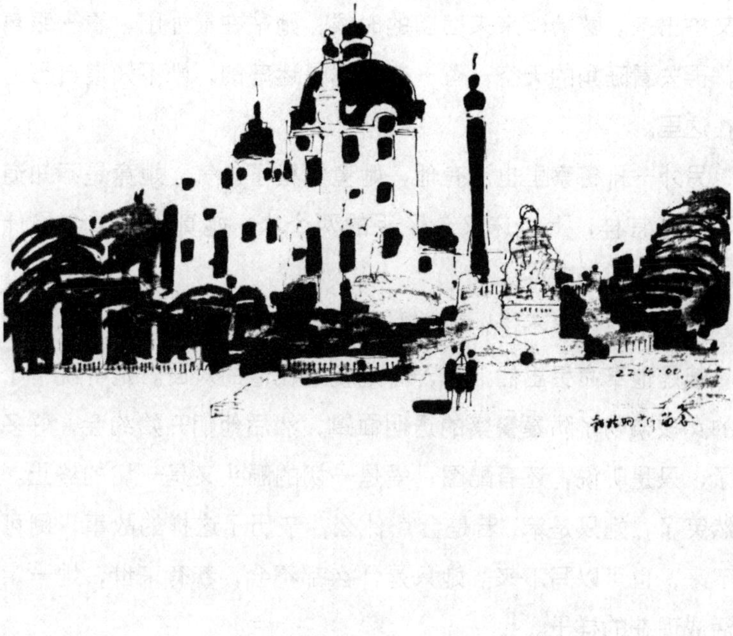
22.4.00

哪边都行。葛蕾丝说，不过很少人走在我的右边。

为什么？

我抽烟啊，烟灰飞到右边的人的脸上。

现在不抽了？

葛蕾丝说，到了香港就不抽了，没有什么是不会上瘾的，酒精更会上瘾。

人就是这么弱，对什么都上瘾。葛蕾丝又说。

可是你不抽了。她说，你倒挺狠的。

葛蕾丝几乎没有再拍，如果有一堆人，她就挤进去看一下，很快又挤出来。葛蕾丝来来回回的时候，她站在最外围，看一眼葛蕾丝，再去看旺角的天空，有一些瞬间是迷茫的，她不知道自己为什么在这里。

另外一排警察里也没有他，她竟然松了口气。她竟是不知道真见了他会怎样，上过床又分了手的两个人，她真不知道会是什么样。她也没有准备好。

婚外情已经是不伦，再加上这个时候的旺角。

若是他奉命丢出催泪弹，而她就站在他的对面。她听说一个示威的女孩亲吻了防暴警察的透明面罩，然后他们开始约会，好多年前了，只是听说，还有配图，爱是一切的源头又是一切的终止。她竟然笑了，她只是笨，若是会点什么，亲历了这样的故事，倒可以拍下来，也可以写下来。她只是什么都不会，若有来世，她一定不要活成现在的样子。

葛蕾丝说，吃煲仔饭。她说，好。

路边摊，一碟菜，两个人分，什么都好吃。

葛蕾丝说，能够去遍全世界，也能够坐在旺角的角落，吃这么一口煲仔饭，做这样的女人。

她没有回应葛蕾丝。左手无名指的钻石戒指，黑夜里闪闪发光。身边的男人，无论哪个，她总会扭头去看自己的戒指，那枚戒指也没能叫她停下来。

她说，半夜的旺角也不是听说的这么危险啊？你看，旁桌都是游客。

暗涌。葛蕾丝说。

葛蕾丝的手指上没有戒指，葛蕾丝吃得也很少。她只知道葛蕾丝不睡觉也不吃饭，她不知道葛蕾丝结过婚没有，有没有小孩，她对葛蕾丝竟然是一无所知的。她们的朋友说过的关于葛蕾丝的话，也都不像是真的。

你为什么要找那样的丈夫呢？葛蕾丝突然说，你不是活得绝望，你是活得太痛苦了。

我有一个矮小的小学同学。她说，其实也没有人嘲笑过她矮，二十年以后同学聚会的时候她带去她的丈夫，高得过分，我才留意到她有多矮。我的同学说，你们这种大女生是不明白的，就是因为我从小矮，我偏要找高的，我缺什么就弥补什么。

我的学业折磨我。她说，每天去学校都是羞辱，我偏要找个教授。

葛蕾丝说，活该。

她没有想到葛蕾丝会说这样的话。

我付出了代价。她说。

葛蕾丝说，谁不是付出了代价呢？

葛蕾丝送她去地铁站。

不一起走吗？她问。

我还不想回家。葛蕾丝说，我想再去那边走一走。

那我也等一下吧。她说，我跟着你。

她每次去时钟酒店,出来都是快的,心急的,也不是怕撞见什么人,只是厌倦。空了的人,走得总是飞快。

即使跟警察,也不是那么留恋。

她从不回头,于是也不知道他留不留恋。

可是她对葛蕾丝说,我跟着你。

她一转身就看见了他。他和他的同事,可是她只看见他。就那么,扑面而来。

眼神对接的瞬时,她只有一句,我要死了。这已经是一年以后了。

如果她会拍点什么,她该是拍下这样的镜头:流动人潮,静止的她,他的擦身而过。如果相机可以拍得出电光石火的瞬间,如果笔可以写得出一毫米的距离,却远过了一亿光年。

葛蕾丝说,我刚才数了一下他肩上的星星。

什么?她说,什么?

葛蕾丝笑笑。

她扭头望去,只看见他的背。他真是不能与她相认,偷情的男女,旺角的街头,陌生人一样的错过。

阿Sir,阿Sir!葛蕾丝追过去。

她惊呆,只是跟住她。

阿Sir呀。葛蕾丝的普通话讲得怪异,两位阿Sir,请问朗豪坊在哪里呀?

他的同事说,最高的那幢啊,就是。

她低着头,只望见他的腰身,手铐,枪袋。

她有试过叫他铐住她,他不肯,说根本就不可以带出来的。

他不肯说爱她,他也不肯同她玩,即使在床上。

怎么过去啊阿Sir?葛蕾丝笑得清脆,像一颗豆子。

走过去啊。他的同事说，就这么，走过去。他的手一指，这个世界从来没有这么滑稽过。

葛蕾丝又笑，身体都在动。

她竟然不知道葛蕾丝也是会勾引人的，而且是街上的警察。

谢谢阿 Sir 呀。葛蕾丝笑得妖娆，我们头一次来香港，香港真是太好玩了。

她低着头，只望见他的脚移开去。

她抬头，只看见他的侧面，真的是陌生的。他的脸时常在她的上面，他的身体总是盖住她的。可是他从来没有这么陌生过。

那你爱不爱她呀？葛蕾丝突然说，脸对着她，眼睛却是看他的。

她的心都要静止了。

不爱。他说。

他的同事往后退了一步，这样的情景，他们巡街当是经常地遇到，习惯了的。

他是早已经退进暗影里了，旺角的夜，真的很黑。

葛蕾丝送她到地铁口，她没有回家，去了湾仔，C 出口，转右行三分钟，就是他们常去的一家酒吧。湾仔，她只认得那一个出口，也只认得那一家酒吧，他带她去的。其实是很吵的一家酒吧，他们说不上一句话，他们也不说话，只是对面坐着，握住对方的手。那些时刻，她以为是执子之手的，涌出来许多悲凉。

她要了一杯白酒，前后卡座都是年轻男女，声浪中舌吻。酒叫她记起来他们做过的爱，他们竟然从来没有一起到过，他甚至很少要，他总是给她，望着她高潮，退去，然后是第二次，很冷静，很冷静。有时候叫她求他，面孔都是清醒的。

他说，你到了我就到了。她以为是爱，他只要她快乐，她快乐他就快乐。

或者他只是征服了她，从掌控她里面获取快感，性交给不了的快感，于是说不出来一个爱字。偷情的人又哪里配说爱？出轨上了瘾，也是习惯，出了一次就有二次，三次，所以最好不要有那么一个第一次。出轨的人，都是上了瘾的。就是这么残忍。

　　他打来电话，她没有接。手机在桌上闪啊闪啊，她的手握住了酒杯。

　　过了一会儿，她打电话给葛蕾丝，第二次，却是葛蕾丝第一次拒绝了她。

　　葛蕾丝说，你自己走回家。

　　她站起来，走到街上，灯火通明的街，香港真正就是一个不夜城。

　　葛蕾丝说，你得自己走回家，我只有一句是错的，我说你为什么要找那样的丈夫呢？我要说的是，你为什么要找丈夫呢？

　　她说，葛蕾丝你为什么又要找丈夫呢？听说你的丈夫家暴你，你也没有能力争到你的女儿，因为你没有工作，你都证明不了你养得起你自己。葛蕾丝挂断了电话。

　　她想起新到香港的时候，去旺角办什么事情，傍晚六七点。

　　很旧的街，她迷了路。

　　她只知道去问警察，她就拦住了对面走过来的一个警察。他指给她路，还陪伴她走了一段，他只是正好也要走那么一段。

　　他转身离开了以后，她想起来，他的普通话怎么这么好呢，他又这么高大。葛蕾丝打电话来，她说她在旺角，遇见一个很帅的警察。葛蕾丝说，摸他。

载《大家》2015 年第二期

佐敦

对于阿珍来说，反倒是现在的生活更好些。以前有点钱的时候，老公是整夜整夜不着家的，现在没钱了，他成日坐在家里，成日成日坐在家里。

就是走在街上远远望见以前一起做生意的朋友，他也会跳进旁边的小路躲闪，真的就像一只兔子一样。他一边跳一边说太丢脸了，阿珍只觉着以前的他才丢脸。

阿珍想过离婚，铁了心地要离婚，可是又怀了老二。第二次铁了心的时候，他的厂又倒了，破产，一无所有。第三次，阿珍对自己说再也没有第四次，他又突然在打散工的公司昏了过去，白车送去医院，抢救回来，却是路都不能走了。

阿珍恨起来的时候是想过要有些不幸降到他身上才好，只是这样的大不幸，太大了。阿珍还没有拿到身份证，不能出去做事。他虽然是倒在公司，也不能算工伤，朋友的公司，本来就只是帮忙，朋友帮他们的忙，做点闲活，拿一份小钱。全是欠人的情，怎么好意思再去伸手？

如今老公瘫了，自己又没有身份证，两个小孩还在上新来港儿童启动课程,结婚七年的积蓄也只够在香港省吃俭用支撑两个月。阿珍不去想未来的事情,确实也没有什么未来,最坏就是去申请综援,总好过回乡下。回乡下那就真是一点活路都没有了。

阿珍挪了一挪脚下的环保袋,每天送了小孩去过渡学校,阿珍都会在旺角的街市买点菜带回去,旺角的菜便宜。

旁边的香港人已经在打第三个电话了,从九龙中央邮政局到九龙塘又一城,她足足打了三十分钟。他们都说香港人素质高,阿珍可是见过在巴士上剪指甲的香港人,指甲都飞溅开来,阿珍也见过真正穷凶极恶,抢一个油麻地到佐敦地铁座位的香港人,奇怪的是,他们并不会真的争吵起来,他们只是互相瞪着,一直一直瞪着,幸好只要三分钟就到站,阿珍不知道时间长了他们的眼白是不是瞪不回来了。

从油麻地到佐敦,阿珍宁愿走路,可以省三元六角,只要省钱,即使从太子走到尖沙咀,阿珍都愿意。

阿珍有时间,阿珍有的就是时间,阿珍没有的只是一张香港身份证,不能在香港工作。葛蕾丝睁大了眼,吃惊地说,你竟然没有身份证?你刚刚嫁香港人的吗?

葛蕾丝是过渡学校的同学家长,最有钱的那一个,她就不应该来过渡学校。阿珍问过她为什么。葛蕾丝说这也是经过深思熟虑的,心一横,放弃深圳的外语学校,提早一个学期过来香港上启动课程,小孩熟悉香港,家长挑选香港学校,全香港的国际学校一个一个找过来,总能找到最好的那一个。

我家大卫英语好。葛蕾丝说,没问题的。

阿珍笑笑。阿珍说,我等一张单程证已经七年,每天几十个配额,跟那些子女去香港照顾无依靠老人的,无依靠老人去香港投靠子女的,争到单程证才可以过来香港住,还要七年,才是永久居民。

葛蕾丝说,单程证是什么样子的?

阿珍说，六百五十万港币是什么样子的？

葛蕾丝笑笑。葛蕾丝说，六百五十万之外，还有那些中介费啊手续费啊又是二十万。

葛蕾丝，阿珍犹豫了一下，说，葛蕾丝。

葛蕾丝说，嗯？还没有到放学的时间，家长们都站在学校门口，门前的台阶，长长的台阶，全佐敦最长的台阶。

葛蕾丝，你要不要燕窝啊？阿珍说，低了头，说，我生了老二人家送的礼，真货来的，从前的东西都是真货来的。

我不吃燕窝的。葛蕾丝说。

阿珍说，哦，那你帮我问问你的朋友们好吧？真货来的。

葛蕾丝说，好。

放学铃响，葛蕾丝第一个冲进去，她的车停在下面，每次接小孩都用跑的。不过葛蕾丝运气好，从来没有吃过罚单。

阿珍只看见姐姐，没有看见弟弟。姐姐说弟弟今天留堂，不知道又是哪一科。阿珍叹口气，说，那你先做功课，等等弟弟。

姐姐说，好。学校的露天礼堂，雨篷下面，摊开了功课。

所有等留堂小孩的家长，都坐在树下，刚落过雨，好多小咬。阿珍起先不认得这些虫子，比针眼还小的小黑虫，被它咬到却是最大的包，风油精也不怕的，白花油也不怕的，超乎想象的飞行姿势，在你的腿边萦绕，就是拍到它，把它搓成黑泥，那个包还是鼓起来，痒到心里。

坐在树下，阿珍总是面带微笑却是最沉默的那一个。

有人笑成一团，阿珍不知道她们为什么要笑得那么大。香港当然给你眼泪，香港也给你喜悦，但是为什么要笑过头？

阿芳总是来得最迟，才是傍晚，已经微醺的红脸。

阿珍最担心她，比担心自己还要担心。

弟弟同班同学的家长，总是化浓妆涂大红指甲油戴各种各样帽子的一个家长，阿珍看不出来她是妈妈还是奶奶，真的看不出来，马上就拖了椅子坐到阿芳的旁边。

阿珍注意着她。

阿芳啊，上次说的事情，你想好了没有？妈妈或者还是说。

我去！阿芳说，什么时候？现在？

真的呀？妈妈还是奶奶说，你想好了的，今天晚上就行啊。

不去！阿芳。阿珍说，不是说好了等下放了学要去你家做功课的？

妈妈还是奶奶哼了一声。又不是真的做什么，不过跳个舞，喝杯酒，又有小费。

阿芳不去。阿珍说，阿芳家里还有个小的。

喂，又没有什么损失的。妈妈还是奶奶说，都是老头，又没有损失的，白拿钱。

说了阿芳不去。阿珍站起来。

我是好心好不好？妈妈还是奶奶也站起来，七寸厚底高跟鞋，仍然比阿珍矮一头，我就是可怜你们，我就是太好心了，挣点钱，帮衬家里，有什么不对？

阿珍说，反正阿芳不去。

就是穷得要死了，也不去。阿珍又说。

我是要死了。阿芳说。脸上的红没有褪去，一张嘴，全是白酒的酒气。

一群小孩拥出来，弟弟在最后面，板着脸，不高兴的脸。

阿珍放下了妈妈或者奶奶，也放下了阿芳，迎过去。雨篷下面的姐姐也收拾好了书包，跟过来。

弟弟肚饿不饿啊？吃不吃点心啊？阿珍说。从环保袋里拿出来一袋切片面包。

我要吃肉包子。弟弟说。

阿珍一愣，手和面包都僵在半空。

姐姐的手把面包接了过去，弟弟吃面包，一样的。

我要吃肉包子。弟弟说。

下次吃肉包子。姐姐说，妈妈今天买的面包。

我要吃肉包子。弟弟又说。

妈妈还是奶奶、阿芳的眼睛都看过来，阿珍气得都要昏过去了。

弟弟听话。姐姐说，面包也好吃的。姐姐说完，咬了一大口面包，面包皮掉在地上，姐姐立即蹲下身去捡，纸巾包好，走去角落里的垃圾桶扔掉。

以后再买肉包子，以后。阿珍说，爸爸好起来就买肉包子，情况好起来就买。阿珍竟然开始结巴。

姐姐走过来，手心搭住了阿珍的手背。妈。姐姐说。阿珍合上了嘴巴。一个七岁女孩的手心，搭住了妈妈的手背。

弟弟接过了面包，一言不发，开始吃面包。

阿芳的手臂也攀了过来，潮红的脸，去我家坐坐。

阿芳的家就在佐敦，学校的后面，走过去五分钟，一间劏房，月租三千。

阿芳在等公屋，已经等了五年了。俩公婆，带俩小孩，申请公屋也不是很容易，虽然其中一个小孩有自闭症。

因为这个自闭症小孩，阿芳每天下午都是醉醺醺的。

阿芳喝得醉醺醺，还是要感激政府以后会给的对自己自闭症小孩的关照。

已经在排队了，排到秋天肯定有位置的。阿芳说，都怪我，全都怪我，我就是不肯接受囡囡是自闭症这个现实，我自己问人，问东家问西家，买书看，就是不肯带她去检查，要是早点确诊了，政府才会安排她去特殊学校，都怪我，我太蠢了。

阿珍说，不怪你，你也不懂，谁都不懂。

那本书还放在阿芳的床上，摊开了一半，书皮已经翻得残破。

劏房，就是一间屋，十平米？五平米？吃喝拉撒都在这几平米内，一张床，上下铺，上铺睡小孩，下铺睡大人，床靠墙的那面，堆着所有的家当。拉一根绳，挂毛巾，挂校服，小孩做功课在床上，全家吃饭也在床上。阿珍想到再过几天，自己也要去住劏房，如果老公继续瘫着，如果情况不会好转。阿珍重新环顾了一下这间劏房，这里是香港，刚睡醒的囡囡坐在床上发出了尖厉的叫声。

阿珍翻环保袋，翻出自己的零钱包，上面画着一颗樱桃，阿珍把画着樱桃的零钱包扔给那个正尖厉厉叫的小孩。小孩不再尖叫，零钱包在小小的手心揉搓，喉咙里咕噜的声音，已经是最好的局面。

这才是刚入房的五分钟，阿珍想到阿芳已经五年，日日夜夜，这样的生活，换了谁都是活不下去的。

小孩把零钱包扔了回来，又是尖厉厉地叫。

阿芳面带抱歉地弯腰捡零钱包，地上全是鞋子，胶袋，旧玩具，再也插不进去一只脚。阿珍说，要不，出去玩一下？

不去了吧。阿芳说，囡囡影响别人。

囡囡要出去玩一下。阿珍坚定地说。

囡囡翻身下了床，挪到铁门的外面，来回摇晃那扇门，门发出比她的声音更尖细的声音。隔壁邻居把头伸了出来，阿芳忙不迭地奔到门口说没意思没意思。湖南口音的广东话不好意思，总是说成没意思。

阿芳把囡囡用力地按进儿童车，囡囡更用力地叫。

弟弟已经按下了电梯的下行键，弟弟和姐姐一直等在走廊里，姐姐带着弟弟，安静地等待。弟弟和阿芳家的老大，同班同学，也没有一句话，连打闹都没有，同班了三个多月，仍然像大街上的陌生人。

阿珍有时候会去想，就是大街上的不认识的小孩，一个游乐场里玩几分钟，也会成为朋友的吧？这两个六岁儿童，冷漠得可怕。

弟弟昨天早上又提出来要电脑,大卫就有电脑,阿芳家的这个老大,对自己的自闭症妹妹也当是看不见的,不存在的存在,眼神都没有一个。两个六岁男孩的世界。

等待电梯的时间,漫长得像是没有尽头。好像过渡学校门前的台阶,整个佐敦最漫长的台阶。

早晨6点出门,荃湾到九龙塘,九龙塘到太子,太子到佐敦,走过长长的、大蟑螂尸体横陈的街道。姐姐的蓝裙子,弟弟的白衬衫,黑皮鞋,还有沉重的书包。孩子们跨上台阶,跟阿珍说再见。那是全佐敦最长的阶梯了吗?每天去完医院,安抚完不能动于是控制不了情绪的老公,听医生讲完一堆云里雾里的康复治疗,再带着一包落市的旺角青菜接孩子们放学的时候,那就是全佐敦最长最长的阶梯。

可是,学校的校工也站在那一段台阶上跟阿珍讲过,你不要那么担忧,新移民也可以很争气的,我的仔也是这么大才来香港,可是,他考入了香港大学!

正在扫台阶的校工把阿珍拦在了台阶上,一定是阿珍的脸太灰暗了,一定是阿珍整个人都像要死过去了。校工讲我家也是新移民,我的仔考入了香港大学的时候,阿珍从来没有见过那么好看的一张脸,整张脸都闪闪发光的。

那个时候葛蕾丝也是崩溃的,葛蕾丝总是半夜打电话给阿珍,葛蕾丝的半夜总是崩溃的,葛蕾丝在电话里反反复复地问,我们选这个学校是错的吧?我们耽误孩子了吧?整整一个学期啊都浪费了吧?我们以后会后悔的吧?

阿珍安慰葛蕾丝她也想过对错的问题,她也想过对不对得起孩子,她也后悔过,这是真的。

我就应该直接去国际学校。葛蕾丝的最后一句总是这么结束的,这几个月,就当是过渡了。

就是过渡。阿珍说，小孩要适应香港，大人也要适应香港。

没有什么是会被浪费的。阿珍对自己说，佐敦的路，漫长的台阶，没有什么是会被浪费的。

葛蕾丝说好多谢谢。葛蕾丝说，阿珍你最好了。可是葛蕾丝说，我不吃燕窝的。

等得漫长的老电梯，终于开了门，电梯往下落，吱吱呀呀，阿芳家的囡囡，持续尖叫的声音。

出去玩，其实不过是街心公园的一个小游乐场，一座滑梯，一段单杠，秋千都没有。囡囡已经很兴奋，滑滑梯，重复地滑滑梯，一直，一直，一直地滑。

阿芳说，我老公说的，阿芳啊不是我不爱你了，只是我的眼睛望着你这七年，从拍拖开始，结婚，生了儿子，生了女儿，年轻小姑娘到了现在，唠叨个不停的师奶，我的头都要炸了。阿珍啊，我老公讲我是师奶啊，我才二十六岁。

阿珍平静地说，你就是师奶啊，我们全都是师奶。小黑虫围绕着师奶们的小腿，又像针尖，一针一针刺下去。

阿芳说，我老公说的什么都下垂了，脸下垂了，胸下垂了，肚下垂了，一个快要垂到大街上的七年的老婆，我是真的一点兴趣都没有了啊。

阿珍望着阿芳的脸，那张脸年轻的时候一定也是很好看的，可是找了这么一个老公，那个老公会说出来，一点兴趣都没有了。

阿芳说，我老公不是不爱我了，他说爱情变成亲情了，囡囡又是这个样子，家他还是顾的。

阿珍抬头望了望天，看不出颜色的天，香港的天，就比乡下的蓝吗？阿珍看不出来。

阿珍说，阿芳，你看我包里的青菜都要坏了。

阿芳说，本来就是落市的菜，老了的菜，黄了的菜，还能坏到哪去？

阿珍说，是啊，不能再坏了，我要走了。

阿芳说，所以我天天饮醉，不用面对这个现实。一个地盘做工头的老公，月入两万，老婆孩子住劏房，他自己倒在深圳包二奶，五千块就够了哦，一个二奶才五千哦，他都可以包两个呢。你看这个男人，他讲也不是外面的女人比我多好看，就是如果跟我站在一块，那个感觉，年轻小姑娘的感觉，就是不一样的。

弟弟说，妈妈我要回家。回家吧妈妈，姐姐也说。

阿珍又望了望天，天的颜色仍然很淡，看不出来时间，阿珍站起来说，我走了阿芳，你保重，别喝酒了，至少今天不喝了。

阿芳也站了起来，自闭小孩不停歇的尖叫声中，阿芳说，阿珍再见啊，我查出来得了癌，肝癌。

阿珍也不知道肝癌是这么快的，也不过两个星期，就再也见不到阿芳了。

一个乡下过来帮忙的姨婆，每天接送阿芳家的老大，接了就走，一句多的话都没有。阿芳家的小的，阿珍再也没有见过。

偏偏又是阿珍最忙的时候，每天要跟医生谈手术的必不必要，手术后的一切可能性。最坏就是永远站不起来了。老公说，现在还不是站不起来？

是哦。阿珍说，还能坏到哪去？

做手术！老公说，搏一搏。

签了字，排期的日子，阿珍反倒踏实了。还能坏到哪去呢？阿珍对自己说，再坏也坏不到哪去了。

老公瘫在床上，情绪不好，声线却细了，全家也安稳了。以前有钱有厂的时候，老公的声音都是粗的，骂起来第一句总是你吃我的用我的，靠的我来香港。阿珍听了千遍万遍，早已经找到用麻木来反抗，就当是听不见。

老公在外边有人，但是死都不承认，跟阿芳老公不一样，他一句话都没有。阿珍洗衣服掏到裤袋里只有一个电话的名片，他只说是腰背痛按摩的技师，就是被阿珍捉牢包内层里的神仙水套装，他也咬紧牙关只说是替别人带的。阿珍没有用过什么水，但是阿珍也不是什么都不知道的，天天早上被港铁广告洗眼睛，女艺人吹弹可破的雪白肌肤，靠的可不就是这水那水？黄金水宝石水，也不过是个水，阿珍要有这买水的钱，就给小的多报一个英文班了。香港一年级的英文，阿珍已经跟得吃力，本来以为自己初中里也是学过的，课本拿过来，真的是一个字都不认识，前前后后翻一遍，还是一个字不认得。若不是姐姐懂事辅导弟弟，阿珍就真的要从家用里抠出来弟弟补习的钱。

　　老公给家用甩出来的钱，都是数了两遍的，要从那点家用里再抠出一百文都是不可能。阿珍总是听讲别的师奶炒股票炒楼，挣了大钱，坐在家里，老公小孩都尊敬她，自己的钱找佣人，印尼佣人菲律宾佣人都不要，就要在新加坡做过的台湾做过的会烧中国菜还会普通话的大学生，还找两个，财大就是气粗。

　　省吃俭用从牙缝里抠有什么意思？钱不是省出来的，钱是挣出来的。别的师奶说。阿珍听了动心，可是炒什么都要本钱，老公张口就来，凭你？你懂什么？吃我的用我的。

　　不要本钱的，去教普通话啊，去卖保险啊。别的师奶说，考个证就是太容易了，等到证拿到手，你的身份证也来了，你就可以去上工挣钱啦，去实现你的个人价值。

　　阿珍苦笑，自己的普通话说成广东话，广东话说成普通话，怎么还去教香港人小孩，误人子弟。别的师奶说，怕什么啦，就是你普通话说成印度话，也是香港人的需求，将来的社会是什么社会？将来的社会是普通话的社会，这是趋势，上层阶级，专业人士，英文之外，都要普通话，趋势你懂伐？趋势。阿珍连连点头，趋势。

卖保险的钱更多更快,时间也自由。别的师奶说,现在就可以去卖,都不要身份证的。阿珍说我嘴巴笨,说句话都说不好,怎么跟客户交流?我又是一个香港人都不认得的,我老公从来不跟自己家的亲戚来往。别的师奶说,傻猪来的,香港还有什么客户,都是内地客啊。你要返大陆找的啊。你乡下的亲戚朋友,初中同学,全是隐形客户。

阿珍只是微笑着摇头,别的师奶讲的话,全是神话。落到自己的现实,结婚时候的金银器都已经典当了的,珍藏了几年的燕窝终于也找到了买家,买家的话是难听的,蠢成这样?燕窝这种东西能放这么长时间的?阿珍的脸白一阵青一阵,阿珍是真的不懂,阿珍也没有吃过燕窝,就是以前老公有个小厂的时候,也没有吃过。阿珍只知道燕窝是好东西,阿珍一直以为,好东西就是可以一直放下去的。

帮忙找买家的陈姑娘在旁边连连地说好话,李太就是我们社区出名的好做善事,仁人仁心,也不是真指着这点燕窝来吃。

李太说,做善事呢,是不求回报的,但是陈姑娘你心里头也清楚的,陈货,真的是白送谁谁都是不要的。

陈姑娘说,就是就是,李太就是心善。

阿珍埋着头,咬着嘴唇。当第一枚金戒指的时候很慌张,手抖得票据都拿不稳当,第二枚第三枚,阿珍已经熟门熟路,心里面也真的没有想什么,什么都没有想。

陈姑娘不是学校的社工姑娘,学校社工只管学生,学生的情绪失常,家庭支援。陈姑娘是在旺角的街市认得的,行社中心摆摊,新来港人士课程,进阶广东话,基础英语,收银,家务助理,保健按摩,仓颉输入法。阿珍拎着一袋菜心,停在陈姑娘的摊位游戏前面,奖品是一支圆珠笔,印了中心地址电话的圆珠笔。

陈姑娘热情地迎了上来,热情的广东普通话,邀请阿珍有空没空都要去中心坐一坐，接触接触其他的新来港妇女，真正融入香港社会，成为新香港人。

刚刚做社工不到一年的陈姑娘，热情得像一朵金花。中心里另一位黄姑娘，平淡得多，做久了的社工，都是平淡的。有时候送完孩子们，阿珍真的走过去中心，油麻地、旺角和佐敦的中间，界线都不是很分明的。陈姑娘不在，跟进哪个案，去了哪里。黄姑娘说，坐一下先呢。没有错的句子，听来却很难堪。阿珍跟中心的姑娘们讲过现时的困境，可不可以申请政府的基金？阿珍从报上看到有个及时雨基金会的，阿珍寄希望于这个支援，撑多两个月也好。黄姑娘是资深社工，申请的流程，都要跟黄姑娘谈。黄姑娘站起来，往后边的房间走，阿珍跟住她，都往后边走。走廊里一排摆起来的胶椅，靠住墙角，很旧了的胶椅。

黄姑娘摸出一串锁匙，开了门，走廊尽头的贮藏室，竟然也好大一间。扑面而来，陈了的，有点发霉的气味，倒跟阿珍放到陈年的燕窝气味一样。

需要什么就拿什么，黄姑娘和气地说。阿珍看到好多旧衣服，一袋又一袋，架子上是罐头，过年节的包装，每一样都排得整整齐齐。

阿珍转头看了黄姑娘一眼，黄姑娘鼓励地回了阿珍一眼，拿吧拿吧。

阿珍说，我不需要这个。阿珍说我不需要。

黄姑娘瞪大了眼睛，阿珍看不出来她的表情，阿珍看不出来。

黄姑娘锁门的动作很轻很慢。都是善心人捐来的，黄姑娘说，有人需要。

阿珍不知道说什么好。阿珍只好说，我不是申请综援，我马上就拿到身份证了，我就去工作。

黄姑娘不说话，脸色也很平淡。

我已经报了中心的初级收银员班。阿珍又说。

黄姑娘说，哦。

阿珍等到中午，陈姑娘没有回来，大概是在外头吃饭了。楼下教室有集体舞妇女恒常班，象征性的，五块钱学费。阿珍不去，倒不是学费，也不是没有时间。怀旧金曲，彩环太极剑，这些班，都跟阿珍没有关系的。对于阿珍来说，去工作，就是融入香港社会。

阿珍原本是要跟姑娘说说话的，可是没有说出来的话，就说不出来了。最坏也不能拿综援。阿珍对自己说，香港人会说你对香港没有贡献，倒要过来用我们香港的福利，一辈子顶着这个名，抬不起头。

阿珍就想到了阿芳，阿珍想，如果我能劝住阿芳，叫她不饮酒，阿芳就不会得肝病；阿芳不得肝病，就不会这么早死；阿芳不死，阿芳的孩子们也不会小小年纪没有了妈；没了妈的小孩，全世界最可怜。倒是阿芳过世第二个月，公屋的申请就下来了，还是新起的公屋，什么都是崭新的。阿芳家的小的，也排到一间特殊幼儿中心，每天还有中心的车接送；大的，更是好命地派到了区里最好的小学。阿芳家的乡下姨婆跟社工姑娘说这些话的时候，阿珍远远地站在旁边，说不出来一句话。阿珍替过世的阿芳高兴，心里又难过，新的公屋，阿芳没有住过一天，老大的好小学，阿芳没有看到一眼，老二的特殊教育，阿芳也没有亲见，只是预知了的会给安排好。只是所有的好起来的日子，阿芳都没有享受到。于是阿珍知道，活着的人，要活下去。

忙的日子总是飞快地，到了秋天，老公做了手术，竟然神奇地站了起来，加上理疗，还可以走动几步了。阿珍只以为公院的排队都是要排几年的，阿珍也做了狠吃几年苦的准备，拿到身份证就找了两份工。一份在荃湾，小时工，但是离家近，还有孩子要照应，下了荃湾的工再赶去佐敦。孩子们已经不在佐敦上学了，过渡学校也已经改了名，搬去了九龙城。阿珍找这份佐敦的工，一是近着尖沙咀，到底人工高些；再是阿珍竟是这么熟佐敦的，一个学期，小半年，来来回回地在佐敦的街头奔走，大店小店的开业结业，早晨派头条日报的阿姐站的位置，再也没有比她更熟的了。头条日报，阿珍总是要拿两份，荃湾上车的时候拿一份，出佐敦站的口再拿一份。阿珍也不看，报纸拿在手里，出站左转，第三个路口，离学校台阶还有十米的街沿，坐着一个整理纸皮的老太太，阿珍小心地把两份报纸放在那堆纸皮的上面，老太太总是要抬起头说多谢，可是阿珍实际上也给不到她什么，阿珍总是快步走掉。

　　孩子们政府派位去了传统学校，过渡学校也搬掉了以后，阿珍不再需要在佐敦站出站左转。有一个傍晚，阿珍上工的路，走了神，出站，左转，第三个路口，老太太还坐在那里，双手捧住一个胶碗，盛的好像粥，黑胶袋包住胶碗，一口粥，一口咬不动的渣，吐落胶袋。阿珍走过去，一张二十元，小心地放在那堆纸皮的上面。老太太抬头望了那张二十元一眼，又低了头，继续吃粥，胶袋包住的粥，老太太没有说一个字。阿珍快步走掉，阿珍也没有勇气再往前走几米，再去望一眼那段台阶，走了半年的，整个佐敦最长的台阶。那段台阶上面，葛蕾丝说过我不吃燕窝，那段台阶上面，过渡学校的校工对阿珍说，不要担忧，新移民的仔也考得入香港大学。

　　阿珍再也没有见过那段台阶。可是阿珍记得那个傍晚，渡船街，上工的中西药房，刚打了卡，接到医院的通知，说是排到期，下周就可以手术，阿珍的眼泪才落了下来。

载《十月》2016年第二期

到广州去

一个女人,长得再好,走出来珠光宝气,有什么呢,到底是个二奶。

一个二奶女人,气场倒强大到死,就这么立在校监的对面,漆黑眼珠盯住混了血的棕色眼珠,声音都是强直的,证据呢?我儿子犯了事要受罚,证据呢?同学投诉就是证据了?我还投诉你们呢。

奇怪吧,讲话的方式。

到底是没有丈夫的,被抛弃了的。

养在外面的。

她是听不到这些声音,实际上也没有这些声音。只是现在的人懒了,七情六欲都在脸上。她时时想起过去的人们,还有人情,面纱,心底里的怜悯。

像她的老公,一个直接跟她讲,惠姗要生了,你搬去香港吧的一个男人。

四五年前的往事,竟然已模糊了。

若不是父亲走得早,她会跟他吗?她真是有点不知道。父亲是大厂的老厂长，一辈子清廉，厂里分房子，从来没有伸过手，若不是母亲开了口，最后一次的分房都是没有的。其实已经退了，提拔了年轻人厂长，培养了十几年的徒弟，夜里倒要走去徒弟的家里，开这个口出来。

她在香港的朋友葛蕾丝说这个徒弟忘恩负义，在房子的事情上想难一难师傅？

这倒没有。她摇摇头，只是父亲拿着钥匙，在新房子里转了一圈，当夜就走了，爆血管。新房子没有住过一天。

走的时候也是放心地说，到底家里面的事情安排好了的。

她望着葛蕾丝，不知道说什么好。母亲很快也过了世，这间新村房，给了弟弟结婚，弟弟又离婚。她总不能同弟弟争什么。

他就是有钱，她跟了他。

她也同别人讲，他有多爱她，她单纯又可爱，不知道除了他之外的男人是什么样的，生了儿子，完满了。

可是大婆那边也是个儿子。

都说如果男人更爱女人一点就会是儿子，女人的爱更多一点才是女儿。他是爱她？又爱大婆？

四五年前的往事，模糊了是不能再去回想。如果很伤痛，记忆模糊了也是药。

落到现实，每月几万块生活费，定时又准时，一家深圳的厂，有人管，法人挂着她的名字。

他盘算到连她的名字都不放过。

所有的产业都是他的，却没有一个写了他的名字，她不懂，葛蕾丝也不懂。葛蕾丝说，你们有钱人就是这样的啊。她笑笑，摇摇头。

所以，他给你多少才是多少。

他不给她钱,他给她厂,明知道她是弄不来的,她若是再找人,当是什么都没有了。他没有明着说,她也没有想过再找人。

一心把儿子养大,她只操这个心。

她没有想过再找人。

香港生活平静,吃饭睡觉,儿子慢慢长大。

只是投资移民投的一层楼,空空荡荡。厅里摆了大梳化,红木家私,还是空荡荡,睡房里的大床,空荡荡。要叫她把这空空荡荡的一层楼换成小公屋挤在一起的热闹,她又是不情愿,她是怎么都不要回去了的,她也是回不去了。就这么空空荡荡。反正也是一转眼,什么都是瞬间。不去想明天,明天就是儿子长大。

他不算是再找的人。小时候就见过,第一面好慌张,她跑出他家院子的时候,依稀觉着他在看她,她是顾不得了。十五六岁的年纪,怎么会不慌张?

第二面就是她已经跟了人生了小孩,隔了七年。他仍是只看着他,稀薄的嘴唇,都没有一句话。又过了七年,他才突然说我爱你。

之前的电话,QQ,微博,微信,都是没有话的,普通朋友中最冷清的那一种,我爱你那三个字私信传来,她的眼泪涌出来。

葛蕾丝说,你问问他现实是什么,一年一面,今宵欢乐多是吧?

她说,可不就是今宵欢乐多。

葛蕾丝说,婚外情都是十三点。

她说,我也算是婚外情?

葛蕾丝说,哎。

她说,婚外情也只是个阶段性快乐,还是要回来。

葛蕾丝说,人生就是来来回回。

葛蕾丝是儿子同班同学的家长,葛蕾丝的小孩很安静,她的小孩也很安静,两个安静的小孩。

她说，我也是一个女人啊，我会沦陷啊，我又不是神。

葛蕾丝说，可是男人都是一样的，无情。

无情。像一记耳刮子，直接括到她脸上，她低了头。

我这么大年纪了，折腾我作孽的。她说，你知道我有多绝望，天都是不会亮的，只好去死的那种。

葛蕾丝说，哎。葛蕾丝说，你多大啊？有的人三十岁才开始。

我要爱一回。她说，我要去爱一回。

去爱。葛蕾丝说。

葛蕾丝，我同你讲，他打动我因为他讲，我们好像结过婚一样。

痴女人。葛蕾丝说。

葛蕾丝能够成为葛蕾丝，是因为葛蕾丝不会对她说，你去信佛啊，你就放得下执念了。

葛蕾丝说，你就去爱吧，死啊死啊就死习惯了。

老公从来不来香港，她过年的时候带儿子回去，每回去一次就是苦。往年要睇大婆的脸色，今年怕又有惠姗的脸色。

从没敢想过不去，想都是不能想的，她只敢想过，若只是香火，有了两个儿子，又要了惠姗，他只是好色。爱她的话，她拿来骗别人，也拿来骗自己。

知道惠姗那边是个女儿，她也是轻出了口气的，可是谁知道以后不会出来惠娴，惠淑。老公，不过是个陌生人。他的本事。

有时候一个电话也是要过去，都不是什么事情，要她这么赶一趟。

她是空的，两个工人，一个专管儿子，吃饭穿衣，学校的接送，补习班，乐器课。老公定下的工人，还找家里的算命师傅看了工人的面相，挑到第四个才定下，这个工人是只管儿子的，别的不用做。香港的工人就是便宜。

她是空的，却不愿意飞一趟去见老公，她已经是讲一句话都要斟酌，说错一个字都令他暴怒，她只有沉默，老公说什么，她都是沉默，垂眼低眉，低到土里去。

过了三十岁，眼皮都耷拉下来了，她想着回香港的时候要做一下。

她并没有旺到老公，也是算命师傅看过的，他的生意总有些小波折，他要她搬去香港，是投资，也是命。

她在香港。

茶不能天天喝，她是真喝到呕了，脸也不能天天做，她的时间多到她自己都厌。

有一阵子学香港人行山，断食，想要活久一点，陪伴儿子的时间多一点。又想，何必活那么久，这一生已经厌到了头。

儿子从学校回来，离傍晚的课还有两个小时，吃着茶点，划拉着手机，同她也是没有话的，她也没有问题问他，是她先厌了的。他的眼神凉，她是一早凉了。

她有时候去书店买书回来看，看会子书，能叫整日整夜开着的电视停一会儿。她不去图书馆，很多旧书，老年人，压抑的地方。

香港书店只是亦舒，张爱玲，好像慢了几个年代。

十五六岁的女孩，春天的晚上，后门口，桃树下，对门的年轻人，一面，一句话，你也在这里吗？千万人之中遇见的人，千万年之间的一个瞬间。

坐在家里哭，好过坐在图书馆里哭，香港的图书馆，全是看报的老年人，老年人没有表情。

他过来广州开会，她问他来不来香港。他讲不好随便过来，要审批。

你来。他讲，你来广州。

我为什么要去广州？她说，我从来没有去过广州。

你知道的，我本来不是一定要来广州的这个会，你知道的，他说。

老公突然来了香港，她去广州的前夜。

她打电话给葛蕾丝，葛蕾丝说，两个小孩在打球，功课做完了，下楼打个球。葛蕾丝说，怎么了？

她犹豫了一下，说，我老公过来了，想看一眼儿子。

葛蕾丝说，哦，那我现在去叫他们。

她把电话换了个手，转头望了一眼老公，老公的手还扶着行李箱，她不知道他今夜是住还是不住，她不知道。

快点，葛蕾丝。她说，叫我儿子快点跑过来。

葛蕾丝的屋苑与她的屋苑隔了一个天桥，他们讲她的楼是投资移民楼，她完全不觉得是冒犯，豪华会所，豪华游泳池，金碧辉煌，住的也全是投资移民，每一个女人都是厚底高跟每一个男人都是标准的普通话，要到一年以后，有一些高跟长裙会换成球鞋牛仔裤，有一些标准普通话会变成略不标准的广东话。然后又会到来一批新的移民，新的高跟和新的普通话。香港就是这样的存在。葛蕾丝家的楼倒是摩登的，立在会所前面的装置，花园里的雕塑，每座楼里挂的画，全是真迹。葛蕾丝笑着说其实都一样，全是投资移民，披一层艺术的皮。

老公坐到梳化上，行李箱靠住沙发边，没有打开。

深圳厂我给惠姗了。他说，跟你说一声。

她说，哦。没有抬头，看不到他的脸。

走了。老公站起来。

她慌张，这么急？

老公停了一下，说，嗯，走了。

电梯下到底层，出了大堂，葛蕾丝正带着两个男孩过来。

她看了一眼葛蕾丝，葛蕾丝看了一眼她。

儿子也低着头，很轻的声音，爸。她也看不到儿子的脸，他低着头。身量竟然跟老公差不多高了。

用功念书。老公伸出手轻按了一下儿子的肩膀，说，走了。

她送他到车库，月白衬衫，棉麻拖鞋，空旷的车库，听得到老公皮鞋的声音，一下，又一下。她低着头，仿佛又看到老公皱了眉，略带厌恶的表情。

我没有给你钱买衣服吗？他说。

出来得急。她又开始慌张，下次我会当心的。

太素。他又说，什么都没戴。

在的在的。她慌张到结巴，怕丢了，一直存在床头柜里的，一直。

看着老公的鞋停了下来，鞋尖转了过来，她有点喘不来气。

再等等。他说，给你注册个香港的公司，不用再跑深圳。

她更慌张地点头，涨红了脸。

老公的车开出去，她的脸才凉下来，眼泪也掉下来。

上到地面，葛蕾丝还等在那里。

孩子们都自己回家去了，葛蕾丝说，一起喝杯咖啡？

不了。她冷淡地答，我也回去了，还有事。

你还好吧？葛蕾丝说。

谢谢你。她说，其实你不用赶过来的。

对不起。葛蕾丝说，我就是好奇。

那你终于看到了？她说，我老公就是长的那个样子。

挺好的呀。葛蕾丝说，真是一点都看不出来大你二十岁，自我要求高啊，保养得这么好。

— 211 —

她有点不想生葛蕾丝的气了,她一直没有办法生葛蕾丝的气,这个女人总是一副有情有义没心没肺。

身体素质肯定也特别好。等咖啡的时候,葛蕾丝又笑嘻嘻地说。

她沉了脸,说,是啊,已经有第四个了,还是学校里的学生。

轮到葛蕾丝说不出来话。

我明天去广州。她说,葛蕾丝,我要去广州。

她没有赶上网上预订的火车,因为没有身份证。不知道什么时候丢了的身份证,用时才想得起来。她只有护照,护照要去窗口拿纸质票。但她在深圳北站的窗口排队的时候,车已经开走了。

先是排在自动取票机的队伍里的,有人来问她,是不是去广州?一个光头,话是对着她说的,眼睛却望着远处的远处。

她说,是啊,我去广州。她想的是我的脸上真的写了去广州三个字吗?

光头亮出他的名片,又收回去,她只望见上面写着一行字,深圳－广州。

多少钱?她问。她知道她是有点赶不上她的火车了。

一百。光头答,上车即走。

真的吗?她说。

光头不耐烦地到处望。

只要一百吗?她说,我买张火车票也一百啊。

突然出现了另外一个光头。

不要烦,给她到前面买张高铁票算了,后面出现的光头说。

我没有身份证。她说。

两个光头突然都消失了,她话都没有说完。

她使劲找他们的背影,全都是人,每一个人都长得一模一样。

她的队伍一丁点也没有移动,每一条队伍都没有移动。她看见旁边的队出现了一个戴红袖套的人，红袖套上一串黄字，有爱有心，好多人围绕着那个红袖套。她就对她后面的人说，对不起请帮我留一下我的位置好吗？后面的人没有说话，她离开队伍的时候只记得他长了一张完全没有醒的脸，那张脸在她说了请帮我留一下我的位置以后好像醒了一下。

她往红袖套那挤，红袖套正在指导一个从来没有见过取票机的群众如何取出票来。红袖套很耐心，细致地解释每一个步骤。

你想干什么？有人伸出手，拦住了她。第三个光头，是的，又是一个光头，你转来转去的到底要干什么？！

我要取票。她说。她又看了一眼红袖套，我想问问他护照怎么取票。

更多的人围住了他们，光头的手固执地伸长着。不在这。光头说，这没有。

那我去哪？她微弱地问。周围的目光快要让她昏过去了。

那！光头手往远方一指。

她终于放下了红袖套，往光头手指的方向走过去。她没有回头，但还是感觉得到他的目光，后背灼热。她突然意识到他是把她当作了黄牛，她想着回一下头，告诉他她不是，但是她没有时间。她只好继续走，没有回头。

在她还排在窗口的时候，车开走了。

她的后面是没有醒的脸，她的前面是没有醒的脸，她的旁边是一个一手举美国护照一手举手机的中年男人，谁的队伍都没有移动。

为什么不在网上买票呢？十五分钟以后，她对她前面的女人说，那个女人长了一张印度尼西亚的脸。

因为网上买不到票了。印尼女人回转头，认真地答，我们一直在刷手机。

网上没有票了，窗口就有票？她说。

也许会有呢。印尼女人侧着头，认真地想了一下说。印尼女人的同伴手里抓着两个手机，在女人们对话的间隙，他看她一眼，又看她一眼，不停地点刷新键。

完全不移动的队伍。

因为是周末，印尼女人说，周末就是这样的。现在是上午9点，但是只有傍晚的票了。而且网上还购买不了，显示的全是余票不足。

她疲惫地笑了一下，换了一个姿势站。她穿着高跟鞋，因为要到广州去，她穿了一双高跟鞋。

她的目光越过了印尼女人和她的同伴，队伍的最前面，整个人都趴在售票窗前的瘦小男人，像一摊橡皮泥一样。她想起了她的童年，手肘总是越过课桌中线的同桌，小时候巨大的烦恼，现在看起来，真的不算是烦恼。

一张票都没有了？真的没有了？一张票都没有了？真的吗？站票呢？站票也没有了？

一张票都没有了？是真的吗？是真的吗？是真的吗？什么票都没有了？

瘦弱的橡皮泥男人反复地追问。

一张票都没有了。真的没有了。一张票都没有了。这是真的。站票也没有了。一张票都没有了。是真的，这是真的，全部都是真的。

窗后的售票员礼貌地反复地回答。

她注意着他们的对话，快要到队伍的终点，每个人都是紧张的。

滚！她后面的人突然喊了出来。

她没有回头看后面的人，她只看到橡皮泥男人拿出了电话，开始打电话。

售票员离开了座位。

也许只有三分钟,却好像三年那么长。橡皮泥男人仍然在打电话。售票员回到了她的座位,她请他往旁边挪一下。他往旁边挪了一下。

印尼女人和她的同伴靠近窗口,只问了一个问题,一句话,她完全没有听到他们的声音,她只听到售票员说没有,他们立即就离开了,他们从队伍中撤离了出去,一秒都没有逗留。

美国护照从旁边的队伍插了过来。一手护照,一手手机,一个巨大的双肩包。他把手机和护照都贴到了玻璃上,玻璃后面的人请他到别的窗口去。护照取票怎么会在我这个窗口呢?她反问他。他也立即离开了,一秒都没有逗留。一切都发生得太快,但是足够她决定买一张新的票。

没有。售票员说,上午的票一张都没有了。要么下午三点。

她捏着下午的票离开窗口,橡皮泥男人还在打电话,她从弯曲的两条队伍的中间走出去,她知道她的脚跟已经破了,她顾不上去想自己为什么要穿一双从来不穿的高跟鞋。

过了安检,她的左边是一条队,右边也是一条队,两条队都在检票。她走去左边的队伍,去广州?她问。去广州,末尾的人答。于是她没有再去右边的队,她跟住这条去广州的队伍,慢慢往前走。

没有座位的。检票的人说。

她说她知道,她只是想早一点到广州去。检票的人放她进去了。

没有座位的。列车员说。

她说她知道,她只是想早一点到广州去。列车员也没有再说什么。她背靠住车门,车厢与车厢的中间。

脚痛得厉害,但是她顾不上了。深圳到广州的四十分钟,她确实也没有想什么,她不知道她要想点什么好。

被转卖，做妾，又经过许多事的女人，见到小时候见过的人，一句你也在这里，是爱。她想的全是这个。

下车前，她给葛蕾丝发了条微信：我到广州了。

出租车的标识全是乱的，她的高跟鞋，走到这里，又走到那里，哪里都画着车，哪里都没有车。

要车吗？有人跟住了她。

她停了下来。车在哪？她问。

就在这。

哪？她说，我看不到车。

不就在这？

她继续往前走，很小的一个出口，暗沉的茶色的窗，她望见外面停着一排车。她往那扇很小的门走。

一百！跟住她的人说。她往小门走。

八十！跟住她的人说。她出了小门。

没有人会打表的！跟住她的人最后喊了一声。

她排在等车的队伍里面，其实也没有什么人。有人上了车，车往前开了三米，人又下来了。有人从后面超过了她，直接上了一辆车，车就开走了。

打表打表！一辆车停在她的前面，司机把头伸出车窗，上车了啦，打表。

她上了车。

你们为什么都不肯打表呢？她说。

我们排个队容易吗？司机反问。

她闭上了嘴。司机问她每个月赚多少钱她当没有听到。

看你的手机就知道你有钱啦。司机又说。

她皱着眉，一句话都不说。车窗外面，树和桥，都不陌生。

她竟然有些眩晕。

这是她第一次去广州，毫不陌生，像是上辈子来过似的，就是他说的，我们上辈子结过婚的。

前生去过的地方，今世会眩晕。

电梯里四面都是镜子，她却看不到自己的样子，她开始发抖，一定是太冷了。

黑色的门，她摁下了电铃。没有人开门。她摁了第二遍。

她的世界都爆炸了，他戏弄她？这个十五年前的爱人。

门开了。

就像电影里一样，他刚刚淋了浴，头发还是湿的。

她慌张到说不出来话。

她绕开了他，径直往窗口走，窗外是广州的街道，当然与香港很不同，可是她看不出来什么不同。她什么都看不到，她只是望着窗外。

他也没有话，只是望着她。

她坐了下来。

喝什么吗？他说，我带着茶，我总是带着茶。

好吧。她说。

见第三面的男人，完全不觉得陌生，她相信了前世今生的话。可是又不觉得亲切，她坐得拘谨。这十年，除了老公，她从没有跟一个男人吃过一次饭，更不用说，单独的一个房间。

他递给她一杯茶，炎热夏天，一杯热茶。

一句话都没有。大概是因为微信把话都说光了。

应该去接你的。他说。

不用不用。她慌张地答，外面的车也进不去火车站。

他笑了一声。她低着头，不敢看他的脸。依稀觉得他的模样，还是十五年前。

什么会？她只好说。

什么会。他说，也不是什么会。

我的意思是，你是做什么的？她说，我都不知道你是做什么的。

他笑了一笑。

她在微信里问过他为什么这些年都没有找过她，他都没有答。

要不要出去吃饭？他说。

好吧。她说。

他夹给她一筷菜，她哭了。

他惊讶地望着她，她说好像我们结过婚一样。

他笑了一笑。

后来他抱住她，她一直在发抖。

你是爱我的吧？她问。

你害怕吗？他答。

我不怕。她坚定地答，她在想她的爱还是自由的。

可是他试图进入她的时候，她推开了他，完全没有犹豫。

他没有笑，他说，这样就没有意思了吧。

你去广州做什么呢？葛蕾丝在微信里问她。

不做什么。她复她。下午三点，她已经坐在广州火车站，穿着一双酒店的拖鞋。脚跟和脚趾的新伤，每走一步都是剧痛，拖鞋没有减轻伤口的痛苦，可是她穿了一双拖鞋。她用左手提着她的高跟鞋，她已经有了经验，买任何一班车，可以上任何一班车，只是没有座位。

葛蕾丝的电话跟着打了过来。

你哭了吗？葛蕾丝说。

她没有说话。

你为什么哭呢？葛蕾丝说。

她说，我没有哭。她也真的没有哭。

我为什么觉得你在哭呢？葛蕾丝说。

刚才吃饭的时候，她说，有人给我夹了一筷菜。

葛蕾丝没有说话。隔了一会儿，葛蕾丝说，你知道吗？我结婚十年以后，第一次独自出门旅行，因为别人帮我提了一下行李箱，我说了谢谢，我不知道我说了多少谢谢，我自己不知道。那个帮了我的陌生人对我说，女士，请你不要再说谢谢了，你说太多谢谢了，你是一位女士，你的谢谢有点太多了。

我没有哭。她说，真的没有。

我在口岸等你。葛蕾丝说，一起喝杯什么。

她穿着酒店的拖鞋，广州南到深圳北，深圳北到福田口岸，火车和地铁。她没有表情。她也什么都没有想，她想的也许是一双拖鞋的旅行，从广州到深圳，马上又要到香港。地铁直接到了福田口岸的地底，她顺着人流进入一部透明电梯，她是最后一个，她不应该进那部电梯的，可是她进去了，最后一个，门的位置。

电梯到二楼，很多人要出去，每个人都撞了一下她。她拎着她的高跟鞋，沉默地接受那些撞击，然后侧身，沉默地把自己藏到电梯的最里面。她想起了童年时同桌的小刀，因为她的橡皮过了线，同桌用小刀把那块橡皮切成小块，一小块，一小块，破碎的橡皮，再推过线，还给她。她想过橡皮是会痛的，橡皮真的会痛吗？

你就不能先从电梯里出去吗？挡着个门，你死的吗？一个声音冲着她说。

她吃惊地抬头，电梯里还有两个人，一个女人和一个男人，戴眼镜的女人，头发竖起来的男人。那个男人正瞪着她，你死了吗？

你说什么？她慌张地望着他。

我叫你死出去！男人用吼的。

她愣了一下。你怎么可以这么对待一个女人？她更慌张地说，你是男人吗？

你是人吗？男人反应很快地说，脸快要凑到她的脸上。你是人吗？

好样的儿子！戴眼镜的女人急促又欢快的声音。

她才注意到这个女人是这个男人的母亲，这个打扮得很得体的母亲说了一句，好样的儿子。

她说不出来话。

你是人吗？那张年轻男人的脸离她更近了一些。她慌张地后退了一步。太棒了儿子！母亲的声音。

这里是深圳吗？她无助地四围看，如果是香港，她想到她还可以报警，可是这里是深圳。

深圳是这样的吗？她喘不过来气，语无伦次。

那你不要来深圳啊？年轻男人的声音像是要炸开来，谁叫你来深圳的？滚！

儿子你就是太棒了！母亲的声音，声音已经在电梯的外面，那个滚字是在电梯门关上的瞬间滚进来的。她愣在那里，电梯又往下落，她伸出手，想去按开门的键，一时找不到那个键，她乱了。她想的是她要盯住那对母子的眼睛，告诉他们，深圳不是他们的。但是没有，她没有找到那个键，电梯又落下了地铁。

尖东以东

陈苗苗有一只猫，直到她找了一个有一只狗的老公。

当然陈苗苗也很爱她老公的狗，只是猫狗不和，陈苗苗的猫只好留在娘家，陈苗苗和老公还有老公的狗生活在一起。

每个人都不看好陈苗苗的婚姻，因为她比老公大了六岁，70后和80后的差别。

但是80后猛烈地追求，用的全是80后的招式，乱出，完全没有套路的，70后招架不住，结婚。

婚后第六年，陈苗苗和老公来到香港找我玩。

诚实地说，我跟陈苗苗实在不熟。我们也吃过几次饭，但是说也说不到一块去，比如她说的全是猫，我还想说些别的什么。

她说，现在的人有多残忍，杀猫杀狗，吃猫吃狗。我说，我不吃。

她说，我有一群志同道合的好朋友，大家每天都救助流浪猫。我说，这也得有空，我就经常没有空。

陈苗苗的老公在旁边鄙夷地笑了一声。

陈苗苗的老公刚刚买了一条新皮带,就是那种巨大英文字母嵌在肚脐眼下方的皮带。陈苗苗的老公手往上举,我们就会看到那些字母,这一次是个H。

我要买一双有翅膀的最潮的运动鞋。陈苗苗的老公说。

那得去旺角,朗豪坊。我说。

那就去朗豪坊。陈苗苗的老公说。

我带着陈苗苗和陈苗苗的老公去了朗豪坊。那双有翅膀又有黄金边的很潮很潮的球鞋吓到我了,我从来没有见过那么丑的球鞋。

我说,陈苗苗,你老公的脚是黄金的吗?他要这双鞋。

就是这样的。陈苗苗说,就是这样的,他要这双鞋。

这可是限量版的。陈苗苗的老公说,太便宜了,大陆可贵了,还没有这个款。

我注意到信用卡是陈苗苗的。当然对于一对结婚了六年的夫妇,信用卡是谁的都不应该被注意到。他们俩是一起的。

我们下星期去日本旅行。陈苗苗说,去完香港就去。

回来的路上,我们经过了玩具反斗城,陈苗苗的老公给自己挑选玩具的间隙,我和陈苗苗站在玩具反斗城的门口聊了一会儿。陈苗苗说,那些混蛋,又在我背后说我。

我看了陈苗苗的老公一眼,他已经在胳肢窝下面夹了两盒变形金刚,我敢说那是全香港最大的两盒变形金刚。

又说你什么?我说,你老公想过没有,那两大盒东西怎么塞得进你们的行李箱。

拎在手里好了。陈苗苗说,你知不知道,他们有多混蛋,他们每天都在背后说我。

好吧。我说,可是一个三十岁的男人,为什么还要玩变形金刚?

他又没有别的爱好。陈苗苗说,他只跟他的朋友们一起打打篮球，玩玩玩具。

你们有了小孩就好了。我说，你老公就不会玩玩具了。

没有小孩。陈苗苗说，他不能生，看了医生，我婆婆还叫我看医生，医生讲是她儿子不能生，她都闭不了嘴。

我不知道说什么好了。我只好说，会好起来的。

吃药。陈苗苗说，现在在吃药。

以后会有小孩吧？我小心地说。

谁知道？陈苗苗说。

我可以把这两盒放你家吧？陈苗苗的老公说，我还想要去尖沙咀买一块表。

到处都是表店。我说，这就有一排。

可是我只要那一款。陈苗苗的老公说，我的朋友告诉我，只有尖沙咀的一家表店有。

我看着他。好吧，我说。

陈苗苗没有去尖沙咀，陈苗苗跟着我回家。

漫长的港铁，我什么都不想说。陈苗苗说，那些野猫并没有妨碍到他们啊，他们就是太坏了。旺角到九龙塘，挤到脸贴着脸，我看得清楚陈苗苗眼角的细纹。

任何生命都有存在的意义，就算是小小的生命，都有小小的存在的意义。陈苗苗又说。

我什么都不想说。

是吧？陈苗苗说。

为什么不买个眼霜用用呢？我说，你看你那么干。

我从来不用那些霜啊水啊的，我也从来不化妆。陈苗苗说，我老公还总给我买名牌包包，我都是不用的，他还生气，问我为什么不用，我就是不喜欢名牌啊，我就喜欢用环保袋。

我看了一下陈苗苗的包包，我觉得那个包包一点也不像环保袋。我说，那你老公为什么那么爱名牌？

还不是他那些打球的朋友，那些富二代。陈苗苗愤怒地说，他们把他带坏了。

他们今天换块表，明天又换一块表，他们打球就穿那些奇形怪状的鞋，他们可以天天换啊，那些真正的富二代，他也跟着他们，混到他以为自己也是富二代。

他不就是富二代吗？我说，你们俩这么有钱。

多有钱？陈苗苗警惕地看着我。

比我有钱。我说。

又不是他的钱。陈苗苗说，也不是我的钱，我爸妈的钱。

你老公在外面有人吗？我说。

大围转乌溪沙的铁路，下午的阳光斜照到车厢，我对我的女朋友陈苗苗说，你老公在外面有人吗？

陈苗苗的眼睛瞪得好像一只猫。

没有。陈苗苗说，肯定没有，要有我就跟他离婚！

我说，是吗？

是的。陈苗苗说，肯定没有。

别放在心上亲爱的。我说，我就是这么一说，很多时候我说话不经过大脑的。

没关系。陈苗苗说。

陈苗苗和老公离开香港以后就离婚了，他们没有去日本。

那块表呢？我问陈苗苗。

砸了。陈苗苗回答。

不是吧。我说，你忘了咱俩为了那块表的付出？

陈苗苗的老公买了那块表以后，吃饭都不定心了，他时时把他的左手腕亮出来，左看右看，唉声叹气。

你觉得怎么样？他突然把他的手伸到我的面前。

还好。我说。

我真的太喜欢了。陈苗苗的老公说，我太喜欢这块表了。他的大拇指在表面上来回地摩擦。

保证书放放好。我说，过两年再拿回来保养。

什么保证书？陈苗苗的老公停止了抚摸他的表。

这块表的保证书啊。我说，好像它的出生证明一样。

陈苗苗的老公开始翻他的包包，所有的东西倒出来，那是一个男士用的，LV。

哎，LV耶，我说。

陈苗苗生气地看了我一眼，就是他这个包，让我成了一个大笑话，他非要用这个包去上班，他非要。

是的，陈苗苗和老公，是同事。这一对夫妻已经同进同出六年了。

我跟他讲，我自己不用名牌，但是没有反对你用，你可以在假期的时候用啊，你可以出去玩的时候用啊，你为什么就要用着它去上班呢？

陈苗苗的老公没有顾得上说话，他的头都没有抬一下。

找到了找到了。他翻出一张纸。

我说，这是收据啊，收据又不是保证书。

陈苗苗的老公忽地站了起来。现在去尖沙咀！他吼。

吃完吃完。我说。

陈苗苗愤怒地望着他，脸都通红了。

亲爱的亲爱的，我们再去一下尖沙咀嘛。陈苗苗的老公搂住陈苗苗的肩膀。

我只好别转头，我的另一面是一面墙，很不平滑的墙面。

我有点心疼陈苗苗，她穿了一双高跟鞋。我们走在尖东站的地底下，她的鞋跟每一下都在敲打着我的心。我经常在爬山的时候看到穿高跟凉鞋和连衣裙的女人，我经常心疼她们。是的，我有时候会离开香港去爬山，深圳的莲花山，广州的白云山，惠州的道风山。这些山上，全都爬着穿高跟鞋的女人们。

我心疼我的陈苗苗，在这之前，她的老公已经停留在一个小商场的表档，他试图估计一下他那块表的价值。

我们在小表档的周围徘徊。陈苗苗的老公说，你去，你去问他要不要收购我的表，多少钱？

我看着他。我说，好吧。

表档的师傅坚决地说他又不是收表的，他只是修表的，换电池的。

我看了一下那些表，八达通表，儿童表，电子表，亮晶晶，他确实只是一个修表的。

我陪你去尖沙咀。我说。

在这个表档之前，我们已经停留在一家金铺的前面，陈苗苗的老公说，你去，你去问他们哪里有收购名牌手表的，我想他们看一下我的表，我担心我的表是假的。

站在金铺门口的香港先生用很硬的普通话说他不知道，香港人说起普通话来都是很硬的，不是他们故意的硬，广东话自己都是很硬的。

是吗？我说。我用很硬的英语说，是吗？

那有一个表档。他的手往远方一指，也许你们应该去那看看。他用更硬的英语说，香港人说起英语来也都是很硬的。

表档的师傅说，他只是一个修表的。

我陪你去尖沙咀。我说。

如果算上这一次的话,这就是我住了七年香港的第七次去尖沙咀。我跟在他们的背后,他们只去过一次,两次?他们倒比我还熟香港。

我从后面看着他们,陈苗苗的老公高大威猛,腰间有一根H,手里有一个LV包包,鞋是带翅膀的。陈苗苗棉麻长裙,环保袋,素颜,直长发,一切都是80年代的,我是说,80年代的香港电影,那种80年代。如果不是人多,我会在尖沙咀哭成狗。

电梯上去,地铁站旁边的一家表行。我说,是这家吗?

陈苗苗的老公说,不是。

那么是哪家呢?

陈苗苗的老公说,忘了。

但是,陈苗苗的老公说,我们可以进去这一家表行问他们我的表是不是真的,值多少钱。

我看着他,我说,好吧。

表行的职员恭敬地把那块表迎接了进去。

那块表被放在一个黑丝绒垫子的盒子里,雪白的白手套。

绕来绕去的对话以后,请原谅我出于羞涩及遗忘无法复述那些对话,我只记得我和陈苗苗一直在避免自己被视作土豪。她都要哭出来了。

表行的职员用十分流利的普通话说,其实你们一进来我就知道你们想要什么。

但是我是不会告诉你们这块表是不是真的,我更不会告诉你们它值多少钱。他笑着说,我不能。

那是一张见过了最多游客的脸。奇怪的是,那张脸上看不到一丝香港的痕迹,我竟然有点喜欢那张脸。

那些混蛋。陈苗苗说，他们把猫弄死，尸体放在我的办公桌上。

我累到什么都不想说，所以我假装我没有听到这一句，尸体放在桌上。

陈苗苗睡到半夜，起床喝水。这个时候，陈苗苗的老公一般是在电脑前面打游戏，陈苗苗的老公又没有别的爱好，打个球，玩个乐高，打个游戏。

如果这个时候有一场地震，陈苗苗肯定是在一分钟前预感得到。

当然没有地震，只是陈苗苗在经过她老公的时候，老公关闭了所有了的窗口。实际上陈苗苗也不是很确定是这样，陈苗苗睡得半醒，眼睛都没有全睁开。

所以，陈苗苗在喝水的这个片刻，还是没有什么感想的。直到陈苗苗的老公搂住了她说亲爱的亲爱的，我又没有做什么。陈苗苗突然醒了。

他们都骗我。陈苗苗说，那群混蛋。我还带夜宵去他们的球场，请他们吃。

我也睡得半醒，半闭着眼听她的电话。

现在想起来，他们看我的眼神真是诡异啊。陈苗苗说，他们怎么还笑得出来。

因为他们是80后。我搭了一句，还有90后。

那个女的就是90后。陈苗苗说。

她看上你老公什么啦？我说，又老又丑，又穷。

所以他要穿名牌啊，买名表。陈苗苗说，90后就以为他有钱。

球场是他的吧。我说，我要是小姑娘，也以为他有钱。

我的。陈苗苗说，我的。

有意思吗？我说。

他昨天还跟我讲要换车。陈苗苗说，他讲要换一百万的车，几十万的车开出去不嫌寒酸?

我都是港铁。我说,港铁开出去不寒酸。

陈苗苗轻轻地笑了一声,竟然笑得跟她老公一样。

他昨天还跟我讲换车。陈苗苗说,他通着奸,还跟我要车。

你有证据吗?我说,要是还没撕,现在去收集他通奸的证据,保护你自己的财产紧要。

撕了。陈苗苗说,家里一塌糊涂。

那两盒乐高呢。我停顿了一下,说。

什么乐高?陈苗苗说。

那块表呢?我又问。

砸了。陈苗苗回答。

不是吧?我说,你忘了咱俩为了那块表的付出?

我接下来的日子不好过。陈苗苗说,这个婚会离得很艰难很漫长。

陈苗苗的离婚用了三个星期。

再找个小姑娘。婆婆安慰陈苗苗的老公,这六年不容易,离吧,赶紧离。

陈苗苗的老公说,我要一百万的车。

他不想离。陈苗苗说,他自己是不想离婚的。

我知道他不想离。陈苗苗说,全是我公公婆婆的主意。

他自己是不要离的。陈苗苗说,我知道的。

我不说话。

有一些我也认识的混蛋已经告诉我,陈苗苗的老公,呃,前夫,又婚了。我不知道陈苗苗知不知道,因为她还在跟我讲,他不想离。

90 后已经跟了几年了。富二代混蛋们说,天天晚上打球的时候都在旁边。

这个事吧。就是太，好，玩，了！富二代们说。

我不生富二代的气，我生陈苗苗的气。我生气是因为我好不容易回趟内地，约陈苗苗吃饭，她会拒绝我，因为她要准时回家做晚饭，老公吃好了去打球。

你们家这么富，为什么不在外面吃？我直接说。

因为是一个家。陈苗苗振振有词，每天回家做晚饭，吃晚饭，就是一个家。

你看你看，对于一个70后棉麻长裙来说，家就是每天回家吃晚饭。所以她离婚了。

90后知道他离婚没钱了，为什么还要结婚？我问那群打球的混蛋，90后傻的吗？

因为肚子里有小孩了。他们说。

谁的？我说。

谁知道是谁的。他们说。

多好。婆婆说。有小孩了。离婚，再结婚，赶紧的。

怎么可能是他的？我跟陈苗苗说。

是谁的有什么重要？陈苗苗冷笑，只要是个小孩。

你也终于可以生你自己的小孩了。我小心地说，这次找个对的。

我不去想那些。陈苗苗说，我只要上好我的班，做好我自己的工作。

你怎么还能够去上班？我说，见了面多奇怪。

我为什么不能去上班？陈苗苗说，我偏要去。倒是他，每次都躲着我。有一次在食堂门口迎面碰上，他居然转身跑了，他真的是跑的哦。

我笑不出来。

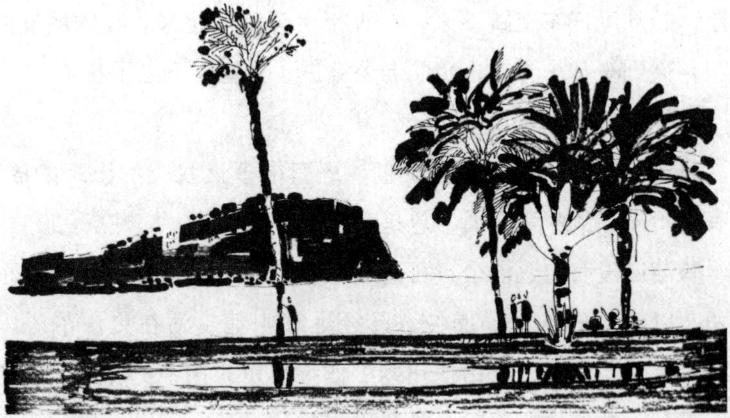

我小时候有一个朋友，非常恩爱的夫妻。有一天老公突然走到寺里去出家了，衬衫都没有带走一件，当然出家人也不再需要衬衫了。她再也没有见过他。直到有一天在街上迎面碰上，那个穿着看不出颜色袍子的和尚，就别转头，在大街上奔跑了起来。我的朋友站在街头，笑了一整夜。

我笑不出来。

我小时候还有一个朋友，结婚的第二天老公就有了外遇，不回家睡觉，还找来找去找不到。我的朋友一到傍晚就来找我陪她一起找老公。直到有一天在街上迎面碰上，她的老公坐在新欢的摩托车后座，就从摩托车上跳下来，在大街上奔跑了起来。我的朋友追啊追啊，追到一条小弄堂，她的老公钻进了弄堂，不见了。

我笑不出来。

我还有很多小时候的朋友们，还有很多让我笑不出来的故事，所有笑不出来的故事里面，总是有男人们在奔跑。

陈苗苗没有追逐老公，可是我相信陈苗苗刚毅的表情，紧抿的嘴角，以及坚守的工作岗位，已经足够叫他生活在更深的恐惧之中。直到陈苗苗终于开始使用她工作十年以来攒下的休假，去一些肯定没有人去的地方旅行。那些珍贵的休息日，曾经是她一天都不舍得用的。一个积攒休假、救助流浪猫、每天回家做晚饭的奔四姑娘，终于在失婚之后，开始了她的行走。

好玩吗？我问陈苗苗。

不好玩。陈苗苗回答。

你知道我有两个愿望吧。我说。

离婚和旅行？陈苗苗说。

那也许是全部女人的愿望，可是不是我的。我说，我的愿望只是不要被抢救，死的时候自由。

还有一个呢？陈苗苗说。

我说一是不要救，二是自由。

哦。陈苗苗说。

不好玩。陈苗苗说，那些从网上找的一起旅行的同伴都太奇怪了。

为什么还有同伴？我说，你有没有听过这一句，和爱的人一起出去，那叫旅行。其他的，都叫作旅游。

全是女的。陈苗苗说。

所以是旅游。我说，你和一群网上找来的女人出去旅游。

我就没有遇到过一个还可以的女的，每一个都很怪。陈苗苗说。

我说本身这件事情就很奇怪，网上找的，全是女的，去别人不去的地方，旅游。

陈苗苗沉寂了一阵。

我再次看到她的时候，她穿着汉服。还有一群志同道合的穿汉服的同伴。这一次我一句话都没有说。

她也开始频繁地发猫的照片，一天三次，早安、午安和晚安。其实那只猫一直存在，只是以前不大出现，她一直很小心地保护着她自己的猫。

诚实地说，那只猫有着全世界最薄凉的眼神。我仔细观察了它所有的表情，我想说的是，就我的理解，全世界的猫都是薄凉的，全世界的猫都是野猫。

我没有养过任何动物，我生命中出现的所有动物都是野兽，所以我的理解当然可以被推翻。我不介意。

现在是这样的。早上是陈苗苗站在樱花树下的汉服照，还有一张猫躺在床上的照片。中午是陈苗苗坐在明清建筑里的汉服照，还有一张猫躺在床上的照片。晚上是陈苗苗参加花绢节的汉服照，还有一张猫躺在床上的照片。当然我并不知道花绢节是什么鬼,我的重点在那只猫,它一天到晚躺在床上。一只永远躺着,眼神薄凉的猫。

那些被杀掉的野猫已经被忘掉,不再有尸体出现在她的办公桌上。

倒是真正实现了没有救助,没有杀戮。死的时候自由。

她只是利用他。陈苗苗说,她不是真的爱他。

他就是太单纯了。陈苗苗说,她利用他的单纯。

他又没有什么追求。陈苗苗说,他什么都不懂,他只是打个球。

我要做我们单位的团委书记。陈苗苗的老公说,我也是有个人追求的。

而且我很快就可以做团委书记了。陈苗苗的老公说。

还是在香港,尖东站底,他们还没有离婚。陈苗苗的老公戴着那块不知道真假,也不知道值多少钱的手表,对我说,我要做团委书记。

我终于笑了出来。

后记

对于写作我还能做点什么

周洁茹

三十七岁的第一个夜晚,我写了我的第一篇与香港有关的小说《到香港去》。仅仅只是因为我收到的一个生日礼物,一个句子:你的语言不行,你过时了。

我一定是为了证明我行才写那篇小说的。

在这篇小说之前,我又是长达五年没有写作,我说的没写,就是真的,一个字不写。美国搬去香港来来往往的间隙,我写了几篇短小说,它们全部悄悄地发表了,没有人注意到,就像我最后悄悄地停在了香港。

这些小说中只有《四个》(《鲤·孤独》)得到了一个句子——她的孤独是平静的,是自己可以观望甚至欣赏的,是潮水退去后安宁的瞬间。如果我要反对所有的评语,我就真的太忙了,我只好接受我的潮水退去后的安宁。这个时期我最突破的小说是《你们》(《钟山》2008年第六期),我第一个可能也是唯一一个"你"是主角的小说。但是我自己最喜欢的还是一个叫作《幸福》(《山花》

2008 年第 5 期）的小说，小说里的女人们反复地寻找幸福，就如同我二十岁时候的那个小说《花》，女孩子们反复地追问，你疼吗？

我努力了。

一个八年不写一个字的女人，在美国往返中国的缝隙里，努力写了一点小说，本身就是一篇小说。

然后又是五年的沉默，我自己都不知道我在香港。

也在香港的葛亮请我喝了浸会大学的午茶，带我逛了浸会大学的走廊，我走得都要昏过去了。我们讨论的全是九龙塘的房子、乌溪沙的房子、西贡的房子，我们没有讲一个字的写作，我也完全没有记得住他带我走过的那些路。那个其实有点冷的下午，又一城滑冰场的栏杆旁边，我不知道我要说什么才能真正表达得出来我对我的写作的绝望，所以我什么都没有说。

我连微博都没有。

已经是我住在香港的第四年，好像与我以前在美国的日子也没有什么差别。然后我终于去开了微博，然后我就得到了那个句子，然后我就写了第一篇香港小说，小说在《上海文学》发表，仍然悄悄地。我也不知道为什么是《上海文学》，连夜写完最后一个字，就这么连夜发送了出去。若说是我和《上海文学》还有什么联系，就是我二十岁的时候给他们自由投稿了一篇小说《点灯说话》，还是手写的方格纸。可是小说发表了，我自己都想不到，两年以后，我才发表了在他们那儿的第二篇小说《乱》（《上海文学》1998 年第 6 期），然后我就彻底消失了，算起来整整十五年。神奇地出现和神奇地消失，太真实的小说。我制造了第二次神奇的出现，在这个十五年以后，确切的十五年，不是五年不是十年是十五年，婴儿都可以成长为少年的十五年。他们给了我第二次神奇的发表。

写完《到香港去》（《上海文学》2013 年第 9 期）的第二个和

第三个夜晚,我重写了我离开中国,回去中国,又离开中国时期的两篇小说《逃逸》和《回家》,用了更大的力气重写到全部崭新,为了让自己的一口气终于咽下去。这三件事情做完,我回到生活里去,比写作重要的生活。

我生活里的一个朋友突然邀请我去她的有酒的白天派对,我去了,涂了口红。电梯下降,我给自己拍了一张照,拍完我就想,我还挺好看的啊,我就回来写作呗。我就回来写作了,在2014年的最后一个月。

可是我仍然没有写确切的香港,我写了《结婚》(《北京文学》2014年第2期)又写了《离婚》(《上海文学》2015年第5期),直到一个水瓶星座编辑来问我约小说,而且用了最直接的方式,完全不绕的,实际上我从来没有在中国见到不绕来绕去的人,我连夜写完了小说,给了另一位相对稳定的天秤星座编辑,可是我后悔了。我只好重新再写一篇,给那位跟我一样完全不绕的水瓶星座。那篇小说就是后来发表在《大家》2015年第二期的《旺角》。可以这么说,除了《大家》,没有第二家刊物会愿意发表那篇小说,著名的从来不给钱的《作品与争鸣》还转载了它。

然后我去查找了一下我与《大家》的关系,我发现我只在他们那发表过一篇小说,而且是告别之作《我们》(《大家》2001年第二期),我那个时候的编辑还是李巍,我们最后的联络全部发生在云南到加州的电话线里,他一定要让我把那篇小说写完,我一定就是只写那么多而且以后都不会再写一个字了。然后我搬了家,彻底中止了和所有人的联络,之后发生的一切,我都不知道了。

夏天,我在《大家》的青年会议上作为最老的老青年说《旺角》,表达了我真正的回来,然后我意识到我回来的地方,也是我当年告别的地方,所以这也是一篇小说。生活不就是小说?我们不就是生活在小说里吗？

开完会之后的半年，我再次回到一个字不写的生活，对于直接跳入不写作的状态，我真的是太熟练了。我反复检查了我在3月写的三十五篇短小说，是的，我做了一次写作习惯的练习，每天一篇超短篇，练习的结果是我可以，但是我烦了。所以我也只写了那三十五篇短小说。然后我也发现了短小说在中国的位置，台湾作家Walis NoKan在一个讨论民族记忆的会上提了一下短小说的问题，然后他朗读了也是他创作的一个两行诗文体的作品，有人讲了一个中国段子来表示他懂了，我代替Walis先生白了他一眼。

在我忙于为我的随笔书做各种各样无法言说的见面会的同时，《山花》用了我的一组短小说，我与《山花》是另外的一个故事，一定也是很动人的那种。很好看可是很艰难的《南方文学》用了另外一组，于是我发现这个世界还是没有变化，漂亮姑娘就是会得到最坏的待遇，因为你太漂亮了。

然后就是这一个12月尾，我再次确认了我在2015年的后半年的确又是一个字没有写，即使你会看到什么，也是我在6月之前完成的，包括一些散文，是的我真的去写了一些散文，给了真的《散文》，呼吸慢下来的瞬间，最好写散文。

所以对于写作，我没有做什么，没有了我的写作的地球，也不会转慢一秒。可是写作为我做了太多，很多时候完全是写作挑选了你，而不是你挑选了写作。我可能要重新开始一个小长篇，从那个没有写完的小说《我们》开始，尽管我是说过你要一个座位你就得有一个长篇小说这样的话，但是请相信我，我的写作绝对不是为了一个座位，我会站着把它写完。